ちくま文庫

大江戸綺譚

時代小説傑作選

細谷正充 編　木内昇　木下昌輝
杉本苑子　都筑道夫　中島要
皆川博子　宮部みゆき

筑摩書房

目次

大江戸綺譚

時代小説傑作選

お柄杓

木内昇

木内昇（きうち・のぼり）
一九六七年東京都生まれ。二〇〇四年『新選組幕末の青嵐』でデビュー。〇九年早稲田大学坪内逍遙大賞奨励賞、一一年『漂砂のうたう』で直木賞、一四年『櫛挽道守』で中央公論文芸賞、柴田錬三郎賞、親鸞賞を受賞。著書に『茗荷谷の猫』『ある男』『よこまち余話』『化物蠟燭』『剛心』『かたばみ』『惣十郎浮世始末』など。

一

お由《ゆう》がいつの頃から「お柄杓《ひしゃく》」と呼ばれるようになったものか、豆源《まめげん》で働く者ですら定かでなかった。珍妙な呼び名には違いない。けれどもそこに侮《あなど》りや誹《そし》りは一片たりとも混じっておらず、むしろ店の者たちは、畏怖に近い尊敬とひとつまみの親しみを込めて、そう呼ぶのだった。

お柄杓、今日は豆を何刻《なんどき》水に浸しやしょうか。呉《ご》を煮る火加減はいかがしやしょう――お由よりずっと年嵩《としかさ》の職人までもが、小腰を屈めて差配を仰ぐ。お由はそのたび、荒削りの木像を思わせるいかつい顔をひょいと傾《かし》げ、「この空だ。半刻多めに」「そうさね、甘みを出したいから弱火で」なぞと手短に応える。

余計なことは一切口にせぬ女だった。そのうえ始終、尻尾を踏まれた猫のように不機嫌な顔つきでいるものだから、丁稚《でっち》に入ったばかりの小僧なぞは恐れをなして、おいそれとは近づかなかった。

豆源は、両国橋の西詰、吉川町に店を構える豆腐屋である。

小売が主だが、店先では田楽も焼いている。冬のうちは漬け醬油に擂った柚《ゆず》を振った雉焼《きじや》き田楽、春から夏にかけては裏ごしした梅干しに芥子《けし》の実を散らした浅茅《あさじ》田楽、秋には田舎味噌に花鰹《はながつお》をたっぷりかけた蓑《みの》田楽と、季節ごとに風味を変えて出していた。暖簾《のれん》を潜ればちょっとした居酒見世《みせ》が現れる。奥行き二間ほどと狭くはあったが、そこに卓を据え、押し豆腐や味噌漬豆腐をつまみに一杯やれるよう設《しつら》えてあるのだ。

この界隈の名物といえば、淡雪《あわゆき》豆腐である。苦汁《にがり》を加えずに仕上げたふわふわの豆腐で、赤穂義士討ち入りの折、集まった野次馬たちが舌鼓を打ったとかで、以来広く知れ渡るようになったのだ。今や両国橋東詰に並ぶ淡雪豆腐の名店は、相撲見物に訪れた客たちが必ず立ち寄るほどの評判をとっている。

この流行《はや》りに背を向けているわけでもないが、豆源は創業からこっち一貫して木綿《もめん》豆腐にこだわってきた。「柔い豆腐なんぞ食った気がしねぇ」という先代、先々代の信条を、三代目となる当主もまた律儀に受け継いでいるのである。しっかりとした歯応えがあり、けれど舌触りは滑らかで、豆の甘みを目一杯凝縮した木綿。初代から変わらぬ味と質を保ち続けることこそが、板場に課せられた仕事だった。

豆腐の出来は天気に左右される。大豆を水に浸す刻、十分にふやかした豆を擂って作った呉を煮る加減、豆乳に加える苦汁の量、なにからなにまでお天道様《てんとさま》のご機嫌を伺いながら加減しなければうまくない。湿気た日とからりと晴れた日、うだるように暑い日と洟《はな》も凍るほど寒い日とでは、ひとつひとつの作業がまるで違ってくるのである。

この塩梅《あんばい》を見極める名人が、お由なのだった。繊細な見立てと鋭敏な判じを要する技だが、三年前に職人頭《がしら》に据えられてから、彼女《かれ》は一度として差配をしくじったことがなかった。

「長らく修業してもものになる職人ぁ少ねぇが、お由はとりわけ察しが速かった。だから迷わず頭につけたのさ」

三代目は折々に、客や奉公人を相手にとって自らの炯眼《けいがん》を誇る。けれど当のお由はそれを耳にしたところで頬を緩めることすらなく、仏頂面で柄杓を操り続けるだけだった。

板場で働く職人は五人あったが、豆乳に苦汁を混ぜて柄杓でかき回しながら固めていく作業はお由にしか許されていない。苦汁が均等に行き渡るよう淀みなく混ぜ、頃合いを見てすみやかに柄杓を上げる。この呼吸を少しでも過《あやま》つと、豆腐の味にも固さにもムラが出てしまう。ここでもお由は完璧に役をこなした。毎日行う作業であるにもかかわらず、彼女は常に、はじめて接する仕事のような気の張りと手堅さをもって鮮やかにそれをやり遂げるのだ。

お由の毎日は、廻り灯籠のように定まった行いの繰り返しで成っていた。世の中が寝静まっている丑《うし》の刻には豆源の板場に入り、前日から水に浸けてあった大豆の膨らみ具合を見て笊《ざる》に上げる。前掛けを締め、襷《たすき》を掛け、その頃になってようやって来る奉公人たちに言葉少なに指示を出す。煮上がった呉を絞って豆乳を仕上げると、おもむろに柄杓を手にして鍋の前に立つ。時折湯煎しながら苦汁を加え、黙々とかき混ぜていく。いや、お由はただ黙っているわけではなかった。端から見れば無言には違いないが、その実彼女はひっきりなしに鍋の中のものと対話しているのだ。苦汁が隅々まで行き渡ったか、豆の旨味は閉じ込められたか——様々な問いかけに対し、柄杓を伝って返ってくる答えに、彼女はじっと耳を澄ましている。だからお由が柄杓を握っている間は、周りの職人たちもむやみに話しかけないよう気をつけているのだ。

お由の腕《かいな》には筋張った肉が山脈のように盛り上がっていて、その山々は柄杓を動かすたび大きくうねった。背丈こそ五尺に届かなかったが、張り出した肩に石臼を思わせる腰回り、端折った着物から見え隠れする弓なりの脛《はぎ》も含めて、雷門の風神雷神像を思い起こさせた。その逞《たくま》しい図体で柄杓を振るう姿は、二十六の女とは思えぬ雄々しさを帯びていた。

お由が、翌日の仕込みと後片付けを終えて店を出るのは夕刻だ。居酒見世が賑わいはじめる時分だが、その日商う分の豆腐を作り終えれば、それでお由の仕事は終《しま》いである。帰りに湯屋《ゆうや》に寄って一日の疲れを洗い流し、長屋に戻って白湯《さゆ》だけ飲んで、酉《とり》の刻を待たずに夜着にもぐり込む。

これが、ここ三年少しも変わらぬお由の日々だった。

豆源から東へ二町隔たった裏店《うらだな》に、彼女はひとりで住まっている。ふた親は幼い時分に亡くした。あいにく兄弟もない。八つで父方の祖父母に引き取られ、十六で縁付くまで世話になった。

そう。お由は一度、嫁いだ身なのだ。出戻ったのは、なかなか子が出来なかったからだとも、姑と反りが合わなかったからだとも噂されているが、本当のところは長屋連中も知らない。もっとも連中は、常よりお由と親しく付き合っているわけでもなかった。鶏の鳴く前から家を出て、灯ともし頃に帰ってくるやすぐに布団を被ってしまう彼女と顔を合わせることすら稀だったし、家の中でもお由は繭《まゆ》の中の蚕のように息を潜めて過ごしていたから、その気配に触れる者すらいなかったのじゃあなかろうか。

だから初午《はつうま》のあと、わずかに寒さが弛《ゆる》んだ日の昼下がり、お由を訪ねてきた者があったことは、長屋の女房たちの耳目を集めた。代わり映えしない日々を持て余し、なにか変事が起こらぬかと、餌を探す野良犬よろしく目を光らせている女房たちにとってそれは、久々にもたらされた好餌《こうじ》だったのだ。彼女らは早速、お由についての乏しい知識を持ち寄って憶測を巡らす。

――親御さんだろうかね。

──いやぁ、実の親はふたりとも逝ったというから、他のお身内じゃあないの。

──もしかすると歳の離れたいい人かもしれないよ。

お由を訪《おとの》うたのは、しなびた茄子を思わせる老爺であった。この界隈では見掛けぬ顔で、どこから湧いて出たものか、路地に立って物珍しげに辺りを眺めていたと思ったら、ためらいも見せずにお由の家の油障子を開けたのだ、と井戸端で一部始終を見ていた女房が唾を飛ばした。

──今時分はお由さん、留守だろうから、先に上がって帰りを待つんだろう。まさか、元の亭主じゃなかろうね。

──焼けぼっくいに火がつく、ってわけかえ?

御菜のやりとりひとつしたことのないお由に対して、女房たちは際限なく想像を膨らませる。その無益なおしゃべりは、烏《からす》が鳴く頃になってようよう、誰かのこんな台詞で締め括られた。

──お由さんは寂しい人だから、あんな年寄りでも訪ねてくる相手があって安心したよ。

果たして、これを耳にしたらお由はどんな顔をするだろう。あたしが寂しいっていうのかえ、と目をしばたたかせるだろうか。それとも、そうやって日がな一日他人の噂話で暮らしてるあんた方は寂しくないのかえ、と口を歪めるだろうか。いや、たぶん眉ひとつ動かさないだろう。ただ恬《てん》として、世間の物差しでしか幸不幸を計れない女たちの親切ごかしをやり過ごすに違いない。

井戸端から女房連が散って程なく、お由が勤めから戻ってきた。重い足を引きずって路地を行き、寄りかかるようにして油障子を引き開け、敷居をまたいだ刹那《せつな》、滅多なことでは動かぬその面《おもて》がこわばった。もっとも右の眉をかすかに上げて、息を吸い込むふうに鼻の穴を膨らませただけだったから、彼女を知らぬ者はまずその変化に気付くことはないだろう。

お由よりもむしろ、板間の縁に腰かけて主人の帰りを待っていた老爺のほうがあからさまに驚いた顔をし、「はて」と奇声を発したのである。お由はその狼狽《ろうばい》ぶりを見るやまなじりを決し、土間に仁王立ちになった。

「盗人だね。ご苦労なことだが、ここにゃあ盗《と》るようなものぁなにもないよ」

土器声《かわらけごえ》を放ったものの老爺は逃げる素振りも見せず、お由の上から下までを、出女を検《あらた》める関所の番人さながらに眺め遣った。それから二度三度と首を傾げてつぶやいた。

「……あんたが、お由さん？」

いきなり名を指されたせいだろう、お由はわずかにたじろぎ、それからかろうじて顎を引いた。すると老爺は目ん玉に覆いかぶさっている目蓋《まぶた》を引き上げ、

「こりゃまた随分、様子が変じたものだ」

と、うめいたのである。

変じた、とはまた妙なことを言う——とお由は怪しんだ。がたいがいいのは生まれつきだ。他の赤子と同じく母親の腹の中には十月十日しか棲《す》まなかったのに滅法界《めっぽうかい》に育ち過ぎだと、産声をあげたお由を見下ろして父親も祖父母も呆れたのだと幼い頃に聞かされた。おかげでひどい難産だったらしく、お由の母親が寿命を縮めたのはそのせいだと陰で言う者もあった。実際、産後の肥立ちが悪かったのだろう、お由の覚えにある母は、枯れ木のように痩せて土気色の顔をしている。父親も男にしては華奢《きゃしゃ》なほうだったが、誰に似たのかお由は幼い頃から人一倍頑健な身体に恵まれた。だから初対面の老人に「様子が変じた」と言われて戸惑ったのだ。

「私は孫六《まごろく》という」

老爺が改まって告げ、腰を折った。

「どうあってもあんたに会いたくてね。平身低頭頼み込んで、こちらへ送り込んでもらったのだ」

お由は「送り込む？」と鸚鵡《おうむ》返《がえ》しをする。老爺の話は最前からちぐはぐで、どうにも通りが悪い。そもそも、誰に頼み込んで、彼はここへ送り込まれたのか。

「おっしゃることがよくわからないが、御用向きはなんなんです」

お由は草履《ぞうり》を脱ぎ、あらかじめ水を張っておいた桶に足を浸して大雑把に濯いだ。馬鹿の大足で、女物の下駄では必ず鼻緒擦れができるから男物の草履を好んで履いている。力仕事をするときもこのほうが勝手がいいのだ。

ふと老爺の足下に目が行った。案外なことに素足である。そのむき出しの右臑《すね》に、蝦《が》蟇《ま》が伸びたような形の痣《あざ》があるのを、お由は物珍しく眺めた。

「そうさね、どこから話せばいいだろう」

孫六と名乗った老爺は、しばし上を向いたり下を向いたりしていたが、やがて諦めたふうに居直った。

「お前さんは私を知らんだろうが、私はお前さんをよく知っているのだ。もっともお由さんになる前の、お前さんだが」

手拭いで足を拭っていたお由の手が止まる。「お由さんになる前」という言いぐさが引っかかったのだが、彼女はもう問い返しはしなかった。だんだん荷厄介に思えてきたのと、この老爺は少しばかり惚けているのだろう、と疑いはじめていたからだ。

「私はね、残りの寿命があと幾ばくもないんだ。五日ばかり前から臥《ふ》せったきりになって、おおかたもう起きられないだろう。己の身体のことは、ごまかしようがないからね」

しおしおと語る孫六をしり目に、お由はとっとと座敷に上がって火鉢の炭を熾《おこ》した。

次に鍋敷きの上の鉄瓶を手にとり、中にまだ水が入っているのを確かめてから五徳に載せて、大仰に溜息をついた。

「あのね、孫六さんとやら。でたらめもたいがいにしておくんなさいよ。なにが『臥せったきり』だえ」あんたはこうして起きて、ここへ来てるじゃあないですか」

お由はぞんざいに返す。一日力仕事をし続けてひどく疲れていたし、明日に備えて今は一刻も早く床に入りたかったのだ。

「こりゃあ仮初めの姿さ。この歳まで生かしてもらったんだ。感謝こそすれ、悔いを残すのもはしたねぇのだが、ひとつだけ気懸かりがあったものだから」

そう言って孫六は、改めてお由を見詰めた。その目の縁がうっすらと濡れている。お由は少し薄気味悪くなった。

「……達者そうだ。こたびは病なんぞには罹《かか》ってねぇな」

「こたびどころか、あたしは生まれてこの方、風邪ひとつひいたことはありませんよ」

鉄瓶がしゅんしゅん鳴き出した。白湯を飲んで、身体を温めて、夜着にもぐり込む――いつもの段取りを邪魔だてされていることが疎ましかった。

「すみませんがね、孫六さん。あたしはそろそろ寝支度をしなきゃあなりません。御用があれば早く済ましちゃくれませんか」

孫六は、たるんだ目蓋を上げ下げしながら呻吟《しんぎん》している。けれどもうまいこと頭の中がまとまらなかったのだろう、「仕事の邪魔をしちゃあいけねぇな」と、ひとりごちるや不意に腰を上げた。

「なに、お前さんが達者で幸せだったら、それでいいんだ」

お由がその意を問うより先に孫六は素足のまま滑るように土間を渡り、油障子に手を掛けた。そうしてあっさり路地に消えた。

お由は小さく息をつき、油障子につっかい棒をするとフンと鼻を鳴らした。白湯を飲んでから手早く寝間着に着替え、座敷の隅に丸めてあった夜着を引き出してくるまる。大きな眼を見開いて天井を見詰めた。その口が草を食《は》むように動いて、「達者で幸せ」とささやきを漏らした。

二

豆源では朝と夕に棒手振《ぼてふ》りを町に出している。「えー、おみおつけにしますか～。やっこはいかがでしょう」と、声を張りながら路地を縫う役は、奉公人の中では古株の伊《い》佐治《さじ》が担っていた。古株とは言い条、十の頃からここで働いているというだけで、歳はお由より若い二十二だ。美男とは言いがたいが、こぢんまりとした嫌味のない目鼻立ちと、尻っぱしょりに股引姿がいかにも意気で、そのうえ愛想もよかったから、お得意さんが多勢ついていた。伊佐治目当てで豆腐を買いに来る女房も少なくないってさ、あいつぁ年増にやたら可愛がられるンだ、と店の男衆《おとこし》が話していたのを、お由も幾度か耳に挟んだことがある。

その以前、伊佐治の持ち場はお由と同じく板場だった。三年前に店を退くまで職人頭を務めていた長老について木綿作りを学んでいたのだ。ところが同じ時期に頭の手伝いに回されたお由のほうが、万事につけて飲み込みが速かった。柄杓を使う加減にも長《た》けていた。あの頃はお由自身も不思議に思うほど、豆腐にまつわる知識や技が身体に染み込んでいったのだ。

柄杓はお由に任せる——頭を務めていた長老が辞める段、店主は奉公人を集めて告げた。この判じに、他の職人たちからひとつの異論も出なかったのは、誰もが認めざるを得ないほど彼女の技が抜きん出ていたせいだろう。

ただひとり、伊佐治だけは異なる反応を見せた。翌日早々店主に掛け合い、板場から外してほしい、と願い出たのだ。店主は理由を問うたが、伊佐治は言葉を濁した。代わりに、「棒手振りをさせてくだっし」と、青々と剃られた月代《さかやき》を畳につけんばかりにして頼み込んだ。その頃棒手振りの役を負っていた奉公人が相応に歳だったこともあって、店主が不承不承諒解すると、伊佐治は言ったという。

「今度こそ、誰にも負けねぇ仕事をしてみせやす」

そこから余程精を出したのだろう。自ら宣した通り、彼がこの両国一帯で知らぬ者のない売り子になるまで、そう刻はかからなかった。

水を張った盥《たらい》に豆腐を何丁も入れて売り歩くから、いかにしっかりした木綿でも下手に担ぐと崩れてしまう。けれど伊佐治の運ぶ豆腐は常に完璧な形を保っていたし、客の注文に応じて真鍮《しんちゅう》の包丁で切り分ける技も鮮やかだった。あんたに切ってもらうときれいに角が立つから豆腐がえらく立派に見えるよ、と女房たちは口々に誉めそやしたが、そのたび伊佐治は「うちの豆腐は、わっちが切らなくたって立派ですよ」と、黒目がちな目をたわめて返すのだ。

お由は、そういう行商先での伊佐治を知らない。ただ、彼が桶を空にして戻ってくると、「伊佐さん、どうでしたね」と声を掛ける。豆腐の出来に客から不満が出なかったか、訊いているのである。伊佐治は商売道具を隅々まで拭き清めながら、「上々です」とひと言だけ返す。客からは「舌触りが格別だ」だの「甘みが絶品だ」だの、実に多彩な評を聞いているのだが、伊佐治はそれを逐一お由に伝えることはしない。お由も細かくは訊かない。「上々です」のひと言さえもらえれば、それで満足なのだった。

「お柄杓」

朝の仕込みが一段落して板場でひと息ついていたとき、丁稚の小僧が恐る恐るといった態《てい》で寄ってきた。お由が目だけで応えると、小僧は喉を鳴らして唾を飲み込んでから告げた。

「店の前にずっと立ってまして。けど豆腐を買いはしねぇので、商いの邪魔になるからどいてくだせぇと願ってみたんでやんすが、どうにもどかねぇンです」

「誰が?」

お由が短く問うと、小僧は前髪をいじりながら首を傾げた。

「わっちは存じ上げねぇ方ですが、お柄杓のお知り合いだとおっしゃってます」

順々に訊けば、田楽売り場の真ん前にぼんやり佇んでいる老人がいて困っているという。

「いつからいるんだえ?」

小僧は小首を傾げ、

「伊佐治さんが桶を担いで出ていったあと程なくしてからですから……もう一刻近くになりますか」

と、眉を八の字にして答えた。どいてくれと何度も訴えたのだが、「ここからだと板場がよく見えるから」と言って、老人は頑として動かないのだそうだ。

そこまで聞いたお由はやにわに前掛けを取り去り、それを作業台の上に叩き付けた。引きつった悲鳴とともに飛び上がった小僧には構わず、大股で板場を出て行く。表には案の定、昨晩の老爺が立っていた。

「あんた、どこか他の豆腐屋の回し者かなにかですか？　あたしに嫌がらせでもしようって魂胆じゃあないンですか？」

店の裏手に孫六を引っ張って行き、お由は凄んでみせる。当て推量だが、なまじ外れでもあるまい。老爺がお由の名を知っていたことも、こうして店まで押しかけて商売を邪魔することも、そう考えれば合点がいくのだ。老爺はけれど、少しも慌てた様子を見せず、お由の腰に置いた両の腕に幾筋も肉が盛り上がっているのを興味深げに眺めている。

「それともなんですか。うちの豆腐作りの技を盗もうってンですか」

さらに詰め寄ると、孫六はようよう顔を上げてお由と目を合わせた。

「まさか。技を盗んだところで、私には残された刻がない。役立てようもないだろう」

性懲りもなく世迷い言を並べる孫六に、お由は鼻白んだ顔を向けた。

「そう腹を立てなさんな。私はたぶんあと十日も待たずに消える。ただその間、少しでもお前さんのことを知れれば、安心して浄土に渡れるからさ」

「安心？　あたしのことを知って、なんだってあんたが安心するんです」

孫六は答えず、小さく息を吐いた。それから唐突に「お前さん、一度嫁に入った家を離縁されたって？」と、含み声で言ったのである。

おおかた長屋の女房連がしゃべったのだろうと、お由にはすぐに見当が付いたから眉のひとつも動かさなかった。人の口に戸は立てられぬというが、井戸端にたむろする女たちの口は開けっ放しの抽斗《ひきだし》さながらに始末が悪い。あることないこと、謂われもせぬのに誰彼構わず吐き出すように出来ているのだ。そのうえ女房たちは、あたかも噂話に交われねば命脈が尽きると言わんばかりに、いつでも必死だった。

「そぉですよ」

お由は堂々と返した。その過去には、痛みや切なさの一欠片《かけら》もこびりついていないのだ。

「そうかえ……となると、元のご亭主は私じゃあないな」

孫六は顎をしごきながら、至極当たり前のことを意味ありげにつぶやいた。七年前に別れた亭主は、お由のひとつ上だった。いくらなんでもたった七年で、こんな爺さんに化けるはずもない。

「お柄杓、そろそろ」

板場から声が掛かった。次の豆腐を仕込む刻なのだ。お由は、今一度孫六を睨んで言った。

「なにが目当てか知れないが、今度仕事の邪魔をしたらただじゃおかないですよ」

きっちり釘を刺したはずなのに、孫六はその日から毎日お由の前に姿を現すようになったのである。

朝のうちは決まって豆源を覗きに来る。夕方家に戻ると、板間の縁にちんまり座って待っていて、取るに足らぬ話をひとくさりして帰っていく。長屋の女たちは、こまめに通ってくる老爺を脂下《やにさ》がって見遣りつつ、「やっぱりお由さんのいい人なんじゃないのかえ」と、下卑《げび》た言葉を交わし合った。豆源の奉公人たちは、「困った爺さんだよ。田楽のひと串も買わねぇで商売の邪魔ぁしやがる」と、しつこく店の前をうろつかれることに業を煮やした。「とっちめてやりやしょう」と威勢のいいことを言う者もあったが、「うっちゃっておけ」と店主は涼しい顔で命じるのだ。

「弱《よえ》ぇ者を相手に滅多なことをすりゃあ、うちの暖簾に傷が付く。なにも悪霊に祟られてるわけじゃあるめぇし、しばらくしたら飽きてどこへなり行くさ」

しかしお由からすれば、老爺は悪霊よりも遥かに質《たち》が悪かった。豆腐を作っている間も見られているのを気にせずにはおられなかったし、骨を休めるための家であるのに、毎晩帰るのが気鬱《きうつ》なのだ。

おかげで調子が狂ったのだろう、苦汁の分量を誤ったり、呉を煮る塩梅を計りかねたりして、二度ほど豆腐を駄目にした。お柄杓にしちゃあ珍しいしくじりだ、と他の職人たちも浮き足立つようになり、お由はさすがにいたたまれず、職人頭がこんな腑抜けじゃあいけない、と頬が真っ赤になるほど両手で叩いて気を入れ直すことが度重なった。

それをどこかで見ていたのだろう、あるとき伊佐治がすっと寄ってきて、

「心懸かりが出来て、柄杓さばきに身が入らねぇようなら言ってくだせぇ。例の爺さんのことは、わっちらでなんとかしやすから」

そう、お由の耳元でささやいた。それなら一度棒手振りに出るのをよして、爺さんの目当てを聞き出してくれないかえ、とそんなことを頼めるはずもなく、お由は伊佐治の太い首を見上げて静かにかぶりを振った。

三

夕刻に長屋に戻ったお由は、板間の縁に当たり前のように座っている老爺を見つけて倦《う》んだ息を吐き出した。彼が現れて、もう七日が経つ。お由は濯ぎ桶に足を突っ込み、傍《かたわ》らに座る孫六を睨んだ。

——おや？

と、その拍子に思ったのは、見飽きたはずの老人の姿がどことなく変じているのを感じ取ったからだ。顔容《かおかたち》に変わりはない。仕草や目つき、額や頬に浮かんだ染みも常の通りだ。相変わらず素足で、右の臑には蝦蟇の形の痣がくっきり浮かんでもいる。それなのに、総身がひどく淡い。ふっと息でも吹きかければ、霧となって四方に溶けそうに心《こころ》

許《もと》ないのだ。お由は足を濯ぎながら思案を巡らせたが、やがて、月明かりのせいで薄ぼんやり見えるのだろうと、深く考えずに結論づけた。

「そろそろ理由《わけ》を話しておかなけりゃあならねえ頃合いになった。私がお前さんを訪ねる理由だ」

不意に、孫六が切り出した。老爺は、お由が座敷に上がるのを待って改めて口を開く。

「私には妻がいた。私にゃあもったいないような器量好しだったが、ちょうど三十路になった年に亡くなった。もともと蒲柳《ほりゅう》の質でね、所帯を持った時分から寝付くことは少なくなかったのだが」

器量も悪く愛想もないが身体だけは丈夫にできている自分とは逆《さか》しまな女の話を、お由は白湯の支度をしつつ聞くともなしに聞いている。

「あれが逝って、もう二十年も経っちまった」

孫六は指折り数えてから肩を丸めた。

小柄で華奢な女房だったが働き者で、病を得る前は一日中休みなく家のことをしたのだと、孫六は続ける。亭主の世話も行き届いていたし、料理も巧みでそこらの煮売屋なんぞよりずっと旨い御菜をこしらえる。出汁のとり方がいいのか、味噌汁でも煮物でも自分の舌には余るほど旨かった。子には恵まれなかったし、暮らし向きも楽とは言いがたかったけれど、女房がいるだけで十分だったと老爺は言って目蓋を揉んだ。

「私がついつい甘えて、身体が弱《よえ》ぇのにだいぶ働かせちまって。それがいけなかったのかもしれねぇな」

鉄瓶が、湯気を上げはじめた。お由は湯飲みに白湯を注ぐ。ひと口啜ってから、くぐもった声を発した。

「やるべきことがあるってのは、いいことですよ。それがなんであれ」

すると孫六は目を瞠《みは》り、

「女房も同じことを言ってたよ。やっぱりお由さんで間違いねぇのだなぁ」

言うや身を乗り出したものだから、お由はにわかに後じさった。飯台《はんだい》に置いた湯飲みが、カタカタと鳴ってお由の動揺を肩代わりする。

「今際《いまわ》の際に、あれは言ったんだよ。今生じゃあ思うように働けなかったけど、生まれ変わったら丈夫になってよく働きますから、って。それが叶ったんだなぁ。こんなに立派な身体をもらって」

老爺は声を震わせて、しげしげとお由を見た。まったく気味が悪かった。なんの縁《えにし》もない女房の話をされた挙げ句、聞きようによってはあたかもお由がその生まれ変わりとでもいうような妄言を突きつけられているのだ。

転生それ自体は、お由も信じている。ふた親を早くに亡くしているせいもあったが、そんな因果を踏まずとも大抵の者は生まれ変わりを信じ切っているのじゃあなかろうか。

辻占には前世や来世の姿を当てるという触れ込みのものが多いし、生まれ変わる前の覚えを語る幼子があるという話も珍しくはない。

それでも孫六の言うことは、真実味が薄かった。そもそも彼の女房とやらが亡くなったのが二十年前だとするならば、この正月で二十六になったお由に生まれ変われるはずもないのだ。フンとお由は鼻を鳴らし、白湯を啜る。

「……お前さんは信じちゃねぇのかしれねぇが」

孫六は、神妙に言う。

「まことの話なのだ」

老爺はふた月ほど前から病みついて、寝たり起きたりを繰り返していたという。ここ十日ばかりは床を上げられなくなり、かろうじて息こそしているが一日の内のわずかな刻しか目を開けることができなくなった。夢とうつつのあわいの中で、彼はある御仁に出会った。その御仁が「最後にひとつだけ望みを叶えてやる」と施《ほどこ》しをくださったので、「生まれ変わった女房に会ってみたい」と願ってここへ送られて来たのだ、と切々と訴えるのである。

お由は、みなまで聞かずに噴き出した。

「そんな子供騙し、今時御伽草子《おとぎぞうし》でだって扱いませんよ。なんだえ『御仁』ってなぁ。神様かなにかのおつもりですか」

よもや笑われるとは思わなかったのだろう、孫六は狼狽も露わに口をもごつかせている。

「だいたい勘定が合わないもの。あんたにはどう見えるかわからないが、あたしぁ二十六の年増ですよ。あんたのお内儀《かみ》さんが亡くなる前に、生まれちまってンですから」

できる限りの毒を含ませて吐き出したお由の耳に、老爺の萎《しな》びた声が届く。

「勘定はおかしかないよ。確かに女房は二十年前に逝った。けれどそいつぁ、私が生きた世の話だ」

「生きた世……？」

「ああ。私は今この世に在る者じゃあない。元禄の時分を生きたのだ。今の時世をなんと呼ぶかわからねぇが、聞いたところじゃ元禄は百年も前だってよ。道理で私の頃とだいぶ景色が変わっちまって……」

孫六は首をすくめた。そうして吐息に混ぜて言った。

「御仁が言うには、御魂だけを運ぶんだそうだ。私の身体は今も、向こうの世で臥しているのだ。目を覚まさずに、息だけしてね」

いつものように丑の刻に起きると、孫六はいなくなっていた。

昨晩、どうやって老人を追い出したものか、動顚《どうてん》する気をどう収めて寝入ったものか、お由にはまったく覚えがない。すべては夢だったのじゃあないか、と思い、けれど老爺のひと言ひと言が耳の奥にこびりついていることに戸惑っていた。

豆源で柄杓を操っている最中も、あの独特の嗄《しやが》れ声が間断なく頭の中を巡った。「お前さんが達者で幸せだったら、それでいいんだ」と言った孫六の顔が、目の端にちらついた。幸いこの日、老爺は豆源に姿を現さなかったが、それでも柄杓の柄がうまく掌に馴染まぬように思え、豆腐の出来に手応えを得ることは叶わなかった。

それで、朝の行商から戻った伊佐治に「伊佐さん、どうでしたね」とお決まりの台詞を掛ける段、かすかに声が上ずってしまったのだ。伊佐治はたぶん、なにごとかを感じ取ったのだろう。桶を拭く手を止めてまっすぐお由に向いた。

「上々です」

彼は静かに告げたのち、逡巡するように一旦目を伏せてから遠慮がちに付け加えた。

「ただ、わっちにゃあ鬆《す》がいくらか多く入ってたように見えました」

お由は、誰が見てもそれとわかるほど大きく肩を落とした。きっと苦汁を混ぜる段、ムラが出来たのだ。

「例の爺さんが気懸かりなんじゃあねぇですか？　わっちゃ未だお目に掛かったこたぁねぇが」

そういえば孫六が豆源を覗きに来る時分、伊佐治は棒手振りに出ている。お由は壁に身を預け、吐息を漏らす。思案顔でこめかみを揉み、それから背筋を伸ばして伊佐治に向いた。

「伊佐さんは、生まれ変わりってのを信じますかえ」

「ええ。そりゃあ信じますよ」

唐突な問いかけにもかかわらず、伊佐治は驚く様子も見せずに愛嬌《あいきょう》のある目をたわめた。

「うちの婆さんが、これがまだしぶとく生きてやがるンですがね、昔っからよーく言ってやしたから。今生の行いが悪いと、来世に祟るぞってね。もっともそいつぁ、わっちが悪さしねぇよう箍《たが》を締めてたんでしょうが」

板場でお由の兄弟子だった伊佐治が、いつの頃から四方山話《よもやまばなし》の折も敬語を使うようになったものか、お由には覚えがない。もしかすると、お由が柄杓を任された頃からかもしれない。いや、もっとあとだったろうか。いずれにしても平素ふた言三言しか言葉を交わさぬ間柄だったから、伊佐治の丁重な物言いにお由はこの日、はじめて気付いたような具合であった。

「けど婆さんの話ぁまんざら嘘とも思えねぇところがありやしてね。たとえば、親子の縁は一生限り、夫婦の縁は多生だってぇ今じゃ誰でも知ってる通説も、だいぶ前から言ってやしたし、生まれ変わって別人になっても痣の場所は変わらねぇのだと、そんな話もしてやしたから」

「痣の場所……。へぇ。そんなもんですか」

お由は、孫六の右臑に貼りついていた、蝦蟇の形の痣を思い出していた。

「それじゃ伊佐さん、遥か昔に生きた人が、この世にひょっと姿を現すようなことは、信じますかえ？」

今度は伊佐治も、小首を傾げた。とはいえそれは、いつになく饒舌《じょうぜつ》なお由に対して覚えた不審だったらしい。「どうか、なすったんですか？」と、彼は眉根を寄せたのだ。その案じ顔を見た途端、お由はなにやらすべてが馬鹿らしくなって、「いいえ。いいんです。なんでもないんですよ」と面《おもて》をうつむけた。あんな老爺の戯言《ざれごと》を真に受けるほうがどうかしている。なにが目当てかは知れぬが、暇を持て余した老人の道楽にきっと付き合わされているだけなのだ。ていよくからかわれただけなのだ。こんなくだらないことで、正真に働いている伊佐治を煩《わずら》わしちゃいけない。

話を仕舞ってお由が鍋に向き直ったときだ。背後に伊佐治の声が立った。

「そういうことも、あるんじゃないでしょうかねぇ」

お由は伊佐治に振り向く。

「次の世の己が気になったら、それで、なにかの力を使ってそいつを確かめることができるのなら、わっちなら見に行きてぇな。だって、今生で果たせなかったことが、来世で実るかもしれないんですぜ。人が一生でできることなんざたかが知れてやすから、そりゃあ叶わない思いも山とありましょう。けどその思いってのは、生まれ変わっても胸に抱いたままなんだ。だから現世《うつしょ》でうまく行かねぇことがあっても、そう挫《くじ》けることはねぇんですよ。必ずどこかで夢は果たせますからね。……あ、こいつぁ、婆さんの受け売りなんですがね」

伊佐治の物わかりのよさ――それは時に諦めのよさともとれるさばけ方だったけれど――を、お由は思う。もともとは職人を目指していた彼が、あとから入った、しかも女に役をとられたとなれば当然面白くないはずだ。恨み言や嫌みのひとつ浴びせたっておかしくはないのだ。だのに伊佐治はなんの屈託もなくお由と係り合い、彼女の作った豆腐の出来を日々公正な目で判じ、飽かずに評判を知らせてくる。

――伊佐さんは、板場に未練はないんですか？

そう訊こうとしたが、すんでのところでお由はとどまった。自分が訊けば、きっと伊佐治を傷つけることになると判じたからだ。

その日は、昼過ぎから雨が落ちてきた。こりゃあ商売あがったりだ、と奉公人たちは打ち揃って恨めしげに空を見上げた。

すべての仕込みを終えたお由は、店の番傘を借りて家路につく。「この空じゃあ余りそうだから、お柄杓も一丁持っていきなせぇ」と、年嵩の職人が切り分けてくれた木綿を笊に入れて抱えている。

店を出る折、伊佐治の姿はなかった。雨でも雪でも、股引にハネを上げて桶が空になるまで売り歩くのだ。

長屋の油障子の前まで来て、お由は立ち止まって息を吸った。ヒュッと口笛に似た音が立った。番傘を畳んで、ひと思いに戸を引き開ける。そして低く喉を鳴らした。

板間の縁に座っているものとばかり思っていた老爺の姿が見えなかったのだ。お由は安堵するような、うら寂しいような、まとまりのつかない心持ちを抱えてしばらく土間に佇んだ。それから大きく首を回して、手にしていた笊を流しに置いた。

前の世であたしはどんな様子だったんだろう、とお由はこのときはじめて思い巡らした。達者で幸せ、だったのだろうか。それからこうも思った。伊佐治が言うように、次の世に思いを抱えていけるとしたら、あたしはなにを願うのだろう。今生での己が満たされているのか否か、お由にはわからなかった。これまで毎日を、ただ懸命に生きてきただけなのだ。

そのとき、すいっと音もなく油障子が開いた。構えのなかったお由は、柄にもなく小さな悲鳴をあげる。長屋の女房連が見たら、「へえ。お由さんもそんなかわいらしい声を出すことがあるんだね」と、妙な感心をしたに違いない。

「こっちに来られる刻が、すっかり短くなっちまって」

孫六は途方に暮れた様子で、けれど遠慮は見せずに敷居をまたぐ。彼の姿は昨夜よりもずっと萎《しお》れて、顔色もいっそうくすんで見えた。うっかりすると背後の雨に溶けてしまいそうだ。今宵は月明かりもないのに妙なことだと訝《いぶか》るお由の視線をかわすようにして、老爺はふわふわと土間を横切り流しの端にしゃがんだ。かすかな笑みを浮かべて背を丸め、「いよいよ私も終いのようだ」と、吐息に混ぜて言った。

この雨の中を来たというのに老人の着物は少しも濡れていなかったし、裸足の足には泥ハネのひとつも上がっていなかった。

「この豆腐」

と、孫六は笊を指す。

「お前さんが作ったものかえ」

お由が顎を引くと、「立派なもんだ」と目を細める。

「なに。今日のは出来が悪いんですよ。あんたのおかげでね。罪滅ぼしに、ひとつ食べてみなせえ」

老爺はバツが悪そうに苔生《こけむ》した月代を搔き、

「この世のものは食べられねぇのだ。なにしろまことの身体はあっちに残したまんまだから」

と、またあらぬことをつぶやいた。

「しかし偉いもんだ。豆腐の職人なんだものなぁ。私の時代にゃあ、豆腐ってなぁ宮様くれぇしかお口に入れられなかったんだから」

その話はお由も聞いたことがある。今では「豆腐百珍」なんぞという書物まで出回ってすっかり庶民に馴染みの味だが、かつては高貴な方しか召し上がれなかった格調高い膏粱《こうりょう》だったんだ、と確か店主が語っていたのだ。

「そんな貴重な品を毎日作ってるなんて、立派なもんだ」

孫六はもう一遍、しみじみと繰り返した。お由は流しを離れて、板間の縁に腰かける。いつの間にか職人頭として働いていた己の身の上を思い、改めて数奇に感じた。別段、望んで至った場所ではない。離縁されて途方に暮れ、ともかくひとりで食っていかなけりゃあと奉公に入った店で、暇を出されないよう遮二無二《しゃにむに》努めてきただけなのだ。

「もし、あたしがあんたの女房の生まれ変わりだったとしたら」

飽かずに豆腐に見入っている孫六に、お由は言った。

「今生で、あたしが送ってる人生に満足してるんだろうかね」

孫六はふわりと揺れて、顔中皺《しわ》だらけにして笑んだ。

「きっとそうさ。女房はなにしろ、立派に働きたかったんだから」

そう言われたところで、さしていいこともない今の自分が誰かの望んだ現《うつ》し身《み》だとは、お由にはどうにも思えなかった。

「おかげで私は安心してあっちに逝ける」

と、老爺は天を指さした。その刹那、孫六の総身が、おぼろに霞んだ。お由はなにやら怖くなり、慌てて話を変えた。

「孫六さん。あんた、せっかくこの世に現れたんだ。ご自分の生まれ変わった姿に会っちゃあどうです。夫婦は多生の縁らしいですから、もしあんたの言うことがまことなら、生まれ変わったあんたもこの世のどこかにいるんじゃあないんですか」

今までの話は全部嘘さと白状してほしくて言ったのに、老爺は顔を曇らせて、

「それが、できねぇのだ。自分の生まれ変わりにだけはどうあっても会えないように出来ているんだとさ」

そう打ち明けてから、懐かしげに目を細めた。

「だけどきっと、私は今生でもお前さんと一緒になるンだろうね」

「それぁないですよ。あたしは離縁されてンですから。あ。てこたぁ、前の旦那があんたの生まれ変わりで……」

「いやぁそいつぁねぇな。私はお前さんとまた一緒になって、長い刻を共に過ごしたいという望みを、次に持ち越す気がするからね」

今生の願いをそうそう都合良く持ち越せるものか、とお由の内では孫六の言葉を信じ

るよりも疑う気持ちが勝ってくる。

「きっと出会うさ。この世での私と」

「でも、この歳で他家に縁付くとも思えないですけどね」

お由は、自分の掌に目を落とした。まるで男のようにごつくて大きくて、マメだらけの手であった。

「今のあたしに入れ込んでるものがあるとすれば、豆腐だけですし。そうか……もしかすると、あんたの生まれ変わりは豆腐かもしれないですね」

あまりに抑揚のない調子でお由が言ったものだから、孫六はとっさにそれが冗談とは気付かなかったのだろう。長いこと目をしばたたかせてから、彼はようやく肩を震わせたのだった。

「確かになぁ。お前さんが今生で一番執心してるのは豆腐だものなぁ」

お由も妙に可笑しくなって、ふたりははじめて、顔を見合わせて笑い合った。身体の揺れが伝ったのだろう、飯台の上に置きっぱなしになっていた湯飲みがケタケタ鳴って笑いの輪に加わる。「いけない。落ちて割れたら大変だ。ひとつっきゃない湯飲みなんだから」と、お由が座敷に上がって湯飲みを取り上げ、再び土間のほうに向き直ったとき、そこにはもう、孫六の姿は影も形も見えなくなっていた。

四

それきり孫六は、二度と再びお由の前に姿を現さなかった。

長屋の女房連は、「せっかく真猫《しんねこ》だったのに、喧嘩別れでもしたのかえ」と、どこでどう話をこしらえたものやら勝手なことを言っては、またひとりぼっちになったお由の身の上を憐れんだ。豆源の奉公人たちは、「余計なもんがうろつかなくなって肩の荷がおりやしたね」と、お柄杓の煩いの種が消えたことを喜んだ。

孫六はまことに、異なる世から送り込まれた者だったのか――日が経つにつれお由の内では怪しむ心が膨らんできている。老爺の話は今にして思えば、どれも作り物めいていたし、辻褄の合わぬことも多々あった気がする。それに、違う時代を生きた者ならば言葉付きや仕草にもっと隔《へだ》たりを感じてもおかしくなさそうだが、孫六ははじめて会ったときから、すいとお由に馴染んだのだ。

諸々考え合わせるにつれ、暇を持て余した老人にからかわれたと考えるほうがずっと理に適っているように思えてくる。それでも、よりによってなぜ自分が目をつけられたのか、その不可思議はいつになっても解けそうになかった。

「お柄杓の豆腐、味が変わったやに思わねぇか」

職人たちの間でそんな声がささやかれるようになったのは、孫六が消えてからひと月経つか経たぬかの頃だ。しっかりした歯応えも喉越しの滑らかさも変わらないのだが、風味がずっと際立つようになった、というのである。職人たちの言葉を借りれば、「前はもうちっと尖っていたが、今ぁまろみがある」ということになる。

お由自身は作り方を変えたつもりはなかったから、なぜ風味が変じたのか、その原因は当人にも見当が付かない。けれどもお由は確かに、前より作業を楽しんでいたし、己の内に職人頭としての構えがはっきり備わったのも感じていた。

客の中にも味の変化に気付く者があって、豆源の木綿がいっそう旨くなったという評判はまたたく間に広まった。あすこの木綿は淡雪豆腐より遥かに上品で奥行きがあるよ、と食通と言って憚《はばか》らぬ者らも唸《うな》るほどで、おかげで客足はうなぎ登りに伸びていった。

これまで以上に豆腐を数作らねば間に合わず、お由が柄杓を振るう刻は日に日に長くなった。掌のマメは幾度となく潰れ、一日の終わりには足が丸太のごとくむくんだが、彼女はそれを別段辛いとは思わなかった。

――仮に今のあたしが、どこかで誰かの望んだ姿だったとしたら、十二分に務めを果たさなけりゃあならないからね。

重石を背負ったのか、立派な添え木を得たのか、わからないが、いつしかお由はそんなふうに腰を据えるようになったのだ。

五

梅雨に入って間もなく、板場で鍋を洗っていると不意に声を掛けられた。

「お柄杓、すまねぇことをしやした」

振り向くと伊佐治が立っている。その姿を見て、お由は息を呑んだ。総身が泥まみれだったからだ。見れば天秤に括られた桶も汚れている。

「うっかり足を滑らせちまって。豆腐はたいがい売り終えてたんだが、二丁ほど駄目にしやした」

ねじり鉢巻きをとって、伊佐治は深く頭《こうべ》を垂れた。

「仕方ねぇさ、ここ何日も土砂降りだもの。こんな中、商いに出るほうが無理ってもんだよ」

年嵩の職人が伊佐治のしくじりをひと掃きでかき消すように、板場中に響き渡る声を出した。ぼんやりしていたお由もそれで我に返り、といって気の利いた台詞がとっさに出るはずもなく、「怪我はないですかえ」と、真っ黒になった伊佐治の股引に目を落とした。よく見れば、ただ汚れているだけではない。股引の右側がざっくり破れている。

伊佐治は、お由の視線に気付いたのだろう。

「実はただ転んだのじゃあねぇので。野良公にからまれちまいまして。わっちとしたことが、うまくかわせやせんで」

　と、他には聞こえぬよう声を潜めて苦い顔をした。

「嚙まれたんですかえ」

「いやぁ、股引ぉ引きちぎられただけで、嚙みつかれちゃあいやせん」

　伊佐治はその場にしゃがんで破れた股引を膝までまくり上げた。腰に差した手拭いで泥を拭いはじめる。そうしながらも、「今日も上々でした」と、客の評判をお由に伝えることは忘れなかった。

　けれどもこのとき、毎日確かめるはずのその言葉は、お由の耳に届いてはいなかったのだ。彼女は、食い入るように一点を見詰めていた。伊佐治の右臑だった。

「伊佐さん、あんた、孫六さんに会ってますかえ」

　出し抜けに訊いたお由を、伊佐治は怪訝な顔で見上げた。

「孫六？」

「へえ。いっときここへ毎日通ってきていた年寄りで……」

「ああ。お柄杓に執心な爺さん。いや、会っちゃねぇですよ。噂に聞いただけで」

「一度も会っちゃあいないですかえ」

「へえ。一度も。ちょうどわっちが棒手振りに出てる間に来てたようですから。わっちも一度様子を拝みてぇと思って、気をつけて表を見たりもしていたんですがね。間の悪いことで」

お由は伊佐治の答えを受け取ってから、改めて彼の右腨に目を落とした。そうして小さく身震いした。

「……なんです、お柄杓。どうも妙だな」

困《こう》じたように笑う伊佐治をやり過ごし、お由は彼の右腨に浮かんだ蝦蟇の形の痣を、しみじみと懐かしむようにして見詰めている。

肉ノ人

木下昌輝

木下昌輝（きのした・まさき）
一九七四年奈良県生まれ。二〇一二年「宇喜多の捨て嫁」でオール讀物新人賞を受賞、一四年単行本デビュー、一五年歴史時代作家クラブ賞新人賞、舟橋聖一文学賞、咲くやこの花賞を受賞。著書に『天下一の軽口男』『つわもの』『敵の名は、宮本武蔵』『戦国十二刻始まりのとき』『応仁悪童伝』『剣、花に殉ず』『愚道一休』など。

一

まるで、温かい湯につかっているようだと、沖田総司は目を細めた。酒場の窓からは、桜の木が見えている。半分以上が葉桜に変わっていた。時折風がふいて、花弁がヒラヒラと窓から舞いこんでくる。

沖田総司が心地いいと感じたのは、春の陽気のことではない。座敷には新撰組の面々がすわって、盃《さかずき》を盛んにあおっていた。いつもは島原や祇園で芸妓や舞妓をはべらせた宴になるはずだが、今日はちがう。

副長のひとり山南敬助《やまなみけいすけ》の発案で、酒屋の二階の座敷での宴会となった。

総司の目の前にならぶつまみは、家の総菜《そうざい》に毛が生えた程度のものだ。事実、一番美《う》味《ま》い肴《さかな》が壬生菜の漬け物という有様だ。酒もうすくて酢のような味がする。

しかし、笑い声は左義長《さぎちょう》祭の爆竹のように、あちこちで弾《はじ》けている。酌をする女を相手にいつもは天下国家を論じる隊士たちも、男だけのこの場では心地よく地金《じがね》を顕《あら》わしていた。酒席には、様々な流派の剣客がひしめいている。人々の輪の外側近くで盃を傾ける沖田総司の天然理心流《てんねんりしん》のほかにも、小野派一刀流《おのはいっとう》、神道無念流《しんとうむねん》、北辰一刀流《ほくしんいっとう》、無外《むがい》流、種田流槍術《たねだりゅうそうじゅつ》の達人たちだ。

会話のほとんどは武に関するものばかりだ。やれ、あの流派の突きがいいとか、あその一派の面打ちはえげつねえとか。木が枝を広げ花をつけるように、話はつきることがない。

「やっぱり、おれたちはこうでなくちゃいけねえ」

局長の近藤勇や副長の土方歳三は、脱走者が相次いでいる状況を危惧《きぐ》しているが、それが何ほどのことがあろうか。臆病者がいなくなり、選ばれた剣客がのこる。新撰組を太刀の鋼《はがね》のようにつよくしてくれるはずだ。酢のような味の酒で喉を湿らせつつ、総司はひとり何度もうなずいた。

「沖田さん、どうも」

頭を下げて近づく男がいる。晴れた青空を思わせる浅葱《あさぎ》の羽織を着込んでいる。袖や裾には、ダンダラの山形が白く染めぬかれていた。新撰組の隊服だが、今この場にきているのはこの男だけだ。芹沢暗殺後に土方が隊服として意気揚々と誂えたが、すこぶる動きにくい。今は幹部も含めて誰もきていない。

浅葱の羽織をなびかせつつ近づく男の名は、安藤早太郎《はやたろう》という。いつも微笑をたたえる顔には、皺《しわ》はほとんどない。湿り気を帯びた肌もあいまって年齢は二十代にしか見えないが、噂では四十を超しているという。腰が低い男で、二十代や十代の隊士に対しても敬語で接する。三河出身だがなぜか京の地理に詳しく、道案内役に重宝されていた。

優しげな風貌《ふうぼう》に似合わず、肝《きも》はすわっている。昨年の暮れに野口健司《のぐちけんじ》という隊士が切腹したが、見事な介錯《かいしゃく》を披露した。もっとも、その後に手も洗わずに餅つきの杵《きね》取りをするという不浄をして、土方にひどく叱られたが。

「実はおもしろい肴を買ってきたんですよ。沖田さんにどうかな、と思いまして」

安藤早太郎は、懐から竹皮の包みを取りだす。開けてみると、輪切りにされた沢庵《たくあん》のような肉片がでてきた。

「商人がいうには〝人魚の肉〟ということでございます」

目尻を下げて、安藤は説明する。

「人魚の肉だって」

「はい。南蛮の珍味と聞いています。食せば、千年の寿命が得られると評判です」

「で、実際のところは何の肉なんだい。まさか、本当に人魚なんていうんじゃないだろうな」

安藤は白い歯をみせて笑う。

「買いもとめた商人がいうには、鯨の肉ではないかといっておりました」

武州《ぶしゅう》多摩から京都へいく道中に鯨の肉を食べたが、たしかに色艶《いろつや》などはよく似ている。

「おい、総司、安藤君、なんだ、それは」

顔を突きだしたのは、新撰組局長の近藤勇だった。さきほどから大量の酒をあおっているはずだが、顔色ひとつ変えていない。鬼瓦《おにがわら》のような顔は、大きな笑みを張りつけると何ともいえない愛嬌《あいきょう》がわいてくる。

「さあ、安藤君がいうには南蛮の珍味らしいですよ」

「毛唐《けとう》どもの食べ物とな。それは聞きずてならんぞ。まさか、夷狄《いてき》に心を売りわたすつもりか」

拳《こぶし》がゆうにはいる大きな口を豪快に開けて、近藤は笑いとばした。

「その逆ですよ。南蛮人どもの重宝する肉を平らげるのも、攘夷《じょうい》の景気付けかと思いまして」

安藤の返答は、近藤の興味をひきつけたようだ。

「そりゃいい。奴らを食いつくすって趣向だな。おい、斎藤君」

厠にでもいこうとしたのか、横を歩いていた副長助勤の斎藤一《はじめ》を近藤が呼び止めた。広い額と彫りの深い鼻梁《びりょう》が特徴的な顔立ちをしている。江戸で人を斬って京へきたという男で、こちらもなかなかの剣客だ。

「今から神州《しんしゅう》日本男児の心意気を見せるぞ。みなで、食べよう。あー、何の肉だったたっけ」

「人魚の肉という乙《おつ》な名前です。実際は鯨の肉らしいですが」

安藤は、近藤、斎藤、総司の前に肉を差しだした。

「では、いざ、平らげん」

近藤は腕をのばし、指で直接つまみあげる。総司は斎藤と一緒に箸ではさんで、人魚の肉を顔の前にもってきた。

「安藤君はいらないのか」

総司は、肉片を挟んだ箸を安藤につきつけた。

「ああ、私はすでに食べましたから。お気になさらず」

安藤は、片手をせわしなくふって遠慮する。

「じゃあ、いただくか」

総司と斎藤は、近藤のかけ声にあわせて人魚の肉を口に放りこんだ。

うん、と総司はつぶやいていた。肉が、舌にからみついてくる。まるで遊女がだきつくかのようだ。舌を動かすと、口のなかが唾液で満たされて肉がとろけていく。

「おおお、お」

三人は思わず感嘆の声をあげてしまう。

「これは、すごいな」

「まったくですね」

近藤と斎藤が、のこった肉片にも箸と手をのばす。次々と、人魚の肉が消えていく。

気づけば、総司も箸で二枚つまみあげていた。

「もう、このくらいでご勘弁を」

のこり数枚となって、安藤は竹皮の包みを素早く封じる。未練がにじんだ近藤の目差《まなざ》しに気づいて、安藤は苦笑いを浮かべた。

「近藤先生、美味なるものはすぎれば毒になるといいます。何でも、人魚の肉を食べすぎると妖《あやかし》にとり憑《つ》かれると、商人はいってましたよ」

意味ありげな笑みを浮かべて、安藤は立ち去る。

二

「沖田君、遅いじゃないか。もうすぐ昼だぞ」

道場の入口から声をかけたのは、黒羽二重《くろはぶたえ》の小袖《こそで》を着込んだ小柄な男だった。顔には武芸者らしくない細い目鼻がついている。副長の山南敬助だ。昨夜の宴会の幹事役である。

「柄にもなく呑みすぎました」

頭をかきつつ笑ってみせる。昨夜、安藤が差しだした人魚の肉を食べてから、どういう訳か喉がはげしく渇くようになった。酒を呑んでも茶を服しても渇きはおさまらず、ついつい深酒となってしまったのだ。さっきも水浴びでもするように、井戸水で喉を潤《うるお》したところだ。

「困るよ。もうすこし稽古に身をいれてくれないと、ほかの者に示しがつかない」

相変わらず口うるさいが、総司は山南が嫌いではない。

己《おのれ》を厳しく律しそれを他者に押しつけるきらいはあるが、何ともいえない愛嬌がある。隙とでもいうのだろうか。今日もきている黒羽二重の左袖の部分に、銅銭ほどの大きさの穴が開いていた。刀の柄《つか》が当たりすり切れてしまったのだ。袷《あわせ》（裏地のある二重構造）にもかかわらず、肌の色が時折見えている。

だが本人は気にしていないのか、繕《つくろ》おうともしない。たまにそこから懐紙や裏地の端、指などがのぞいていることがあり、近藤や土方にはない可愛げを醸《かも》している。

「そういう山南さんもどうしたんですか。何か考えごとでも」

微笑をたたえる新撰組副長の顔が曇りはじめた。腕を組んで稽古風景を見つめる。山南が稽古着でないのは、怪我をしてはげしい動きができないからだ。

「なに、あれさ」

見ると、山南とならぶもうひとりの副長・土方と二番隊の組頭・永倉新八《ながくらしんぱち》が、大声でやりあっていた。どうやら、面籠手《めんこて》をつけて稽古する隊士を指導しているようだ。

「ちがう。もっと前足に体重をのせねえか」

「馬鹿野郎、前足はかるく、後ろ足で蹴って踏みこむんだよ」

土方と永倉が正反対の指示をだしており、動揺した隊士はいいように打ちこまれていた。面や籠手に竹刀《しない》が当たるたびに、ふたりの罵声《ばせい》がはげしくなる。

「試衛館《しえいかん》名物みたいなもんだけど、いわれる方はたまったもんじゃないよ」

眉間をくもらせた山南はいう。

「山南さんは、どちらが正しいと思います」

総司がきいたのは、山南の剣技が土方、永倉らを凌《しの》ぐからだ。小野派一刀流、北辰一刀流、そして天然理心流の三派を深く学び、それらの長きをとり短きを捨て、唯一無二の境地へと到達している。一年前、近藤勇と対立する芹沢鴨を暗殺したとき、斬りこみの一番手をまかされたのが、その何よりの証《あかし》だ。

ちなみに総司はしんがりの役を託された。山南と互角の実力者だからだ。

「おい、それをいえば、どちらかの顔を潰すことになるよ」

「じゃあ、あのままにしときますか」

山南は袖に開いた穴から、指をだして思案しはじめた。刀の柄で開いたというのは嘘で、考えごとをするときの癖で着物をひっかいていてできた穴ではないのか。それを刀の柄で磨《す》り減ったと誤魔化しているとしたら、やはり愛嬌のある人だなと総司は思う。

何かを決心したのか、山南は袖から飛びだしていた指を引きぬいた。頭をかきつつ道場の中央へと一歩踏みだす。つづく足は、床を引きずるようにしてしか前にだせない。針でさされたように、総司の胸が痛んだ。

「おい、君たち、止まれ、すこし待て。ああ、土方君永倉君、彼をすこし借りるよ」

大きくはないが、不思議とよくとおる山南の声だった。

山南は土方と永倉に指示をうけていた隊士を呼びよせ、何事かを耳打ちしてまた足を引きずりながら総司のもとへともどってきた。再び立ちあいが再開される。

「そうだ。それでいいんだ。ゆったろ、前に踏めば面がつよく打てるって」

「ほら、見ろ。後ろの足がきいてるから、相手の懐に飛びこめるんだよ」

さきほど耳打ちされた隊士が、小気味いい音をたてて相手の面に竹刀を打ちこんでいた。

「こりゃ、不思議ですね。山南さん、一体何といったんですか」

「なに、足のことは忘れろと教えたのさ。それより、尻から頭のてっぺんを貫く軸を意識しろとね。つまるところ、あのふたりは面を打つときの踏みこみが鈍いのが不満だったのさ。僕が見るに、その原因は軸がぶれていることだった」

山南が細い目をさらに細くした。

「やっぱり山南さんがいないと、まとまんないなぁ。早く稽古に復帰してくださいよ」

総司は小袖の下の山南の肌に目をやる。まるで女のように肌理《きめ》が細かいが、よく見ると刀傷があちこちにある。そのうちのいくつかは、骨を削るほど深いものだと素人《しろうと》でもわかるはずだ。

隊の運営に関しては慎重な山南だが、実戦になると豹変《ひょうへん》した。傷を負うことを躊躇《ためら》わず刀をふるい、誰よりも果断に戦う。ときに、命がけで隊士たちを救うこともあった。大坂で力士たちと乱闘になったときは、近藤への八角棒の一撃を身を挺《てい》して受けたほどだ。つい先月も大坂で土方とともに不逞浪士と戦い傷を負ってしまったが、それも土方をかばうためだったと聞いている。

「そんなことはない。僕ではこれだけの人を集められない。近藤さんの人徳だよ。あと、土方君の辣腕《らつわん》もね」

最後の言葉は、苦いものを口に含むような口調だった。

「さあ、それよりも沖田君、さっさと防具をつけて稽古に参加したまえ」

まるで総司を追いはらうように、山南は口にする。

沖田総司は、いつも面と籠手をつけずに稽古に立ちあう。甲冑《かっちゅう》のように防具をまとった隊士が、面金《めんがね》の隙間から殺気と恐怖混じりの奇声をあげ、打ちこんできた。

総司の額への全力の一撃。隊士は、決死の形相で総司の頭や手首を狙う。すこしでも気合いが足りなければ、失神するまで打ちすえられることを知っているからだ。殺気さえもにじむ竹刀をさばきながら、総司は舌打ちをした。

いつもなら難なく受けとめる打ちこみが、今日はやけに重く感じる。

相手がつよいのか。いや、ちがう。体の調子が悪いのだ。さきほどから喉が渇き、首をかきむしりたい衝動にかられる。唾を飲みこもうとすると、引きつるような痛みがともなう。

オオオと、周りをかこむ隊士たちがどよめいた。竹刀が総司の肩をかすったのだ。

追撃が、目のすぐ横を通過する。

いつもなら微笑で受けながせるはずだったが、今日はちがう。

怒りが頭の奥で爆《は》ぜた。

気づけば、総司は突きを繰りだしていた。

一撃。いや、つづけざまにさらにふたつ。

得意の三段突きは、山南や永倉ら幹部との立ちあいでも滅多に見せない。それを平隊士の喉めがけて、打ちこんだのだ。瞬間、隊士の体は後方に飛ぶようにして壁にぶつかった。喉を手で押さえ足をばたつかせ、はげしく悶絶《もんぜつ》する。

「沖田先生っ」

古参の隊士が、声をかけた。総司はゆがむ己の顔を自覚する。みなが見つめていた。隣で稽古をつけていた土方や永倉も、思わず手を止めて面金の隙間から総司を凝視する。今の男の気合いに何の不足があったのかと問いたげであった。

「殺す気でこいといっただろう」

危険な三段突きを正当化するような口ぶりになってしまった。もがく隊士の気迫に不足がなかったのは、自身がよく知っている。視界のすみに、心配げに見つめる山南の姿があった。

「おい、すこし代わってくれ。ちょっと喉が渇いた」

声をかけた古参隊士は、怪訝《けげん》そうな顔をする。

「また、ですか」

立ちあいの合間に、柄杓《ひしやく》にくんだ水を飲み干したことを思いだした。我慢するべきかと思ったが、喉の奥が焼けるように熱い。

「昨日の夜から喉が渇いて仕方ねえんだ」

吐きすてて場を外した。山南に黙礼だけをして、素早く道場の外にでる。

庭では、真剣を使った形稽古をする隊士が何人かいた。竹刀の空を切る音が太鼓なら、真剣のそれは笛だ。鋭い音をすりぬけるようにして、総司は井戸のもとへといき水をくむ。柄杓を手にとり、一杯、二杯、三杯と水をあおり、やっとすこしだけ渇きがましになった。だが、すぐに歯茎《はぐき》の潤いが消えるのがわかる。まるで夏の日にまいた打ち水だ。

「いてぇ」とうめき声がひびき、総司は首をねじ曲げた。

一人が腕に手をやって、うずくまっている。

「間抜けが」と、口のなかでつぶやいた。

稽古に熱中するあまり隣の者に切っさきが触れたのだ。怒鳴ろうと思ったら、口を開いた形で顔がかたまった。隊士の指の隙間から、赤いものがジワジワと滲みでてくる。指をつたい、筆で線をひくように流れて、肘《ひじ》先から地面へとしたたり落ちる。

ジュワリと、歯茎の根っこから唾液が滲みだした。乾いた歯肉を愛撫するように、潤いが足される。総司はあわてて口をぬぐった。

隊士の腕からしたたる赤いものを口にしたい。

はげしい欲望は、総司の喉にのこるわずかな湿りさえも蒸発させる。

三

京の町を、沖田総司は隊士を引きつれて歩いていた。道の両側には、鰻《うなぎ》の寝床と呼ばれる町家が整然と建ちならんでいる。すべての家には格子が奇麗《きれい》にはめられており、水面《みなも》にできた紋様のようだ。

コンチキチン、コンチキチンと、二階の窓に垂れた簾の隙間からお囃子の音が漏れてくる。まだ祇園祭には早いが、京町家のあちこちではお囃子の稽古がはじまっている。

　祭の華やぎを待ちわびる町とちがい、隊士たちは飢えた犬のように気を荒ぶらせていた。それは総司も同じだった。先日、探索の山崎烝《やまざきすすむ》から長州系の過激派浪士が四百人近く潜伏しているという報《しら》せが届いたが、詳しい行方はわからない。頭が痛いのは、新撰組をかたる偽者による殺人やゆすりが相次いでおり、その取りしまりも必要なことだった。近藤や土方らの元には、事態を収拾せよという命令が会津藩から矢継ぎ早に届いている。

「いいか、浪人や武士の身なりだけでなく、町人にも目を配れ」

　出発のときに発した言葉を、総司は繰りかえした。背中ごしに隊士たちがうなずく気配がつたわってくる。

　町人たちの陰に隠れるような挙動を見せる男がいた。浪人か武士か、それとも町人かはわからない。総司は素早く足を一歩踏みだした。さらに男は人のなかへと紛れようとしている。町人風の姿だが、歩き方は武士だ。

「追え」と叫ぶと、隊士たちが猟犬のごとく駆けだした。

　総司も、足を必死に動かす。

　すぐに視界がゆがんだ。

喉が焼けつくように痛い。舌の根や歯茎が乾ききって、皮が破れてしまいそうだ。通りすぎる井戸にむしゃぶりつきたい欲求をねじ伏せて、男を追う。

桶屋《おけや》にならんだ品を道にばらまいて、男は逃げる。転がる桶を総司は飛びこえたが、何人かはつまずいて不様に倒れた。

角をまがる男の背中が見えた。倒れる隊士に目もくれず、総司もあとにつづく。

剣光がひるがえった。

鬢《びん》の毛がザクリと音をたてて、視界に舞う。

たちふさがっているのは町人ではなく、笠を深くかぶった浪人だ。長い刀をあやつる腕の隙間から、小さくなる町人の背中がチラリと見えた。

浪人の二撃目を、体勢を崩しつつ避ける。小舟の上にたつかのように、総司の足下はおぼつかない。つづくはずの隊士たちの足音は、まだ遠い。

体の均衡を崩しつつも、総司は鯉口《こいぐち》を切る。だが、浪人はすでに腕を振りあげていた。

浪人の三の太刀を、うけることも避けることもあきらめる。

かわりに刀を渾身《こんしん》の力で抜きはなった。防ぐためではなく、斬るために。

居合いの光が、斜め上にむかって線をひく。

と同時に、総司の額を割らんとしていた刃は虚空《こくう》で意志の力を失い落下した。

舌打ちしたのは、相手に浴びせたのが絶命にいたる会心の一太刀だったからだ。

手加減するゆとりはなかった。生け捕ることができなかった後悔を嘲笑《あざわら》うように、血しぶきが顔に降りかかる。

不思議だった。いつもは不快に思うかえり血が、心地いい。涼やかささえ感じた。

どうしちまったんだおれは。

自問への答えが見つかる前に、隊士たちがあらわれた。

「どうします。もうひとりを追いますか」

「いや、いい」

もし、潜伏する過激派浪士の数が本当に四百人なら、いたるところで総司たちを待ちかまえているはずだ。あるいは、追いかけたのではなく、追いかけさせられたのかもしれない。

「それより、死体の懐を探れ。身元のわかる手がかりがあるかもしれん」

隊士たちが真新しい骸《むくろ》に群がった。

「だめですね。身元がわかりません。念のため屯所に運びこんで、調べますか」

こちらをむいた隊士の顔が、たちまちこわばる。目には、怯《おび》えの色が急速ににじみだす。

「お、沖田さん、何をしてるんですか」

ジュルリと涎《よだれ》の音が口から漏れた。

舌が、唇のうえをはう。いつのまにか、血にぬれた両手が目の前にあった。

「えっ」と問いかえしたとき、口のなかにこい血の香りが充満する。ゴクリと、唇の端からこぼれそうになった血を飲み干す。灼《や》けるように熱かった喉の苦痛が、急速に癒《いや》されていく。

総司は声をかけられるまで、気づかなかった。

むしゃぶるようにかえり血を啜《すす》っていることに。


市中見廻りが終わり、総司が急ぎ足でむかったのは井戸だった。桶につながる縄を乱暴に引きあげて、柄杓も使わずに浴びるようにして水を飲む。

喉が癒されるのは、一瞬にしかすぎない。口のなかがすぐに乾いてくる。同時に押しよせるのは、鉄に似た血の味の追想だ。美酒を忘れられない酔客のように、喉が血を欲している。

「沖田君、ちょっといいか」

桶を井戸に投げすてたとき、山南に声をかけられた。今日も袖に穴の開いた黒羽二重の袷をきている。先日よりも、穴がまたすこし大きくなったような気がした。

「ちょっと手伝ってほしいことがあってね。僕の部屋まできてくれるか」

ひとつ息を吐き、総司は自分の喉に手をやる。渇きは消えていないが、我慢できないほどではない。

「市中見廻りから帰ってきたばかりなのに、山南さんは人使いが荒いなぁ」

わざと大げさに笑いかける。そうでもしなければ、不安で胸が潰れてしまいそうだった。

「何をいってるんだ。天下の沖田総司がだらしない」

山南は背中を見せて歩きだす。総司は黙って後をついていく。

胸に湧いていた不安の種類が変わる。山南は、いつものように足を引きずっていた。手で足を導くようにしないと前へと進めない。明らかに以前より悪くなっている。

「山南さん、何の仕事ですか。筆仕事ならおれは役に立ちませんよ」

「すまんが、刀や竹刀はいらない仕事だよ」

「それじゃあ、事務方に声をかけましょうか」

なかば本気でいうと、山南が足を止めた。総司がならぶのを待って口を開く。

「実をいうと、内山の件さ」

十日ほど前に、総司らは大坂奉行所の内山彦次郎《ひこじろう》という男を大坂・天神橋《てんじんばし》で暗殺した。山南がいうには、仕事を依頼したのは会津藩だが、その上には幕府がからんでいるとのことだ。

不逞浪士の天誅《てんちゅう》の犯行に見せかけろという指示もあり、気味が悪いと感じたことを思いだした。ふたりのほかに、このことを知っているのは新撰組でも近藤や土方、あとは探索の山崎烝ぐらいのものだ。

「山崎君にたのむべきかもしれないが、彼は長州派浪人の探索で忙しくてね」

近藤、土方、山崎烝ら内山事件を知る人間は、多忙を極めている。怪我で指揮をとれない山南と、さきほど市中見廻りが終わった総司ぐらいしか手の空いている者はいない、ということか。

「数日前に大坂から荷が届いていてね。さっさとケリをつけようと思って」

山南は総司をうながして、またさきへと歩を進める。

「荷っていうのは」

廊下を歩きつつ、総司はきいた。そこに、内山暗殺の理由が隠れているような気がする。周囲を素早く見渡してから、山南が顔を近づけた。

「大塩平八郎《おおしおへいはちろう》の禁書だよ」

大塩平八郎——今から約三十年前、〝救民〟の旗をかかげて挙兵し、大坂の町を焼きはらった男である。さすがに総司は生まれていなかったが、名前はもちろん知っていた。乱を起こす前は剛直誠忠《ごうちょくせいちゅう》の能吏として、名を馳《は》せていた男だ。

大塩平八郎の禁書といわれて、思い当たる節がある。

「まさか、京八坂《やさか》の隠れ切支丹ですか。女陰陽師《おんみょうじ》一派の」

山南がゆっくりとうなずいた。

大塩平八郎が乱を起こす約十年前のことだ。大塩は京八坂の女陰陽師の一派が、隠れ切支丹であることを突きとめた。その所持品のすべてを取りおさえ、一味を磔《はりつけ》にした。大手柄ではあったが、以後、大塩は狂ってしまった。

養子の妻に手をつけ子を孕《はら》ませ、今川弓太郎《ゆみたろう》と名付ける。大塩平八郎は、戦国大名・今川義元《よしもと》の末裔《まつえい》ともいわれていた。将軍である徳川家さえもかつては従属させていた名門の姓を、子供に名乗らせる。この一件から、大塩平八郎の乱は救民ではなく、倒幕を企《たくら》んだものともいわれていた。でなければ、火付けなどという大それたことは行わない。

大塩が狂った原因が、隠れ切支丹から押収した禁書だという噂がある。禁忌《きんき》の呪法《じゅほう》に心を奪われて野心の虜《とりこ》になったのだと、まことしやかにいわれていた。

総司らが暗殺した内山彦次郎は、大塩平八郎の乱の鎮圧に功があった侍だ。

「つまり、内山は大塩平八郎の禁書を隠しもっていた、と」

総司の推論を、山南は否定しなかった。

「内山は大塩の乱のときの功臣だが、世が世だけに幕府も目をつぶってはいられなくなったのさ」

たしかに倒幕過激派浪士が禁書を手にし、大塩平八郎の残党や縁者と結びつけば、油断ならない事態になる。あるいは、内山自身がすでに禁書に魅入《みい》られていたのかもしれない。彼が第二の大塩たらんという野心にとり憑かれたのか。

「まさか、何も知らない平隊士にやらせるわけにもいくまい」

たしかに、切支丹の禁書とわかれば腰を抜かすだろう。

「なに、難しいことじゃないよ。いってみれば書物の整理と目録作りさ。そして、人をやって会津藩邸に送る。半日もあれば、すむ」

山南が襖を開けると、行李《こうり》がふたつおいてあった。護符《ごふ》などで幾重にも封印がされているのは、切支丹の祟《たた》りを恐れたからか。奇妙な胸騒ぎを覚えつつも、総司は部屋へとはいっていく。

目の前には、樹皮を連想させる硬い表紙の本がいくつもならんでいた。異国の文字が金箔《きんぱく》で彫りこまれている。無論、総司には読めない。

パラリとめくってみた。普段目にする紙とはちがう、乙女の肌のような滑らかな質感だ。顎髭《あごひげ》を生やした痩身の男が磔《はりつけ》柱《ばしら》にかけられている図や山羊《やぎ》頭の怪人の姿などが、虫のような文字とともに描かれている。興味にかられて、次々と頁《ページ》をめくった。

ピタリと手が止まる。

彫像が描かれていた。夷狄の観音像だろうか。花嫁がつける綿帽子のような頭巾《ずきん》をかぶる女性がひざまずき、両手を胸の前であわせている。異様だったのは、その横にある人の姿だ。性器を禍々《まがまが》しく露出した裸形の男が、左手を夷狄観音像の上にかざしている。

もう片方の手には短刀がにぎられていた。刃で己の腕を切りさいたのか、左の肘あたりから流れた血が、観音像に降りそそいでいる。

そういえば、と総司は思う。磔にされた京八坂の女陰陽師たちは、異教の像に血を塗りつける儀式を頻繁に行っていたという。大塩平八郎が押収したもののなかには、血にぬれた切支丹の神である天帝の絵もあったはずだ。

「血か」とつぶやきつつ、手で紙をなでた。裸形の男から流れる血に指がふれたとき、ドクンと心の臓が跳ねた。

喉の奥が急速に干涸《ひから》びていく。同時に、ねじ伏せていた禁忌への欲求が再び頭をもたげる。

ゆっくりと赤い塗料をなでた。

これは、染料や顔料ではない。本物の血を塗りつけている。

浪人を斬ったときの妖《あや》しい快感が、臓腑《ぞうふ》の底で渦を巻いている。ひりつくような渇きに耐えきれなくなって、総司は湯飲みを掴《つか》んで茶を一気に飲みほした。隣で目録を作る山南の茶にも手をのばそうとした己を、必死に止める。急いで頁をめくり、衝動から逃げた。一枚だけのつもりが、次々と紙がひらめいていく。風がふいて、総司の意思とは関係なく頁が繰られていた。

見えない手で押さえられたかのように紙が止まる。

「なんだ、こりゃ」

彷徨《さまよ》う死体、体の左半身にびっしりと目玉を生やした男、首のない騎士、しゃべる生首、夢のなかで何度も処刑される囚人、瓜二つの自分の分身と向きあう男、様々な怪異の絵がつづく。

女の首筋に狼のように尖《とが》った歯をつきつけ、血を吸う男の絵があった。今日の市中見廻りの己の行いを暴かれたようだ。絵はそれだけではない。隣には、太った、いや太りすぎた男の姿が描かれてあった。肥大した肉は目鼻口をおおうように垂れさがり、肘や膝などの関節の場所さえわからなくなっている。指はほとんど肉に埋まり、乳首のような突起がかすかにあるだけだ。皮膚病を患《わずら》っているのか、肌は異様な色にあちこちが変色している。

陥没と化した眼窩《がんか》から、赤い涙を垂れ流している。

目をそむけたいのに、なぜかできない。肉まみれの男が、なぜか他人とは思えなかった。口から尖った歯が飛びだしているのに気づく。その形から、吸血する男の成れの果てだと悟った。

隣の山南が書物を移動させる音を聞いて、金縛りが解けるように手が動く。

「ああ、そっちが原典か。どうやら、僕の方は写しらしい。ご丁寧に、日《ひ》ノ本《もと》の言葉に訳してくれているよ」

和紙の装丁の本を、山南が手渡した。右上には表題だろうか、漢字でこう書いてあった。

——人魚ノ肉

夜の壬生菜畑の中央で、沖田総司は一心不乱に刀をふる。狼の遠吠えと蝙蝠《こうもり》のうなり声が、かすかに耳に届く。月の光を浴びながら、闇を斬るように刀を操った。

喉の渇きがひどくなる。太刀を手にすると、平時なら我慢できる渇望が苦痛に変わった。

それを知ってなお、沖田総司は刀をにぎる手に力をこめずにはいられない。

昼に見た、禁書の写しの内容を思いだす。

妖《あやかし》にとり憑かれた者の末路が書いてあった。そのなかに、人間を食《は》む〝肉人〟と呼ばれる妖の説明が、総司の目を虜にした。肉人に取りつかれた者は、まずはげしい喉の渇きを訴えるという。水を飲んでも喉が潤うことはない。

渇きを癒すのは、ただ人間の血だけだ。

さらに書はつづく。渇望に負けて血を吸いつづければ、やがて人を食みたいという欲望の奴隷となり、その者は遠からず肉人となると。

総司は、思わずあえぎ声を漏らした。

肉人——かつて神祖・徳川家康の前にあらわれた妖である。指だけでなく手足さえも肉に埋没するほど太り、いかな刀、矢玉、毒でも命を奪うことはできず、とうとう駿河の山中に放逐《ほうちく》したといういい伝えがある。

禁書には、ひとたび肉人となれば、死ぬことも叶《かな》わず、現世で人間の血肉を漁《あさ》りながら永遠に苦しみつづけるとあった。

そう、醜悪な肥満の怪物の絵がそれだ。血肉を食むことを拒めば、どんなに滋養のある物を摂《と》っていても、やがて衰弱して死にいたるとも説明していた。

不安を断つため、全力で腕をふる。

「馬鹿か、おれは。肉人だと。そんなものに惑わされていて、新撰組の一番隊の組頭が務まるか」

唾を吐き捨てようとしたが、乾いた口からは何も放たれることはなかった。

四

グニャリと視界がゆがみ、総司は足下をふらつかせた。喉は渇きをとおりこして、痛みを感じる。鋭い爪で、喉の内側を切りさかれているかのようだ。空気を吸いこもうと口を大きく開けると、さらに肺のなかがよどみ、渇きが増した。

「畜生」とうめく。

目の前には、血まみれの男が頭を下にしてぶら下がっていた。あちこちの皮膚が破れ、薄朱色の筋肉と白い脂肪が見えている。男の足に縛られた縄は、前川邸の蔵の天井の梁《はり》につながっている。今日の朝方、捕らえた桝屋喜右衛門《ますやきえもん》という男だ。薪炭《しんたん》屋を営んでいるとのことだが、調べてみると町家には大量の武具がそろっていた。過激派浪士たちの居所を知っていると新撰組は色めきたち、たちまちはげしい尋問がなされたのだ。

隊士たちが木刀や割れ竹刀で、逆さ吊りにされた桝屋を殴打している。血しぶきが飛び、そのたびに総司の喉を掻きむしる爪は鋭さを増す。血を飲みたいという欲求の奥に、もっと禍々しい渇望が隠れていることに気づいた。

肉だ。今、宙づりにされてうめく男の肉を食みたい。

性欲に目覚めた少年のように、妖しい衝動が身の内から突きぬけようとしている。

「白状しろっ、桝屋、貴様、長州の手先だろ。浪士たちはどこに潜伏している」

隊士の一振りで、血が総司の頬に張りついた。あわててぬぐおうとしたが、舌が動くのはそれよりも速かった。まるで別の生き物のように蠢《うごめ》いて、血をなめとる。

ゴクリと、口のなかに溜まっていた血を飲んだ。暫時、総司を傷つける怪物が大人しくなる。

安堵と焦りが、己の身を焼く。

気づけば、大きく足を前に踏みだして、隊士たちに叫びかけていた。

「生ぬるいことをしてんじゃねえっ。さっさと口を割らせろ」

ひとりから木刀をひったくったのは、一刻も早くこの仕事を終わらせるためか、それとももっと血肉の香りと味を堪能するためか。

自分でもどちらかわからないまま、木刀をふるう。涼風を思わせる血が降りかかった瞬間、かすかにのこっていた理性が吹きとんだ。

気づけば、無茶苦茶に木刀を繰りだしていた。霧雨のような血しぶきが、体の表面に心地よく付着する。

口の周りをはいずる舌の動きを、総司は止めることはできない。


桝屋喜右衛門という男の供述を書きつけた文書とともに、沖田総司は副長・土方の部屋を訪れた。体についた血は拭きとったが、果実を搾《しぼ》ったような匂いは、うすく総司の肌にこびりついていた。皮肉にも、それが喉の痛みを和らげている。

襖を開けると、土方は着流し姿ですわっていた。彼の好きな朱色の意匠をあしらった帯や襟が、髪や衣服の黒さを際立たせている。遊び上手の町人のような風情だが、腕はかたく組まれて目は天井を睨み、しきりに膝をゆすっていた。

総司は土方の対面に正座して、男が吐いた内容をつたえる。桝屋喜右衛門という名は変名で、本名を古高俊太郎《ふるたかしゅんたろう》という。大津郷士《おおつごうし》の出で、尊王攘夷の首魁《しゅかい》のひとり梅田雲浜《うんぴん》の弟子だ。肥後勤王党の大物・宮部鼎蔵《みやべていぞう》らと協力し、潜伏する三百人とも四百人ともいわれる浪士とともに会津藩や新撰組などの佐幕派を討たんとしているという。嘘くさいが、長州毛利の属藩である徳山《とくやま》毛利家ゆかりの者だともいっていた。

「それじゃあ、足りねえんだよ」

腕を組んだ土方が、総司を睨みつける。

「けど、土方さん、桝屋……、いや古高俊太郎は浪士たちの居場所は知らねえみたいだよ」

土方の目にさらに鋭さが増した。

「当たりめえだ。古高が、三百五十人もの潜伏先を把握してる訳がないだろう」

そうではなくて首謀者たちの居所のことをいったのだが、反論を許さぬ苛烈《かれつ》さが土方にはあった。もちろん、頭の回転の速い土方も総司のいいたいことは承知している。

「おれたちには手柄が必要なんだ」

「今までだって、よくやってるじゃないですか。何人も不逞浪士を捕まえた。あの古高もそうだ」

「そんなちっぽけな功じゃ、足りねえんだよ」

土方は己を縛《ばく》するかのように、組んだ腕に力をこめた。

「総司、近藤さんは解散を考えている」

思わず、尻を浮かしてしまった。

「解散って、新撰組の解散か」

土方はうなずいた。

「近藤さんの頭にあるのは、軍をひきい攘夷をなし国を守ることだ。市中見廻りじゃねえ」

土方はつづける。新撰組が大坂で将軍警護をしているときに、近藤は老中の酒井雅楽《うたの》頭《かみ》に進退伺いの上書を手渡したという。ほかにも、故郷の知人に同様のことを手紙で相談しているという。

「近藤さんが是非にというなら、おれは解散に反対はしねえ。ただ、今は時期が悪い。自らの手で、命を縮めるようなもんだ」

意味がわからずに、総司は目でさきを促した。

「おれたちは、虎の尾を踏んじまったんだ」

さきほど、会津藩からの使いがあり、容易ならざることを土方に伝えたという。捕まえた古高俊太郎の義理の祖母は、かつて徳山毛利家の藩主の妾《めかけ》だったのだ。徳山毛利家は約七万石と、石高《こくだか》こそはすくない。が、長州毛利家の藩主に男児がおらず、徳山毛利家から養嗣子《ようし》を迎えいれており、長州派志士への影響力は絶大だ。古高俊太郎は、そんな徳山毛利家と縁のある人物だという。

「京に潜伏する浪士たちは、古高を見殺しにはしないだろう。取りかえすための算段を練っているはずだ。四百人に屯所を襲われて、勝てると思うか。もしかしたら、今日の夜にでもおれたちの屯所は囲まれるかもしれねえんだぞ」

土方は血走らせた目をむける。今、新撰組の人数は、負傷者をあわせてやっと四十人になるかならないかだ。四百人を相手に勝てる道理はない。

今、解散すれば、四百人近い長州派の潜伏浪士たちが、総司たちひとりひとりを追いつめ、殺していくだろう。

「幕府も一枚岩じゃねえ。会津侯とちがい、長州と和睦しようという一派がいる。徳山毛利藩のご親戚の古高に手をつけてしまったおれたちは、またとない長州への進物なんだ」

「つまり、おれたち新撰組を売って長州に恩をきせて、和睦するつもりですか」

土方はゆっくりとうなずいた。

「会津侯は……松平容保様は何ていってんだ。あの方がおれたちを見捨てるのですか」

「容保公が助けたくても、家老が十人も新撰組を見捨てろといえば終わりだ。殿様の意見なんか関係ない。それが政《まつりごと》だ」

土方の目は、氷のような冷たさを孕んでいた。

部屋の外で人の気配がする。

「副長、用意ができました」

声に土方は立ちあがり、襖を開けた。蠟燭《ろうそく》と五寸釘を束にしてもつ男がいる。

「だから、総司よ。古高には何としても吐いてもらわなければならないんだ。おれたち新撰組が解散せず、かつ会津や幕府が手元においておきてえと思うような悪巧《わるだく》みをな」

蠟燭と釘を土方は受けとり、大股で廊下を歩く。着流し姿はまるで夕涼みにでもでかけるような格好だが、背中からほとばしる気迫は正反対だった。総司はあわててついていく。何かを語りかけようとしたが、土方の背中がそれを拒絶していた。やがて、古高俊太郎を尋問している蔵へとつき、土方はなかへとはいる。総司をさえぎるようにして、厚い鉄扉を閉めた。

立ちすくむ総司の耳に、大絶叫が聞こえてくる。

二階の明かりとりからは、かすかに煙も漏れはじめた。

鼻をつく匂いに、総司は顔をゆがめる。

血だ。血肉が焼かれる匂いだ。

古高のかえり血で潤《うるお》っていた喉が、また搔きむしられる。ふらつく足は、油断していると蔵のなかへと乱入してしまいそうだった。

やがて、古高の絶叫が聞こえなくなる。

静まりかえった蔵は、まるで無人のようだ。

ゆっくりと重い扉が開かれた。

体中から汗を噴きだした土方が、でてきた。隙間から見えたのは、古高俊太郎の姿だ。足の甲に釘が打ちつけられ、飛びでた先端に蠟燭がさしてあった。火をつけて、熱した蠟を傷口に流しこんだのか。

総司の体はかしぎ、たたらを踏むような足取りで前へとよろめく。ひそむ怪物が、喉からはいでそうだった。

「安心しろ。白状させてやったぜ」

近づいた総司の意図を勘違いした土方が、汗をぬぐいながらいう。口の片側をゆがめて笑っているが、目は血走ったままだ。

蔵の扉が音をたてて閉まるのを待ってから、土方は「奴らは大逆《たいぎやく》を企てた」と吐きすてた。

つづく言葉に、総司の体は凍りつく。

古高俊太郎は、京の町を焼きはらい天皇動座を企む大謀《だいむ》反人《ほんにん》になっていた。よりにもよって、京の町を焼くと偽証させたのか。

火付けに関わる罪は重い。京では「火事だ」と戯《たわむ》れでいっても重罪になる。町掟によ

って は失火を知らせる声が小さかっただけで、追放される場合もあるほどだ。打ち首相当の罪を、古高に背負わせたことになる。それは土方も同様だ。偽証がばれれば、命はない。

だが、と思う。これならば近藤も解散を考えなおすだろう。攘夷に匹敵《ひってき》する大乱が、京の町でうごめいていると思う。それだけの乱を未然に防げば、会津や幕府も新撰組を見捨てないはずだ。

土方は耳打ちをするように小声で命令する。

「祇園会所に集まれ。長州の奴らが、どこかに隠れているのは間違いない。奴らを一網打尽にしてやる」

祇園社の門前にある町の寄合所だ。祭のときは神輿《みこし》をおいたり、山鉾《やまぼこ》の装飾品を披露したりしている。

耳から耳へと、ささやくように土方の意思は伝達された。やがて総司を含めた隊士たちは、祇園宵々山《よいよいやま》で活気づく京の町の深部へと、三々五々とつどっていく。総司には、その様子がまるで死体に群がる蟻のように思えた。

「鴨川の東か西かどっちだ」

祇園の会所で、近藤勇は腕を組みつつうなる。その両側にはべるのは、沖田総司と土方歳三だ。かこむ三十数人の隊士は皆手に得物《えもの》をもち、鎖帷子《くさりかたびら》や小具足で身をつつんでいる。何人かは、狭い会所からはみだしていた。祭とは対極の殺気と苛立ちに満ちている。

近藤勇の目の前には、絵図がおかれていた。鴨川が縦に一本走り、左に木屋町《きやまち》や先斗町《ぽんとちょう》が、右に祇園の町が描かれている。このどこかに長州系過激派浪士の首魁たちが潜んでいるのだ。

頭が痛いのは、鴨川があることだ。隊をふたつに分けて、捜索しなければいけない。川さえなければ、三十人をひとつの生き物のように自在に指揮することもできるのだが。

「隊をふたつに分けるのは、兵法の理にあわない。東か西に探索を集中させるべきだ」

提案したのは、永倉新八だった。いいたいことは総司にもわかる。力を一点に集めるのは、兵法だけに限らず喧嘩《けんか》、武道に共通するもっとも単純な理屈である。では、東岸か西岸のどちらかにのみ三十人を繰りだすのか。もし、博打が外れたときは、浪士たちを取り逃がす。それはあまりに危険だ。かといって単純に隊を二分すれば、力が分散してしまう。

「会津藩さえいてくれたら」

近藤はボソリとつぶやいた。会津藩とは五つ刻《どき》（午後八時頃）に祇園会所に集まる手《て》筈《はず》だったが、四半刻《しはんとき》（約三十分）以上たつのにまだ一兵も姿をあらわさない。

総司の脳裏に、土方の言葉がよみがえる。長州と和睦したい勢力にとって、新撰組はまたとない進物だといっていた。

おれたちは見捨てられたのか。そう思うと、心臓がひしゃげるような不安が襲ってくる。

「よし、隊をふたつに分けよう」

土方の言葉にみなが驚いた。

「トシ、喧嘩上手のお前ならわかるだろう。それは危険だ」

「そうだ。ふたつに分けて、挟み撃ちってならともかく」

総司も思わず近藤と一緒に反論する。

きつく巻いた鉢巻きの下の土方の目が光った。

「まあ、聞け。鴨川の西岸に十人、東岸に二十人と分ける」

全員の視線が土方に集まる。たしかに、探索の範囲は祇園のある東岸の方が広い。

「土方さん、それは下策だ。西岸の十人はすくなすぎる。兵を小出しにするのは、もっとも忌むべき行為だ」

永倉新八が身を乗りだして反論すると、何人かが同調の声をあげた。

「そんなことはわかってんだよ」

土方は乱暴に言いはなつ。視線を投げかけて、みなを一斉に押し黙らせた。

「鴨川西岸探索の十人は、近藤さんが長だ」

反論の隙をつくらずに、土方はさらに口を開く。

「従うのは、沖田総司、永倉新八」

みなが、どよめいた。新撰組の事実上の一番手と二番手の遣い手が指名されたからだ。

「さらに、藤堂平助《とうどうへいすけ》、谷万太郎《たにまんたろう》、武田観柳斎《かんりゅうさい》」

つづいた言葉に、ざわめきが大きくなる。総司や永倉に劣らぬ猛者《もさ》ばかりである。みなの動揺を無視して、土方は「そして、安藤早太郎」と指名をつづけた。このなかで唯一、浅葱の羽織をきた男が目を瞬かせている。昨年末の介錯で胆力《たんりょく》は確認済みだ。さらに土方は、平隊士だが手練《てだ》れの数名をあげる。

なるほど、と思った。少数の近藤隊に精鋭を集め、そして大人数の隊を土方が指揮する。

近藤隊は武芸、土方隊は采配《さいはい》と、それぞれの強みがでている編成だ。

「近藤さんの隊は、捕縛は考えなくていい。斬りすてることに専念してくれ」

さらに総司に顔をやり、「わかっているな」と目だけで語りかける。声にだして返事をするまでもない。総司は柄を拳でかるく叩いて、土方の意思を汲みとったことを示してみせた。

硬かった近藤の表情が、いつのまにか柔らかくなっている。ニヤリと笑った。

「おもしれえな、トシ。お前の策に命をあずけよう」

近藤の言葉が合図だったかのように、みなが一斉に拳で掌《てのひら》を打ちつける。

心地よい音が祇園の会所に鳴りひびいた。


〝池田屋〟と書かれた提灯がゆれる旅籠《はたご》の前で、近藤勇と沖田総司の一行は立ちどまる。二階の窓から、大勢の士の影が見えた。脇差を佩《は》いているということは、みな武士だ。明らかにこちらの数より多い。障子を開けて祭見物をするでもなく、かといって酒宴を楽しんでいる様子もない。何事かをしきりに議論しているようだ。総司は池田屋に近づき、耳を澄ます。

「……を見殺しにするのか」

そんな言葉が落ちてきた。

近藤が無言でうなずく。何人かの隊士が腰を沈めて、体を硬くするのがわかった。

「どうやら当たりかもしれねえな」

近藤は素早く指示をだし、何名かを池田屋の後ろへと回らせた。背後の庭に着いたことを知らせる笛が二度鳴って、近藤勇は戸に手をかけて勢いよく開ける。近藤の背後を守るようにして、沖田総司もつづく。

八方《はっぽう》と呼ばれる巨大な行灯《あんどん》が、旅籠の天井から吊りさがっていた。明かりの下を大股で歩きつつ、近藤と総司は戸惑う店主の前へと進んだ。

「御用改めだ。新撰組である」

近藤の一喝で、店主の顔色が変わる。二階に何事かを叫びかけた次の瞬間、大勢の士が立ちあがる音がした。部屋から飛び出した敵は、ゆうに三十人近くいる。

あとは乱戦だ。

部屋のあちこちにある神棚や布袋《ほてい》、愛宕護符《あたごごふ》、荒神松《こうじんまつ》が、血しぶきで穢《けが》されていく。殺気が充満する池田屋で刀をふるいながら、総司はきしむほどに歯を食いしばった。喉だけでなく、臓腑さえも血を欲している。もう、かえり血を浴びるだけでは満足しないと、目に見えぬ怪物が体の内側に爪をたてていた。この苦行から逃れるには血肉を食むか、殺意が充満する池田屋から離れ水を飲むか、あるいは渇望にねじ伏せられる前にすべての敵を殺しつくすか。

足をふらつかせながら、剣を躍らせた。敵の斬撃《ざんげき》をうけるたびに、意識が飛びそうになる。

ひとりの男が刀を横へと薙ごうとしていた。全身の力をふり絞った、必殺の一撃。下手に刀でうければ、刀身さえも両断して肉を斬りさかれる。

退《ひ》くのではなく、総司は踏みこんだ。薙ぎきる前に、相手のにぎる柄目がけて、体をぶつける。肩にある痛みに鋭さはない。歯ぎしりの混じる相手のうめき声から、一撃を完全に封じたことを理解した。

ツンと、汗の匂いが立ちこめる。

薄暗い空気のなかで、相手の肌が見えた。青い血管が、ドクドクと脈打っているのがわかる。

総司の心臓もさかんに胸を打った。敵の脈拍と己の心拍が、きしむ刀をとおしてからみあう。

池田屋自体が叫ぶかのようだった。

悲鳴は、白く濁《にご》る視界を洗う波のように思えた。ぼんやりと男の姿が見えてくる。

ジュブリと口元から血があふれる。

ゴクリと本能が飲みこんだ。

不思議だった。次から次へと、血が溢れだして、喉の奥へと流しこまれる。

気づけば、総司は浪士の首にしゃぶりついていた。牙と変じた歯が皮を食いやぶり、肉に穴をうがつ。

ドスンと男の背中が、池田屋の壁に当たる。痙攣《けいれん》が牙をとおし、総司の体に伝わってきた。男の刀が地に落ちる音もひびく。ずり落ちようとする体を、総司は両脇に腕をやって支えた。

さらにあごに力をいれると、鎖骨が砕け、筋が千切《ちぎ》れた。

渇望は癒される。

臓腑を蹂躙《じゅうりん》し脳髄《のうずい》をしゃぶる怪物が、急速にしぼむ。

と同時に、湧きあがるのは肉を食みたいという渇望だった。

よせ、と心中で叫ぶが、総司のあごはさらに力をこめ、牙が深く食いこむ。

「助太刀だ」と叫ぶ声がして、大勢の士が土や板を踏む音が聞こえてきた。

「新撰組、副長助勤、井上源三郎《げんざぶろう》っ」

天然理心流の兄弟子の大音声が響いた。

まずい、と思った。こんな姿を見せちゃいけない。

頭を振りまわして、牙を引きぬいた。口のなかに血がのこっている。吐きだそうと思ったが、新たな隊士たちが踏みこんでくるのが目にはいった。

「総司」と叫びつつ近寄ってくるのは、井上源三郎だ。飲みこもうと思った瞬間に、むせた。

血を噴きこぼす。

口を押さえる指をこじ開けるように、赤いものが流れた。

「どうした。喀血《かっけつ》か」

まさか血を飲んでいたといえるわけはなく、総司はうなずいた。

「誰か、戸板をもってこい」

ぶつかりあっていた殺気の一方が急速にしぼもうとしている。通り庭と呼ばれる一直線の土間のさきに、「誠」や「會」と書かれた文字がならんでいるのが見えた。新撰組と会津藩の提灯文字が、壁をつくり池田屋を包囲しようとしている。

数人の隊士に担がれるようにして、総司は運ばれた。外には戸板がいくつもならべられている。何人かが寝そべっていた。額から血を流しているのは、副長助勤の藤堂平助だ。呼吸が荒く、浅くない傷だとわかった。横に寝そべっているのは、唯一浅葱の隊服をきた男だ。安藤早太郎は袈裟懸《けさが》けにやられたようで、右半身が真っ赤に染まっていた。

「人魚の血が……」と、うわ言のようにつぶやいている。

池田屋の外に敷かれた戸板の上で、沖田総司は尻をつけて体を休めた。

心は落ち着いている。今は血を飲みたいとは思わない。事実、朋輩《ほうばい》の藤堂や安藤早太郎の体からにじむ赤いものを見ても、何の欲望も湧かない。

大丈夫だ。おれは人間だ。

乱闘の最中、ほんの一時正気を失ってしまったにすぎない。

なかなかやってこない安堵を引きよせるように、何度もつよく念じた。

ふと、視界のすみに光るものを認めた。潜伏している浪士がもっていたものだろうか、割れた手鏡が落ちている。指を切らぬように、破片を手にした。

さきほどから口のなかに違和感があった。喉は渇いていないが、歯に何かがひっかかっているような気がする。血をあれだけ飲んだのだから当たり前だと思ったが、不安はこびりつきぬぐえない。

鏡の破片に顔をうつす。真一文字に結んだ口がある。

指をやり、己の唇をこじ開けた。

鏡にうつっていたのは、人間の歯ではなかった。狼のような大きな犬歯がのびている。

思わず手に力がはいり指の腹が破片に刺さり、赤いものが流れた。

牙がぬめり、ギラリと光る。

それは、まるで牙が血を欲しているかのように見えた。

池田屋での長い一夜は終わった。

総司を嘲笑うかのように、翌日からまた喉が渇き、血肉を欲した。

我慢するとはげしい目眩に襲われる。今までよりもずっと強くはげしく、頭痛もともなっていた。

総司は恐怖する。不逞浪士も新撰組の隊士も、ただの肉の塊《かたまり》にしか見えない瞬間がたびたびあったからだ。きている服でかろうじて見分けをつけて、斬った。何度も意識が飛びそうになるのを、必死にこらえる。自制できなくなりつつあることを悟った。このままでは味方さえも――近藤や土方、山南さえも傷つけてしまうのではないか。

やがて総司は、病と偽り床にふした。

渇きは癒《い》えることはなかったが、寝ているだけならば人が肉に見えることもない。徐々に筋肉は落ちていくが、正気を保つことはできた。剣をにぎることをあきらめようと考える。ゆっくり朽ちるように死ぬのだ。

　肉人に変じ永遠の苦行をうけるよりは、はるかにましな末期《まつご》だと覚悟を決めた。

五

「沖田君、いいかい」

　はいってきたのは、足を引きずる山南敬助だった。いつもと同じ、黒羽二重の袷の着物の袖には、楕円の形になった穴が開いている。昔は指一本がやっとはいるぐらいだったが、いつのまにか三本くらいなら簡単にとおしそうになっていた。袷の裏地の部分の穴は表よりも小さいようで、ヒラヒラと切れ目をのぞかせている。

　沖田総司は夜着の上に綿入れを羽織って、床柱に背をあずけていた。投げだした足は、部屋の中央に敷かれた布団の上にある。火鉢はあるが、火はついていない。

「大丈夫かい。調子は」

　畳をすりながら、山南はむかいあうようにすわった。

「そういう、山南さんこそ」

隊内ですっかり影のうすくなった新撰組の副長は、苦い微笑を浮かべる。

「僕はこのとおりだよ。足はいうことを聞いてくれない。けど、沖田君は刀はにぎれそうだね」

そういわれると、胸が痛んだ。興奮と血の香りから遠ざかれば、衰弱はそれほどはげしくない。竹刀をもてば、今すぐにでも十人以上の隊士を悶絶させる自信はある。

「胸の調子が悪くて、労咳《ろうがい》かもしれないですね」

山南との距離をとるため、あえて不吉なことを口走った。逆に、労《いたわ》りの色がにじんだ双眸《そうぼう》で見つめられる。

「そんなことより、何の用ですか」

山南の表情を正視しがたく、あわてて話を変える。

「ああ、そうだ。沖田君は、永倉君の件は知っているかい」

「なにをですか」

「永倉君め、近藤さんが増長していると騒いでいるのさ」

またか、と思った。一年前にも同様の事件がおき、土方・沖田らが仲裁したことがある。

「今回は、ちょっと難しくなりそうなんだ。実は、永倉君は建白書を容保公につきつけたのさ」

床柱から背を引きはがしてしまった。新撰組は会津藩おあずかりの身分である。その藩主に、近藤への不満を突きつけるとは尋常のことではない。

「しかも建白書に、原田君、斎藤君も名を連ねているんだよ」

いつのまにか山南の声は暗く沈んでいた。それも当然だろう。いずれも新撰組の一隊をひきいる組頭だ。

「ほかにも、島田君、尾関《おぜき》君、葛山《かずらやま》君も建白書に署名しているらしい」

みな、何らかの役についている幹部ばかりだ。

「残念だが、近藤さん土方君らに不満をもつ者は、ほかにもいるのが現状さ」

「近藤さん土方さんらって、どういうことですか」

いい方が気になる。前回、永倉が問題を起こしたときはあくまで近藤ひとりに対する不満だった。

「隠しても仕方がないからいおう。天然理心流と、それ以外の流派の派閥ができてしまって、新撰組はまっぷたつなんだ」

努めて平静をよそおっていた山南の顔に影がさした。永倉や原田、斎藤、藤堂らは、近藤の同志という思いがある。だが、近藤は彼らを臣下として扱おうとした。池田屋事変で名をなしてから、その傾向がさらにつよまった。もともと天然理心流の弟子である土方や井上らは、近藤の臣下になることに異論はない。それは総司も同じだ。

だが、永倉や原田、斎藤ら他流派の者はちがう。彼らは、もともと近藤が道場主を務める試衛館の食客である。さらに問題を複雑にしているのは、永倉や原田らが道場では近藤たちよりもつよいということだ。剣客集団である新撰組にとっては、力が全てだ。

「一応、松平容保公が仲裁をしてくれるというが……」

山南の語尾は消えいりそうだった。もしも、山南が万全なら、こういうことは起こらなかっただろう。山南の剣技は永倉らを凌《しの》ぐ。山南が「よせ」といえば、建白書をだすことはなかったはずだ。また山南は学もあり、その点で近藤は注意も受けいれる。近藤が人を集め、山南が束ね、土方が采配する。それが新撰組のつよみだった。だが、怪我をした山南では、もはや近藤の増長と永倉の反抗を抑えることができない。

今、鼎《かなえ》の三脚のひとつが、完全におれてしまっている。

「なんとかならないんですか」

山南の目に寂寥《せきりよう》が宿る。潰すかのように拳を固くにぎっていたことに、今さらながら気づいた。

「手があるとしたら、ひとつだ。天然理心流の遣い手で、永倉、原田、斎藤の三君以上の者がでてくることだ。不満があっても、相手の力が上なら従うさ。彼らは剣客だからね」

なぜ山南が己を訪ねたかの理由がわかった。

「このままだと新撰組はまっぷたつに分かれてしまうだろう」

腹でもかっさばいたかのように、山南は苦しげな表情を浮かべた。

沖田総司は、稽古着の上につけた胴の紐《ひも》をきつく結ぶ。道場へと足を踏みいれた。ひんやりとした冷気が、足裏から立ちあがってくる。窓の外に目をやると、枯葉を落とした樹々が見えた。窓からはいってきたのか、床には灰色になった木の葉が何枚か落ちている。

久方ぶりに総司は道場へとたっていた。それだけで、場の空気が一変する。道場の過半を我が者顔に使っていた永倉や原田が目をむけた。

「もう体はいいのか」

永倉の問いかけに答えず、総司は間髪《かんぱつ》をいれずに申しいれた。

「永倉さん、原田さん、手合わせを願いたい」

永倉の体がビクリと仰《の》け反《ぞ》る。

「鈍《なま》った体を叩きおこすには、これが一番と思ってね。よろしくお願いしますよ」

永倉と正対するところまで歩いた。最初に手合わせを願いたいという、無言の意思表示だ。竹刀を鳴らしていた隊士たちの動きが止まり、視線がふたりに集中する。

「わかった。面と籠手をつけてくれ」

そういった永倉に対して、総司は冷やかな笑みを浴びせる。

道場には数人の男が倒れ、おれた木刀や粉砕された竹刀などが散乱していた。首を押さえ面を剝がさんばかりにもがくのは永倉新八、泡を噴いて昏倒しているのは藤堂平助、おれた槍の柄にだきついているのは原田左之助、腕を押さえ必死に声を押し殺しているのは斎藤一だった。

一方の総司は、面籠手もつけずに道場の中央に屹立《きつりつ》していた。

呼吸はあらく、肩で息をしないと肺が悲鳴をあげそうだった。それ以上に総司を苦しめるのは、喉の痛みだ。見えない怪物が無茶苦茶に爪を振りまわしている。

「もう、一番」といって、起きあがったのは永倉新八だった。ずれた面を直そうともせず、足をふらつかせながら総司の前へと歩む。竹刀を突きだしたが、大きくゆれていた。

総司は、無視して背中をむける。

「待て、総司、戦え」

「永倉さん、もう十分でしょう」

これ以上、戦えば自制する自信がなかった。永倉が膝をついたのか、ドスンという音が聞こえる。かまわずに道場の外へと足をむけた。

「どこへいくんですか」

迫ってくる隊士たちの声を引きはがす。

血が欲しいと思った。人間でなくてもいい。犬でも猫でも。血で渇きを癒すのだ。

門を抜け、路地を通り、獲物を狩るために町外れを徘徊する。

以来、総司は斬りつづけた。

血の渇きに耐えられなくなると、獣を狩る。

肉の誘惑に耐えつつ吸血の鬼になることで、かろうじて永倉らの剣客を押さえることができた。

それが総司にできる精一杯のことだった。

六

「あんた、随分とひどい斬り方をしたみたいだな」

白髪の研《と》ぎ師が、ジロリと沖田総司を睨みつけた。

「五日も待たせて、その口の利き方はないだろう」

総司の反論に、研ぎ師は眼光をさらにつよめる。

「ふん、普通の斬り方ならば、五日も待たせせんわ」

白髪をふるようにしてあごをしゃくり、刀架《とうか》にある総司の刀を示してみせた。

総司は、壬生村にいる研ぎ師のもとを訪れていた。八木家のもち家のひとつに住む借家人だ。数日前に不逞浪士を斬り、刀が刃こぼれしたので研ぎをたのんでいた。

「ちっ、あんたが不逞浪士ならよかったのにな」

憎まれ口を叩きつつ、刀架にあった己の刀を持ちあげる。スラリと抜いて、刃文を確かめた。「うん」とつぶやいたのは、違和感があったからだ。わずかだが、かるくなっているような気がする。無論、研げば刃厚はうすくなるが、手にもってわかるはずがない。

研ぎ師を睨みつけた。

「おれの腕が悪いんじゃない。あんたの斬り方が悪いのさ。刀を包丁か何かと勘違いしてるんじゃねえか」

包丁といわれて、ドキリとした。

数日前、板塀に追いつめた不逞浪士を総司は斬った。

かえり血をわざと浴びて、焼けつく喉の痛みをかろうじて癒す。だが、無意識のうちに二の太刀、三の太刀を放っていた。絶命した骸《むくろ》にだ。

血を流しきった骸への一振りの意味を考えると、総司の顔がはげしくゆがむ。料理人が魚をさばくかのように、総司は骸を斬りきざんでいたのだ。

市中見廻りをしていた井上源三郎が偶然通りがかったので、羽交《はが》いじめにして止めてくれた。

もし、井上さんがきてくれなかったら。

そう考えると、総司の全身を怖気《おじけ》がつつむ。

不審げに見つめる研ぎ師の視線を感じて、総司は我にかえった。

「剣は人を斬るためのものだ。だが、あんたは斬り方を間違っているような気がする」

総司は無言のまま、刀を腰にさす。研ぎ師がさらに言いつのろうとするのがわかった。

「ありがとうよ。隊の勘定方《かんじょうかた》に銭はもらってくれ」

言いすてて、総司は研ぎ師の家をでる。歩きつつ腰の刀に手をやる。抜いて刃文に顔を近づければ、数日前の血脂《ちあぶら》の匂いがまだのこっているような気がする。

やがて、八木邸の門が見えてきた。

「沖田先生、よろしいでしょうか」

待っていたのか、敷地にはいるなり若い隊士が声をかけてきた。俯《うつむ》き加減で総司の前へと進み、奇麗に折りたたんだ黒羽《くろは》二重《ぶたえ》の袷《あわせ》の小袖《こそで》を差しだす。

「どうしたんだ、これは」

小袖を取りあげて、顔の前にかざした。どうやら、山南の小袖のようだが、どこかが変だ。

「はい、山南副長から沖田先生にわたすようにいわれました」

不審に思い、その場で小袖を広げてみた。手が左袖の部分にふれたとき、違和感の正体に気づく。いつもある穴が、奇麗に縫いつけられていたからだ。裏側を見ると、二重構造の袷の下地にも糸がとおしてあった。こちらはあわてていたのか、糸がほつれかけていて指で引っぱると簡単にほどけてしまいそうだ。

なぜ、山南はいつもきている小袖を己にわたすのだ。しかも、穴を縫いつけているのが不思議だ。

指で外側の縫い目をなぞる。不安が、尻から背骨へとせりあがってくる。

若い隊士の目が充血していることに気づいた。

「まさか」

「はい、山南先生は隊規違反を犯しました」

思わず黒羽二重の小袖を取りおとしそうになった。

「脱走を企てたそうです。羽二重の小袖は、沖田先生への形見にとさきほど……」

総司は扉を勢いよく開けはなつ。部屋の中央には白布が敷かれ、裃《かみしも》をつけた一人の男がうずくまっていた。額は床にめりこませるように押しつけ、苦悶《くもん》の声をかみ殺している。腰から赤いものが滲みでているのが見えた。

中央の男をかこむように、新撰組の幹部の面々がズラリとならんでいる。顔をこわばらせる局長の近藤と副長の土方、沈鬱《ちんうつ》そうな表情を浮かべる永倉、原田、四ヶ月前に入隊し副長助勤の幹部に抜擢された伊東甲子太郎《かしたろう》までいる。

　いや、ひとり大切な幹部がいない。

「山南さん」

　その名を呼ぶと、腹から血を流しうずくまる男が顔をあげた。いつもは血色のいい肌が土気色になっている。町人のように穏やかな目鼻がゆがんでいた。

「山南さん、なぜ隊を脱走したんだ」

　問いかけに、苦しそうに首をふる山南。

　脱走ではないというのか。

　では、なぜ、腹を切る。

　さらに問いかけようとしたら、「いい」と止められた。

「言い訳はしない。あとは武士らしく果てるのみだよ」

　血を噴きこぼしながら、そういう。腹に突きたてていた短刀を、山南は引きぬいた。奇声とともに上体を持ちあげて、短刀をもった腕を勢いよくまた振りおろす。みぞおちのすぐ下に、切っさきがめりこんだ。横一文字にはいっていた刀傷を、まっぷたつにするように刃を縦に下ろす。血脂で汚れた刃は、断つというより半ば肉を破るようにして沈下していく。十文字の割腹に、居並ぶ幹部たちがどよめきを漏らす。

山南にとっては、それが介錯の合図がわりでもあったようだ。

「やっ……、やってくれ、たのむ」

背後にひかえる介錯役に叫びかけた。首をひるがえして、総司は目をやる。見慣れない顔ということは、新入りか。刀を振りあげてはいるが、大きくふるえているではないか。

「どけ」と叫んで、隊士を突き飛ばした。

「山南さん、いいか」

刀を引きぬき、頭上にかざす。

「沖田君、たのむ」

いい終わるのと、山南の首が吹きとぶのは同時だった。

皮一枚をのこすのが作法だが、そんな余裕はない。確実に苦しみから救うために、完全に両断した。

首は、切断面を見せるように一回、二回、三回と転がる。そのたびに血が噴きとぶ。

沖田総司は立ちつくす。顔にかかった血飛沫《ちしぶき》は、まだ温かい。

頬を伝うものがある。山南の体から噴きでたものだ。

舌が無意識に動き、またもなめとってしまった。

山南の残滓《ざんし》が、喉を優しく潤す。

欲望は、総司の弔意さえも簡単に呑みこんでしまった。

山南の処刑は、土方の謀略だという噂が隊内に広がった。新しく加入し幹部となった伊東甲子太郎は、山南に敬服している。人望のある山南が、伊東派と結ぶことを土方が恐れたのだ。そうなれば、きっと永倉、原田らも取りこまれる。

本当のことは、総司にもわからない。

近藤や土方を問いただそうとはしなかった。万が一にも噂を肯定されることを想像すると、背筋が凍る。

沖田総司は、戦うことを止めた。

黒羽二重の小袖を羽織り、部屋の片隅にすわって日が暮れるのを待つ。小柄な山南の着物は総司には小さく、広い肩を折りたたむようにしなければいけない。それでも身を縛するようにして、総司は着続けた。

七

幕府軍医・松本良順《りょうじゅん》の江戸浅草の家には、酒に似た匂いが充満している。傷口を消毒する西洋の薬であるらしい。

衣服に消毒液の匂いがつくのは嫌だなと思いつつ、静かに沖田総司は床に横たわりつづけた。肩にかかるのは、山南の黒羽二重の袷の小袖だ。

天下の形勢は一変した。

王政復古の大号令がなされ、幕府は政権を返上したのだ。新撰組は京を追われた。近藤ら旧幕府軍は政権をとった薩長土に戦いを挑むが、新式銃を大量に装備する新政府軍の敵ではなかった。伏見、大坂、江戸と敗戦をつづける。総司は衰弱した体を山南の小袖でつつみ、新撰組とともに移動した。

鼻を近づけて、黒羽二重の袷の匂いをかぐ。もう、山南の体臭はかすかにしか感じられない。

時折、消毒液の匂いを吹きとばすような甲高《かんだか》い笑い声が隣室からあがる。

近藤勇の談笑する声だ。

「松本先生のご治療をうけたからには、薩長の輩《やから》など何ほどのことがありましょうか」

相変わらず、勇ましい声だなと思った。

鳥羽伏見の開戦前に肩を狙撃されて戦線離脱し、総司とともに松本良順の治療をうけていたのだ。

山南の小袖が体に余るほど痩せた総司とは対照的に、近藤の回復は順調だった。すぐにでも飛びだしていきそうな勢いが声からにじんでいる。

布団のなかで、小袖の左袖をまさぐった。指のさきが糸のほつれを感知する。裏地の穴の三分の一ほどが再び口を開けていた。指を動かすと、生地の肌ざわりが心地いい。山南も、こんな気分でいつも左袖の穴をいじっていたのだろうか。

誘われるように、裏地にできた穴に指の頭をいれると奇妙な安心感が広がる。西洋人の衣服にあるポケットを思い浮かべつつ、総司は指先を山南の小袖のなかで遊ばせた。

「うん」と、つぶやく。

指のさきに、何かがひっかかっている。何だ、これは。布でないことはたしかだ。裏地をひっくりかえして、ほつれ目を確かめるがわからない。手で慎重になでてみた。カサリと音がするではないか。二重構造の袷の隙間に何かがはいっているのだ。一体、何が。

ほつれ目に指先をふたたび侵入させると、縫い糸がスルリとほどけた。人差し指と中指をいれる。

これは……、紙か。

つまみあげて、ゆっくりと引きだした。神社のお神籤《みくじ》のように折りたたまれた油紙だ。何かがびっしりと書き連ねてある。

知らず知らずのうちに、胸の鼓動が大きくなっていた。

唾を飲みこもうとしたが上手くいかない。いつのまにか獣のように荒く呼吸しつつ、総司は紙片を開く。見間違うはずがない。山南の文字である。

「ああ」と声にだして、口を片手でおおった。

これは山南の遺書ではないか。

そう悟ったときに、また隣室から豪快な笑い声がひびく。

かまわずに文字を目で追う。

最後まで読み切ったとき、手のふるえが大きくなった。弾かれるように、紙片が指先から飛ぶ。

「ひでえじゃねえか。どうして、誰も教えてくれなかったんだ」

絞りだすようにつぶやいて、総司は布団を拳で叩きつけた。


「総司、いいかい」

部屋のむこうから近藤勇の声がした。返事を待たずに、襖が開けはなたれる。

すこし痩せたな、と沖田総司は思う。仁王像を思わせる肩まわりの筋肉は相変わらずだが、頬から首にかけては肌のはりが緩んだ気配があった。ゆっくりと布団から上半身を這いだし、枕元にあった山南の小袖を手にとり肩にかける。近藤が支えるようにして、手伝ってくれた。近藤の体からは、総司よりもずっとこい消毒液の匂いがする。

「どうだい、気分は」

微笑を浮かべうなずいて、「近藤さんは大丈夫ですか」とききかえした。

「ああ、傷はやっとふさがった。甲府で一合戦するのに支障はないさ」

新撰組は甲陽鎮撫隊《こうようちんぶたい》という軍を結成し、甲府へと出征することが決まっていた。総司はチラリと自分の胸を見る。皮がへばりつくようにして、肋骨《ろっこつ》が浮かんでいた。戦えないながらも何とかついていくことができた総司だったが、もう限界だ。

だが、山南の遺書を読んだ今はちがう。近藤の返答によっては、総司は再び刀をもち戦う覚悟を決めていた。

近藤は目尻を柔らかくし、口元に微笑をたたえていた。童のころに最初に稽古をつけてもらったときも、こんな顔をしていたなと懐かしく思いつつ口を開く。

「近藤さん、山南さんの遺書を見つけたよ」

意味がわからなかったのか、近藤は首をかしげた。

「小袖の袷の隙間に、山南さんの遺書が隠してあったのさ」

左袖の縫い目を指でしめすと、近藤の顔が一気にこわばるのがわかった。

「切腹の真相が書いてあったよ。まんまと騙《だま》されちまった」

頬をゆがめたのは、嘲《あざけ》りの笑みだ。ただし近藤にむけたものではない。気づかなかった己へだ。

枕の下に隠してあった山南の文《ふみ》を取りだして、近藤の膝元におく。池田屋の戦場でも恐れなかった近藤の顔が青ざめていた。

「まさか、山南さんと近藤さんたちの共謀だったとはね」

ため息をつこうとしたが喉がきしむように痛み、上手くいかない。

小袖に隠された山南の文には、こんなことが書かれてあった。

刀をもって戦えない己の命を新撰組に生かすには、どうすればいいか。自問しつづけた山南の答えが、切腹だった。己が隊規違反を犯したことにして切腹する。あの山南敬助でさえ切腹に追いこまれると知れば、永倉ら試衛館以来の食客組の増長を抑えることができるのではないか。

だから、と文はつづく。近藤さんや土方君を恨まないでやってほしい、と。

これは自身が望んだ切腹なのだから、と。

そんな意味のことが綴《つづ》られていた。

徐々に、近藤の顔が垂れさがっていく。語る総司の言葉が、重さに変じて近藤の体にのしかかっているかのようだった。総司がすべてを言いつくしたときには、手をついて突っ伏してしまいそうになっていた。

「近藤さん、おれは戦うよ。一緒に甲府にいく」

総司の言葉に、新撰組局長の厳《いか》つい肩が跳ねあがる。

血肉を食み、肉人に変じることを恐れていた己が憎い。なぜ、三人の想いをくんでやることができなかったのだ。己の不甲斐なさに苛立つ。

近藤は、太い腕で乱暴に目鼻をこする。顔をあげると、目が真っ赤になっていた。

「総司、お前、まだ戦う気か」

咎《とが》めるような口調だったのが気にかかったが、うなずく。

「すこしばかり醜い真似をしなくちゃいけねえが、おれは戦えるよ」

そういった刹那《せつな》、闘志が体の隅々にまで行きわたるのがわかった。指先がジンと熱くなる。体が、刀をにぎることを欲している。

だが、近藤の反応は芳《かんば》しくなかった。眉間に深いしわをきざんで、総司を見つめる。

「総司よ、ひとつだけ教えてくれ」

近藤は重々しく言葉をつぐ。

「山南さんの遺書には、切腹の理由は永倉たちの増長を抑えるということしか書いてなかったのか」

しばし、黙考した後にうなずく。山南の文に書いてあった切腹の理由は、ひとつだけだった。

「山南さんの文が、真実のすべてを語っていると総司は思っているのか」

今度は、総司が首をかしげる番だった。

「永倉や原田の増長を抑えるためだけに、切腹するほど山南さんの命は安いものなのか。

いや、山南さんが切腹を決意しても、おれやトシは絶対に許さねえ」

総司は、近藤の膝元にある遺書へと目をやる。

山南さんは、真実のすべてを書き連ねていない……。

なぜだ。

「総司、また血を飲むつもりか」

たぎりつつあった体が、瞬時にして凍えた。

見つめる近藤の目が、さらに真っ赤に充血する。

「何のことだよ」

唇は戦慄《おのの》き、声は掠《かす》れそうになっていた。

「知らないと思っていたのか」

近藤の目を直視できない。

「おれや山南さんたちが、お前が血を飲んでいることを気づいていないと思っていたのか」

いつのまにか、全身が戦慄いていた。

「最初に気づいたのは、井上さんだよ。池田屋での喀血のことを奇妙に思っていた。ある日の市中見廻りで確信したらしい。お前が骸を斬りきざむ姿を見てな。そして、山南さんやおれに相談した」

池田屋で井上に血を飲むところを見られ、喀血と言い訳したことを思いだす。

「山南さんはとても狼狽《うろた》えていた。肉人がどうとかっていっていた。南蛮人どもの奇病らしいな。とても信じられる内容ではなかったが、お前が血を飲み、肉を食む誘惑と戦っているのはたしかだと気づいたよ」

総司と呼応するかのように、近藤の肩もふるえていた。

「それからだよ、山南さんが切腹の 謀《はかりごと》をおれとトシに持ちかけたのは。山南さんはこういっていたぜ。『血肉の誘惑に負けないために寝ていた総司君を戦わせてしまったのは、私のせいだ』とな」

またうつむいて、近藤は目を腕で乱暴にこする。

着衣の袖がぬれて黒ずんでいた。

「どうして、そんな馬鹿な謀を許したんだよ」

舌がもつれて上手くいえなかったが、近藤は総司の言葉を正確に理解してくれた。

「仕方ねえだろう。おれとトシは、山南さんに命を救われている。命の恩人が死ぬというんだ。それもほかならぬ総司のためにだ。山南さんが武士として命を燃やしつくすためにできることは、それしかなかった」

総司が血肉を食まぬためには、戦うことをやめさせるしかない。そのためには、どうすればいいか。口でいっても聞くわけがない。総司は、新撰組を守るために戦っているからだ。

山南がだした答えは、総司に新撰組そのものを見限らせることだった。そのために、まるで土方らの謀略で隊規違反に追いこまれたかのように演じて切腹したのだ。

「もちろん、文に書いてあるように永倉たちの増長を抑えるという意図もある。だが、それは余禄みたいなもんさ」

総司を見る近藤の目つきは、とても弱々しかった。

「醜い生よりも、武士としての誇り高き死を選んだ総司の決意を覆してしまったことを、山南さんは泣いて後悔していたよ」

近藤と永倉の確執を山南に相談されて、ふたたび剣をとる覚悟を決めたことを思い出す。

「じゃあ、なんで、こんな嘘っぱちだらけの文を袷の裏に隠すなんて真似をしたんだ」

近藤の膝元にあった文を、手で叩きつけた。

「おれたちへの、総司の誤解を解いておきたかったんだろう。下手な謀だよ。おれはともかくトシに相談してくれりゃ、もっと上手い文面を考えたのにな」

近藤は両手で文を取りあげ、膝の上においた。なでるようにして、くずれた折り目をなおす。

「じゃあ、総司、おれはいくよ」

近藤が立ちあがった。

「近藤さん、最後に教えてくれ、おれはどうすればいい」

肉人となって山南が守ろうとした新撰組のために戦うべきか、それとも。

「それはお前が決めろ。隊士たちはお前がきてくれれば喜ぶだろう。けどな……」

総司の思考をさえぎるように、近藤がつづける。

「おれとトシは、山南さんの死を無駄にしてほしくないと思っている」

そっと文を総司の枕の横におく。いつのまにか、総司は寝床につっぷしていた。近藤が何かをまさぐっている。肩に、山南の小袖をかけてくれたのだとわかった。

「総司よ、刀をもつだけが武士の戦いじゃない」

その言葉を最後に、近藤の気配は部屋から消える。

総司は、ひとり取りのこされた。

満ちていく消毒液の匂いのなか、ゆっくりと朽ちていくことを決意する。

もう迷いや恐れは、微塵《みじん》もなかった。


暑い夏の日だった。沖田総司は床にふせている。山南の小袖を布団のようにかぶり、まどろんでいた。もう周りからは、消毒液の匂いがしない。総司は松本良順の宅から、千駄ヶ谷の植木屋の離れ座敷に隠れうつっていた。まわりは田んぼと畑しかない。植木屋ということもあり、庭には樹々や草花が整然と植えられている。

草木の心地よい香りが充満していた。

粘《ねば》り気のない汗が、額から頬へと流れる。

池田屋に討ちいったときも、こんな暑い日だったなと思った。

「ニャア」と聞こえて、首を動かす。

枕元に一匹の黒猫がいて、毛づくろいをしている。

「ニャア」とまた鳴いて、猫は縁側へと移動した。

総司はゆっくりと上体を起こす。山南の黒羽二重の小袖を肩にかける。何度かずり落ちそうになって、手でなおす。猫は庭へおりて、みたび「ニャア」と鳴いた。

総司は、はうようにして猫を追った。庭には見慣れない石がある。地蔵ほどの大きさで、表面に文字が刻まれていた。近づいて目を細め読みあげる。

――六道の辻
死体ついばむカラスたちが群がる鳥辺野《とりべの》の近くにあるとされる、この世とあの世の境界だ。平安の歌人・小野篁《おののたかむら》が、閻魔大王に謁見する際におったとされる異界への道。

おかしい、な。

ここは京都ではなく、江戸のはずだ。

庭を仕切る板塀が口を開けている。亀裂のような通路には、靄《もや》がただよっていた。そのむこうから、声が聞こえてくる。

見ると、人影がうっすらと浮かび近づいてくる。

懐かしい、と胸が熱くなる。忘れるはずがない。あの人だ。

声をかけようとしたら、肩にかけた小袖がハラリと地に落ちた。

己のもっとも新しい記憶とちがうところは、足をひきずっていないところぐらいか。

地に落とした黒羽二重の小袖をとろうとした。制するように白い腕がのびて、取りあげる。たっていたのは、山南敬助だった。小袖を羽織る。チラリと視線を、左袖にやった。縫い目が見えたのか、微笑とも苦笑ともつかぬ笑みを浮かべる。

山南、ひとりではない。

後ろにいるのは、藤堂平助、原田左之助、ああ、近藤さんや井上さんもいる。

「遅かったじゃねえか」

笑みをたたえて、みなが沖田総司を待っている。

「ずっと待ってたんだよ」

山南にうながされて、総司は立ちあがる。もう、喉を掻きむしる怪物はどこにもいなかった。

「そういや、土方さんや永倉さんは」

六道の辻の入口へとたち、きく。

「さあな、あのふたりはまだ喧嘩がしたりねえようだ」

近藤勇があきれたようにいう。

「そういうこと。斎藤君も、すこしくるのが遅くなりそうだよ」

山南は優しく教えてくれる。

「じゃあ、いこうか」

総司は歩く。ふと、後ろを振りむいた。

道案内してくれた黒猫は、もうどこにもいない。

鶴屋南北の死

杉本苑子

杉本苑子（すぎもと・そのこ）
一九二五年旧東京市生まれ。五二年「燐の譜」で『サンデー毎日』大衆文芸賞入選。六二年『孤愁の岸』で直木賞を受賞、七七年『滝沢馬琴』で吉川英治文学賞、八六年『穢土荘厳』で女流文学賞受賞。八七年紫綬褒章、二〇〇二年菊池寛賞・文化勲章。著書に『春日局』『冬の蟬』『冥府回廊』『女人古寺巡礼』など。一七年逝去。

一

直江《なおえ》屋は、深川の妓楼のなかではさほど大きな店ではないが、女に粒選りを揃えているせいか、毎晩、相応に繁盛していた。

あるじの十兵衛は四十なかばの働きざかりで、腰が低く、律儀《りちぎ》な男である。

芝居町でいま、飛ぶ鳥おとす人気作者の四世・鶴屋南北を父に持ちながら、それを鼻にかけるようなそぶりはいささかも見せない。遊女屋の亭主といえば、

「血も涙もない鬼……」

と定評されるのがふつうなのに、十兵衛は抱《かか》えの女たちからすら、

「うちの旦那みたいな結構人《けっこうじん》は、ちょっとほかにないよ」

と慕われていた。

そんな温厚な十兵衛が、下働きのおウメにだけは手こずりきっている。盗み癖があり、いくら教えてもさとしても、客の持ち物や金に手を出すのだ。

その朝も、歯みがき洗顔をすませた十兵衛がさっぱりした顔で神棚に向かい、日課のお灯明をあげているところへ、

「すみません旦那、二階の鶴の間《ま》までいらしてくださいませんか」

男衆の一人があたふた迎えにきた。

「鶴の間？　なにかあったのかね？」

「紛失物ですよ。お客さんの財布から小判が二枚、消えてなくなったそうでしてね、主人を呼べっていきり立ってるんです」

「そりゃあ大変だ」

あわてて十兵衛は羽織を引っかけ、紐をむすびながら二階へ駆けあがった。

客は、ひと目で勤番ざむらいとわかる融通《ゆうずう》のきかなさそうな二本差しだった。

「亭主、この直江屋では、揚《あ》げ代《だい》のほかにも女をそそのかして、客の懐中から金をしぼり取らせるのか？」

頭ごなしに耳ざわりなことを言う。

敵娼《あいかた》の、藤ガ枝《え》という遊女も負けず劣らず腹を立てていて、

「ばかにしてるっちゃないんですよ旦那、この人ったら、のっけから私を盗人よばわりするんですからね」

十兵衛の顔を見るなり訴えた。

「疑われても当然ではないか」

　客の側も負けてはいない。

「ゆうべ、ここへ登楼し、床につくまではたしかにあった金だ。ようやく工面《くめん》してととのえた一両小判二枚……。失ってはあすの支払いにも差しつかえると思うて、ときおり布《ぬの》財布の上から手に触れてたしかめておったのだからまちがいない。そばにいたのは、同衾《どうきん》したこの女ひとり……。枕の下に差し込んだ財布を、だれが抜き出せるというのか」

「ね、この調子ですもの、たまりませんよ」

　うんざり顔を藤ガ枝はかくさなかった。

「わたしが怪しいなら、なくなった金が出ていいはずでしょう。すっ裸になって調べさせたし、こうして髪まで解いて探らせたんですよ。ですけど、盗まないものは出っこありませんやねえ、冗談じゃない。かりにもこの直江屋でお職を張る私が、二両ぽっちの金に手を出すか出さないか考えてもわかるこった」

「まあまあ、お待ちよお前……。お客さまも落ちついてください。敵娼《あいかた》のほかにも昨夜から今朝までのあいだに、鶴の間に出入りした者は幾人かあるはずです」

　双方の興奮を押しとどめて、十兵衛はこくめいにかぞえあげた。

「まず、男衆が来たろう藤ガ枝」

「ええ、卯吉《うきち》どんがね、台の物をさげに……。それから遣《や》り手のお仲さんだって二、三度顔を見せたし、朝、しらじら明けには下女のウメちゃんが十能に炭を入れて来て、火桶にいけて行きましたよ」

それだ、まちがいない、また、おウメの仕業《しわざ》だと十兵衛は心中、舌打ちした。

明け方といえば客も遊女も、まだ寝くたれている時刻である。下働きが火をおこして部屋部屋にくばって歩いても、夢うつつに、

「ウメちゃんかい。早いねえ。ご苦労さま」

ねぎらうぐらいが関の山で、出入りにすら気づかない遊女がほとんどだ。

盗みにかけては天性、勘《かん》のはたらくおウメは、客の風体にまどわされることなく金のあるなし、財布の隠し場所を、ひと目で見ぬく能力を持っていた。いつの場合もコマ銭《ぜに》には手もつけず、小判を、それも一枚かせいぜい二枚どまりに狙うのは、露見《ろけん》したさい、それくらいなら何とか主人の十兵衛がまかなって、穏便にすませてくれると見越しているからだ。その朝も客のさむらいには、

「藤ガ枝ではございません。下使《しも》いの者に、ちと心当りがありますので、後刻、糺明《きゅうめい》いたしますし、取りあえずご紛失の金は帳場で立て替えて償《つぐの》わせていただきます。どうか幾重《いくえ》にもごかんべんを……」

揚げ代帳引きで納得《なっとく》してもらい、

「おいらん、まあ、わたしに委せておくれ」

なお、ぷんぷんしつづけている藤ガ枝をなだめて十兵衛は階下へおりた。

そして、番頭に立ち合せておウメの私物をかき回してみると、案のじょう柳行李《ごうり》の底から、むき出しのままの小判が二枚、ふだん着の袷《あわせ》にくるまって無造作に出てきた。

「わたしの金ですよ」

おウメはでも、ずぶとくシラを切った。

「小判にしるしでもついてるんですか？　え？　たしかにあのおさむらいの持ち金だって証拠でも、あるんですか旦那」

年はまだ、やっと十五にしかならない小女《こおんな》である。しかし根性のしたたかさは、主人や番頭をさえやりこめて少しもたじろぎを見せないその、強情そうな口ぶりにも、はっきり現れていた。

「あなた、黒船町のお舅《とう》さんがお越しですけど、どうします？」

と、妻のお京がやって来て告げた。

「のちほど、こちらから伺うとでも申しあげましょうか？」

突き膝で訊《き》くのを、

「いや、いいよ。おやじが自分から出向いてくるなんて何か急用かもしれないからな」

おウメの詮索はひとまず、番頭にまかせ、十兵衛は内所《ないしょ》へおりて父に会った。

小柄な息子とは逆に、鶴屋南北は骨組みのがっしりした上背《うわぜい》のある老人だった。嫁のお京が、手ばやく長火鉢のわきに置いた友禅柄《がら》の、大ぶりな座布団へどっかり胡坐《あぐら》をかくと、

「音羽屋にもこまったもんだぜ」

あいさつ抜きでいきなり切り出した。

「新作の『東海道四谷怪談』さ」

「ああ、こんどお父さんが書きおろした……」

「むずかしくて、演《や》れそうもねえと言うんだ。あの、鼻っぱしの強い男がよ」

「へええ、幽霊をやらせたら当代一と折り紙つきの菊五郎丈でも、お岩の怨霊《おんりよう》はこなしきれませんかね」

「戸板返しのところがあるだろう」

「なぶり殺しにされた小仏小平《こぼとけこへい》とお岩が一枚の戸板の両面にくくりつけられて、川へほうりこまれるとこですね」

「音羽屋の二役で、小平とお岩をやるのが味噌《みそ》だ。小平の胴体を人形で作り、戸板に首穴をあけておいて、顔だけの出し入れで早替りの妙を見せようって趣向だが、仕掛けやカラクリには自信まんまんの音羽屋が、今度ばかりは二の足ふんで、むずかしすぎるとごねるんだよ」

菊五郎の養父は、松助あらため松緑《しょうろく》……。

そのころから南北は、松緑、菊五郎父子と手をにぎって蟇《がま》の妖術《ようじゅつ》を使う天竺《てんじく》徳兵衛や『彩入御伽草《いろえいりおとぎぞうし》』の小幡小平次、『阿国御前化粧鏡《おくにごぜんけしょうのすがたみ》』の累《かさね》など怪談狂言をつぎつぎに書き、立《たて》作者としての地位をゆるぎないものにしたのだ。

ことにも菊五郎は、一つ狂言に七役、九役もつとめ、目まぐるしい早替りで見物のどぎもを抜くのを得意とした。

道具方に、名人といわれた長谷川勘兵衛が控えていて、仕掛物の細工に卓抜な工夫をこらしてくれたのも成功の一因だが、たとえば嫉妬に狂う阿国御前が、自身の髪の毛を引きむしり、手ににぎりしめて無念の形相《ぎょうそう》ものすごく歯をくいしばると、毛束《たば》の先からたらたら血がしたたる仕掛だとか、銀燭まばゆい金襖《ぶすま》の御殿がいきなり荒れはててたあばらやに変る屋台崩しの大カラクリなど、これまでの芝居にはないものだけに見物を唸らせ、驚嘆させた。

湯あがりの累《かさね》が、化粧している美しい顔へ、怨念のしゃれこうべが附いて離れず、あとがべっとり痣《あざ》になる仕掛にも、見物は目をみはったし、菊五郎の身の軽さがまた、ぞんぶんに客を堪能《たんのう》させた。

けっして小男とはいえない菊五郎が、亡霊になって行灯《あんどん》を抜け、壁へ吸いこまれたと見るまにつぎの瞬間、仏壇の中から陰火とともに出現する……。胴抜けの早わざ、変装の巧妙さ……。いま、与右衛門役で累を斬り殺し、絹川へつき落としたと思うともう、つぎは累の幽霊に変って流れ灌頂《かんじょう》からドロドロとあらわれる。それが可能なように、工《く》夫《ふう》が凝《こ》らされているのだが、看客の目には手ぎわがよすぎるため、どうしても同一人とは映らないほどなのである。

そんな、いわばお化け役者の菊五郎が、こんど南北が書いて与えた『四谷怪談』では、あまりに仕掛けがむずかしくて小首をかしげているという……。

「長谷川勘兵衛と二人、ああだこうだといくら種あかしして聞かせても、承知できねえらしいんだ。そこでまた、ごくろうだがお前に雛型《ひながた》を作ってもらって、菊五郎にとっくり呑みこませようってことになったのだよ」

「わかりました」

父のたのみを、十兵衛は気がるに引きうけた。妓楼を経営するかたわら、彼は勝俵蔵《かつひょうぞう》の筆名で芝居の脚本を書き、南北の仕事を側面から助けている。

手先が器用なため、これまでにも新しく父や道具方が、仕掛ものカラクリのたぐいを考案したさい、詳細な図に描いて役者たちに説明するのは、十兵衛の受け持ちになっていたのだ。

「あのお武家、やっとこさ帰ってくれましたよ旦那」

と、このとき番頭が報告に来た。

「無事に引きあげてくれたかい？　やれやれ、それはよかった」

「二両取り返し、揚げ代を帳消しさせた上に、なおくだくだ、足もとにつけ込んでねだり取りたそうな身構えでしたが、詫びの一手でまるめこんでお引きとりねがいました」

聞きとがめて、

「なんだね？　朝っぱらから……。何かごたつきでもあったのかね？」

南北が口をはさんだ。

二

かいつまんで十兵衛は話した。張り番附きで納戸《なんど》におウメを糾明《きゅうめい》させてあると、番頭もわきから言葉を添えた。

「ふーん、ふてえ阿魔《あま》だなあ」

煙草を吸いつけながら南北は言った。

「とっととそんな手癖のわるいやつ、追い出しちまえばいいじゃねえか」

「悶着が起きるたびにそう思うんですがね、たしかにおウメが下手人だとも言い切れませんのでね」

「だって、今日だって行李から小判が出たんだろう」

「もともとから溜めこんでいた自分の所持金だと言い張るんですよ」

「金しか盗まねえのか？」

「いいえ、煙草入れの根付《ねつけ》とか印籠とか、金目の品もなくなるんです」

「そういうものが見つかったら、動かぬ証拠だろうが……」

「そこがおウメのうまいところで、品物のときはすぐには身近《みぢか》に隠さないんですな。客自身が寝ている部屋の、柱床の花筒《づつ》とか置き物の壺とか、そんなものの中に一時、ほうりこんでおく。ばれなけりゃあ、あとからこっそり取り出すし、客が気づいて騒ぎになったって、花筒の中じゃちょっと見つからない。よしんば見つかってもだれがそんな所へ隠した本人か、現場でも抑えぬかぎり名ざしは出来ませんからね」

嘆息しながら言う十兵衛に、南北は答えなかった。中途から、なぜか急にそわそわし出し、鼻をひくつかせて落ちつかない視線をあたりへただよわせはじめたが、

「おい、ちょっと黙れせがれ」

苛《いら》だたしげにさえぎった。

「へんな匂いがしやしねえか」

「匂い？　さてね、別に変った匂いはしませんが……。番頭さん、どうだね？」

「へえ、わたしも一向に……」

「お前ら、鼻が莫迦《ばか》なんだ。うなぎだよ。だれか蒲焼きをあつらえたろ。ぷんぷん匂う

じゃねえか」

　十兵衛は息を呑んだ。

「そんなはずはありません。うちじゃお父さんの言いつけで、うなぎはいっさい持ちこみ厳禁……。食ってはならないことぐらい奉公人の端まで心得ているはずです」

「お待ちくださいましよ」

　番頭が困惑顔で口を入れた。

「じつはあの、おウメの一件でごたついた先刻のおさむらいが、ゆうべ、あがると早々酒の肴に、蒲焼きをあつらえろと注文しましてね、直江屋ではわけがあって、うなぎは御法度《ごはっと》……。きまりの台の物で勘弁してくれと若い者や遣り手が総出でなだめたけど、きかないんです。両刀《りゃんこ》の上に、一徹がんこな浅黄裏《あさぎうら》ときている。しまいには手前まで鶴の間へ狩り出されて、あいにく、うなぎ屋はどこも本日休みだと嘘をつきましたら、田舎者のくせにすみに置けませんや。来がけにしかと見とどけてきた、不動前の湊屋も岡本も、ちゃんと暖簾《のれん》を出していたときめつけるんですよ」

「それで、言うなりにあつらえたのか？」

「仕方がありません。藤ガ枝おいらんもお相伴するというので、青の極上を二人前……」

「でも、ゆうべの話だろ？」

「へえ、まさか今朝、こんな起きぬけに黒船町の先生がおいでになるとは思いませんでしたし、それッてんでいま、大いそぎで入れ物を返しにやらせたんですが……」

「タレの残り香だけでお父さんに勘づかれたわけか」

「おそるべきお鼻ですな、どうも……」

と、番頭はむしろ憎らしげに南北を見た。なぜ、病的なまでこの老人は、うなぎを忌みおそれるのか。自分が食べない、自宅であつらえないというのならまだ、話がわかるが、息子の店へ来てまで文句を並べるのは我意の張りすぎだ、客の中には蒲焼きを注文したがる者もいる、どうしてここでは取り寄せられないのだと問いつめられても、

「亭主の父親が、うなぎ嫌いで……」

とは、まさか言えない。ことわる口実にもならないからだ。

「蛇を裂いて食うわけじゃなし、世間一般、だれもが口にしている蒲焼きの、どこがそれほどお気に召さないのか、後学のために一度、わけをお聞かせいただきたいものですね先生」

開き直って番頭は言い、十兵衛もひそかにそれに同調したい思いだったが、

「いいじゃねえか、わけなんぞ、どうでも……。おらァあのうなぎの、にゅるにゅるした姿かっこうが虫が好かねえんだ」

にがりきって言うだけで南北は理由をあかそうとしない。

「それよりも、どうする気だよ。おウメとかいう下女の始末を……」

話題をむりやり、もとへもどしたが、

「今度という今度は、追い出すつもりでいます。だけど……」

十兵衛の応じ方は曖昧《あいまい》だった。

白眼《しろめ》がちな目で睨むおウメが、彼はぶきみなのである。

「本人が胸を張って言う通り、金に刻印が打ってあるわけじゃなし、今日の二両だって盗み金だときめつけるわけにはいきませんからねえ。暇《ひま》をやるといっても素直に出て行くかどうか……」

「親もとがあるだろう。親に因果をふくめて、引きとらせりゃいいじゃねえか。いったいその女、どこの生まれなんだい？」

「千住ですよ」

「百姓の娘か？」

「それがねえ父さん、蒲焼きでご機嫌を損じたあとだし、申しあげにくいんですがね、おウメの父親ってのは、うなぎ掻《か》きなんです」

「なにッ」

南北の顔色がみるみる変った。それは、十兵衛や番頭が予想していた以上のすさまじい驚愕《きょうがく》の仕方だった。

「ですから、おウメのおやじは千住のうなぎ掻きだと……」

「いま、何といった伜《せがれ》」

「とっとと追い払え」

くちびるを慄わせて南北はさけんだ。

「なぜ、そんな出の者を傭った。わしがこれほど、うなぎをいやがるのを知りながら……」

「でも、奉公人の親もとがうなぎにかかわりあるくらい、大目に見ていただけると思ったものですから……」

「だめだ。とんでもねえ話だ。それでなくてさえ泥棒根性のある小女なんぞ、一刻も置いておくことはならねえ。すぐ叩き出せ」

言い出したらきかない気質の激しさが、老いの顔面に青じろく、むきだしになった。

十兵衛はおろおろして、

「わかりました。おっしゃる通りにしますからどうか父さん、そう、ムキにならないでください」

懸命に南北の昂《たかぶ》りをなだめた。

――火事が起こったのはその日、夕刻である。裏の薪《まき》小屋へ燃し木を取りに行った飯炊きの下男が、

「うわア、たいへんだあ」

大声をあげたのに家じゅうがおどろかされ、十兵衛はじめ勝手口へとび出してみたときには、炎は羽目板を這い、薪小屋の庇《ひさし》にからまって冬の夕闇に、鮮麗な色を伸びちぢみさせていた。

「み、水だッ」

それからの騒動といったらない。漬け物桶の菜っぱまで叩きつけるうろたえかたで、それでもどうやら大事に至らぬうちに消しとめたが、火のけのない外羽目板がまず、燃えあがったところから、検視の役人は放火と見た。

「いたずらか、それとも恨みか」

特に直江屋をさしていたずらをしかける酔狂な者も思い当たらない。

「恨みとすれば……」

十兵衛は口ごもった。ひるま、暇をやると言い渡したときの、おウメの反撥を思い泛《うか》べたのである。

「やっぱりわたしを疑っているんですね旦那さん、お武家さんの二両、わたしが盗んだと思いこんでいるんですね」

わるびれるどころか、あべこべに血相変えて喰ってかかったのには、気の弱いお京は怯《おび》えるし、十兵衛もたじたじして、

「そんなつもりではないよ」

つい、言いわけじみた口吻《こうふん》になった。

「お前を、ぬすびと呼ばわりするわけじゃないけど、まったく盗《と》らなかったという証拠もあげられない。まあ、これまで蒙《こうむ》った損失には目をつぶるから、このさいおとなしく、お前も退散したほうが身のためだよ」

「恨みは、忘れませんよ」

と、そのときおウメは言ったのである。

「ぬれぎぬです。事もあろうに、泥棒の汚名を着せられて追い出されるなんて、いくらわたしが下女でも承知できませんからね。出てくことは出てゆくけど、一生、旦那の仕打ちはおぼえてますよ」

逆《さか》恨みとはこのことだ。衆目の見るところ、たび重なる犯行はおウメのしわざにちがいないのに、主人夫婦がおとなしいのをよいことに、行きがけの置き土産に脅《おど》しじみた言葉を吐きちらすなど、番頭にすれば、

「言語道断な痴《し》れ者……」

ということになる。

「火つけはあいつにきまってます。ちょうど客の出汐《でしお》にさしかかって、裏手の物置きや薪小屋あたりになど、奉公人もめったに出ない刻限を見はからったんでしょう。そんな

ことを知ってるのは、今朝がたまで当家にいたおウメくらいなものですよ」

番頭の陳述に役人もうなずいて、

「まだ近くにうろついておるかもしれんな」

ただちに網が張られ、千住の親もとにまで捕吏が飛んだ結果、日ごろの勝気に似合わず思いのほかかんたんに、おウメはつかまり、盗みの件、放火の件を白状してしまった。

「情《じょう》のこわい娘に見えたけれど、やはり十五歳相応の他愛なさだったなあ」

なんとなく哀れにすらなって、お京相手に十兵衛は嘆息した。

「どんな罪になるんでしょう」

「盗みはともかく、火つけは重罪だよ。まして直江屋は主家だしね。命に別状はないまでも、遠島ぐらいはおウメも、覚悟しなければいけないんじゃないかな」

「ああいう気性だから、ますますわたしらを恨むでしょうね」

「自分の非を棚にあげるってやつだ」

「気味わるいわ。さいわい薪小屋だけのボヤですんだんだし、お仕置きは軽くしてやってほしいですねえ」

お京の、ひそかな願いもむなしく、だがおウメは、八丈島へ流されることになった。恩赦にでも遇《あ》わないかぎり、二度とふたたび本土へはもどれない決まりである。

「むごいわ。十五の若さで流されて、ながいこれからの一生を島に朽《く》ちさせなければならないなんて……」

自身、それを宣告されでもしたように、鳥肌立つ頬を抑えたお京にひきかえて、十兵衛の口からてんまつを聞かされた南北は、

「よかったよかった」

ほっとした表情で幾度もうなずいた。

「うなぎ掻きを親に持つ娘など、八丈島はおろか地の果て海の果てにでも追いやってしまうほうがいい。やっとこれで、さっぱりしたな」

またしても、うなぎへの忌避である。

「お父さん、話してください」

改まって十兵衛は詰め寄った。

「私の本心を打ちあければ、こんどの出替りまで待って、おだやかにおウメを出したかったんです。お父さんが激昂して叩き出せとまで言うものだから、やむなくあの日、早急におウメをお払い箱にし、よしない恨みを買って放火されたあげく、出したくもない縄つきを出す始末になったのでした。それもこれも、端《たん》は父さんの、うなぎ嫌いに発しているわけですからね。今日こそ、理由を聞かせていただきましょう。他言を禁じるとおっしゃるならたとえ女房にだって、口が裂けても申しませんからね」

おとなしいふだんの十兵衛には珍しく、その語気には、一歩も退《ひ》くまいとする強さが

こもっていた。

三

南北が生まれたのは、日本橋の新乗物町《しんのりものちょう》である。家は紺屋《こんや》をしてい、屋号を海老屋《えびや》といった。

幼時、伊之助とよばれていた南北は、父から染物の型付けなど習い、順当にゆけばそのまま家業の紺屋を継ぐはずだった。

しかし家の近くに、堺町《さかい》葺屋町《ふきや》など芝居町があったのが、いわば運命のわかれ目となった。風向き次第で、仕事場にまで流れ入《い》ってくる中村座、市村座の櫓《やぐら》太鼓……。二六時中、両手をまっ青な藍汁《あいじる》に染めながらも、若い南北の心はふわふわと芝居町へ飛んだ。

休みには、むろん欠かさず小屋にかよいつめて、ひいき役者の演技に一喜一憂するのぼせぶりだったが、とうとう二十《はたち》を一つすぎて嫁取りばなしが持ち上ったとき、

「作者にさせてください」

父にうちあけて、

「この、大ばか者ッ」

激怒を買った。親の言うとおりに妻を迎えて染物屋の亭主に納まるか、それがいやな

ら家を出るか、ぎりぎりの選択を迫まられた彼は、

「やっぱり好きな道を行きます」

やみくもに父の膝下をとび出して、金井三笑のもとへ弟子入りしてしまった。三笑は中村座座付きの狂言作者である。

筆名は、げんざい息子の十兵衛にゆずった勝俵蔵……。やがて師匠は、三笑から初代桜田治助に変ったけれども、俵蔵の筆名は変らず、身分もいつまでも下ッ端のままだった。

師匠や役者の追い使い……。作者とは名ばかりの雑用係にすぎない。江戸には中村座、市村座のほかに森田座の控《ひか》え櫓として興行を許されている河原崎座があり、この三座のうち、どれか一つの立《たて》作者になることが狂言作者には最高の出世だったのだ。

その地位は、でも俵蔵にとって、とうてい手のとどきかねる高嶺《たかね》の花であった。見習いから五枚目、さらに四枚目、三枚目、二枚目としんぼう強く階段をのぼってゆき、ようやく立作者の栄誉をつかむわけだが、ながい下積みぐらしにほとんどの者が耐えられない。我慢を切らしてやめてしまう。

また、才能があり忍耐力もあって、一時、立作者の地位に昇っても、その後の努力が足りなかったり上を越す強敵があらわれれば、容赦なく二枚目に格さげされるか、客座の閑職に追いやられるのも、営利一本槍の芝居町らしいきびしさ、情《じょう》のなさだった。

南北の冷やめし時代もうんざりするほどながかった。ほぼ三十年ちかく、低迷がつづいたのである。

それもいい。自分の力倆不足ならあきらめもするけれども、ゆるしがたいのは公然、袖の下や情実がまかり通っていることだ。師匠だの太夫元《たゆうもと》、楽屋や座頭《ざがしら》に潤沢につけとどけしておけば、目に見えて昇進は早い。

南北が口惜しがったのは、ほとんど同じころ見習いの第一歩をふみ出した福森久助という本所の、炭問屋のせがれが、富裕な実家からおしげもなく金を持ち出し、ふんだんにばらまいて三十代の若さで、さっさと市村座の立作者になった事実だ。

「家督は弟が継いだけどね、おやじが死ねば形見分けの名目で、あと四、五百両の金は貰える約束なんだ。いま、ちっとばかり無駄金を使ったからって、あとでそいつを芝居町の連中に貸して利息を取りゃあ、りっぱに元手はとり返すさ」

つまり作者稼業とならんで、高利貸しもやってゆこうという久助の、考え方のぬけ目なさ計算だかさに、南北は腹が煮えかえったのである。嫉妬も、むろんあった。

競争相手と見ていた久助の、ひと足はやい出世がうらやましくねたましく、

「ちくしょうッ」

せんべいぶとんの衿を嚙んで男泣きに、南北は泣いた。

一人息子の彼が家を出たおかげで、父親の死後、実家の紺屋は稼業のつぎ手がなく、

むなしくつぶれてしまった。

それを歎き、いつまでもうだつのあがらない伜の身を案じつづけながら母も亡くなって、天涯孤独の身に落ちた南北に、賄賂《わいろ》の金など調達できるはずもない。師匠の身のまわりの世話をして、ときたま駄賃を恵まれるだけでは、かつかつ食ってゆくのに精いっぱい……。浴衣の新調一つ思うにまかせなかった。

焦《あせ》りと無念にさいなまれていたやさき、

「ちっとのま師匠にひまをもらって、内職稼ぎをしてはどうだい。いい手間賃になる仕事があるぜ」

市村座の下足番に教えられたのが、うなぎ屋の手伝いだったのだ。

――場所が、湯島の天神下なのも都合よかった。離れているから、芝居町の者と顔を合せるおそれはめったにない。

「うなぎを裂くんでしょうか」

伊勢辰《いせたつ》というそのうなぎ屋へ出かけて行って、あるじの辰五郎に訊《き》くと、

「ばかア言うなよ。蒲焼きを食うしか能のない素人《しろうと》が、いきなり裂こうったって出来るもんじゃねえよ。つかまえるのさえおめえ、容易なこっちゃねえぜ。ためしてみねえ」

と笑われた。

言う通り、コツをのみこむまでは摑むのさえ至難のわざだった。

ぬらりくらり、指の間から抜け出てしまって、水まみれのたたきを這い小溝を伝い、外の大ドブにまで逃げてしまううなぎを、何度、血まなこになって追いかけたかわからない。

「待てえ」

焼き方も、裂く以上にむずかしい。三年仕込み五年仕込みのタレは、毎日一定の醬油、みりんを加えながらドロリと艶《つや》があり、これも、調合の割合を主人は秘して明かさなかった。

南北が命じられたのは、おもにうなぎの仕入れ、米とぎや新香の出し入れ、重箱、皿小鉢、椀膳の洗い仕舞いなど、ここでも結句は追い使いの雑用である。

仕入れといったって、これはもっとも年季のいるもので、うなぎの良しあしの見分け方、その日の相場の上りさがりに通暁していなければ勤まらない。うまい蒲焼きは、よい材料の仕入れ一つにかかっているのだ。辰五郎でなければ出来るものではなく、南北の仕事など主人の供をして仕入れ場へ行き、買い取ったうなぎの籠を天秤《てんびん》に差し担《にな》いして、店へもどるというだけのことだった。

労力はきつい。筆のほか、さして重い物を持ったためしがない身体は、なまって、はじめのうち節々《ふしぶし》が痛んだが、その代り給金がよいので南北は伊勢辰に居ついた。

器用なたちなので、半年も奉公するうちにうなぎの摑み方をおぼえ、見よう見まねで裂き方も会得《えとく》するまでになった。

「おめえいっそ、ペエペエ作者なんぞやめちまって、うなぎ屋になれよ」

と辰五郎が言うまで上達し、客にも可愛がられて、

「煙草でも買いな」

心づけをくれるひいきもできた。

そんな中で、ことに目をかけてくれたのは、きまって来るたびに特大の大串をあつらえる喜多村という鼓師《つづみし》の家の隠居だった。南北が作者見習いと知ると、

「芝居はわしも大好きだ。しっかりおやりよ俵蔵」

友人の三代目・鶴屋南北を伊勢辰へつれてきて引き合せ、

「よろしく引き回してやってくださいよ」

口添えめいた口をきいたりした。

いまさら隠居に紹介されるまでもなく、狭い芝居者の世界である。とっくに三世・南北とは顔見知りだったが、いっぽうは道化方を得手《えて》とする古参の役者、自分は駆け出しの台本書きと思うから、面と向かえば目礼する程度で、言葉を交したことなど、ましてこれまで一度もなかったのである。

「あんた、たしか桜田治助さんの門弟だったな」

「へい。勝俵蔵と申します。しがねえ四枚目で……」

「作者修業をはじめてどれくらいになんなさる？」

「言うのもお恥かしい。年をくうばかりで、さっぱり芽が出ません」

「まあ、地道にやることだ。どうしても作者で飯が食えねえようなら、わたしンとこへ鞍替えして役者で出直してもよかろう。面倒ぐらいみますよ」

「ありがとうごぜえます」

多分に儀礼的なそんなやりとりが、しかし思いがけぬ幸運のきっかけになった。伊勢辰での出会いが縁となって三世・南北の私宅へ時おり出入りするうち、娘のお吉《きち》と恋仲になったのだ。

はじめにのぼせて、言い寄って来たのはお吉のほうだった。十人並みをぬきん出た俠《きゃん》な美貌だし、何よりは気だてのさっぱりした、親切気《ぎ》のある女である。

（はたらき者の世話女房になってくれるかもしれねえ）

南北の側もたちまち夢中になり、三世の目を盗んで逢いつづけるうち、

「どうしよう、月のものがとまっちまったよ」

「出来たのか？」

「そうらしいわ」

途方にくれることになった。泣きつく先はこうなると、やはり伊勢辰の主人、喜多村の隠居のほかない。

苦虫を噛みつぶした顔の三世を、二人がこもごも説き伏せてくれて、ようやく祝言に漕ぎつけたが、伊勢辰の二階でした披露の真似事には、当然のことながら芝居関係の仲間が集まり、

「腹の、少々目立つ花嫁さんだったな」

「月たらずでオギャアか。ははは」

「俵蔵め、三代目の傘の下に入りたくて、お吉さんを射とめたのかもしれねえぜ」

「まず、本音《ほんね》はそんなところだろうよ」

評判はあまりかんばしくなかった。

たしかに当時の南北は、お吉への愛情は愛情として、一方に、内福の聞こえたかい三代目の、女婿《じょせい》に選ばれる有利を打算していた。そろばん勘定がまったくなかったといえば嘘になる。でも、利害だけではけっしてなかった。やはり何よりは、恋が先だったのである。

友人たちがかげで嗤《わら》ったように、世帯を持つか持たないうちに男の子が生まれ、幼名鯛三《たいぞう》と名づけられた。

「おめでたい名がいいよ。いっそ、この絵にちなんじゃどうだい？」

祝いに、恵比寿《えびす》の掛軸を持ってきてくれた喜多村の隠居が言うまま鯛三とつけたのだが、この子がのち、深川で妓楼をいとなむことになった直江屋十兵衛である。

お吉と結婚し、子が生まれたからといって、収入のほうはふえるわけではない。くらしは相かわらず苦しかった。住居もそのころは高砂町の裏長屋……。風来坊同然な独り者時代よりも、責任がかぶさってきただけなお、荷が重くなったといえよう。

鶴屋南北の名は初代このかた元来が役者名で、内福というのもじつは噂にすぎず、三代目に恒産のないこともすぐ、わかった。

「ね、あんた、米櫃《こめびつ》がからっぽよ」

「うん」

「うんじゃ困るわ。どうします？　私ら夫婦は抜いたっていいけど、鯛三にだけはひもじい思いをさせたくないわ」

「うん」

「質草も尽きちまったし……。あるのは蚊帳《かや》だけよ」

「よしッ」

と立ちあがりざま、吊《つ》って寝ている子供の頭上から青蚊帳を引きはずし、ぐるぐる巻きの横抱きにして南北はとび出した。目が血走っている。米の催促ばかりするお吉を怒ったのでも、まして鯛三が憎いわけでもない。どこまでもついて廻る貧乏が、南北は呪《のろ》わしいのだ。みじめな境涯から抜け出せず、女房に金の苦労をかけつづけている自身の腑甲斐《ふがい》なさが、無性に腹立たしい。

まなじりをつりあげ、蚊帳をかかえて走る南北に、道で遇った市村座の中売りが仰天して、

「どうした俵蔵さん、どこへ行きなさる血相かえて……」

思わず声をかけた。

「こいつを殺しに行きます」

「殺す⁉」

「この蚊帳を殺しに行きます」

質屋へ曲げに行くのを、つい知らず殺すと表現してしまったほど、そのときの南北はせっぱつまった、やり切れない感情に胸を固く塞《ふさ》がれていたのである。

祝言を機に、いったんやめた内職稼ぎを南北はまた始め出した。

「いいとも。働いておくれ。おめえが来てくれりゃ助かるよ」

伊勢辰の主人もそう言って、また朝ごとの買い出しに南北をつれ出したが、禍々《まがまが》しい怪異は、この二度目の奉公中に起こったのであった。

四

うなぎを仕入れるには日本橋の小田原河岸か千住の大橋ぎわへ出かける。辰五郎はも

っぱら千住へ行った。

河岸のうなぎは、問屋を介してさばかれるが、千住だと、うなぎ掻きが直接売る。仲買いの手数料がはぶけるだけ安いし、利幅もしたがって大きい。

毎朝、幾人ものうなぎ掻きが、それぞれの穴場から捕えてきた籠いっぱいのうなぎを、橋ぎわの路上に並べ、黒光りしてひしめき動く中身を店々の主人たちが値ぶみして、ひと籠単位で買い取るのである。

伊勢辰のように若い衆同伴でくる者もいるが、その場で軽子《かるこ》を傭って、かつがせて帰る主人も多い。それも目あてに、立ちン坊も大ぜい集まってきていた。

値ぶみ、品定めは、だれもが慎重をきわめる。うなぎ掻きの腕に依っては、質にずいぶんの差があった。

——その朝、五十がらみの、見るからにじじむさげな、百姓ふうのうなぎ掻きから辰五郎が買い取ったひと籠には、ずぬけて巨大なうなぎが一匹、混じっていた。

「うへえ、何だこりゃア……。大蛇じゃねえのか」

さしもの辰五郎が呆れ声をあげた。

「なが年うなぎ屋をやってるが、こんな化け物じみたやつははじめて見たぜ」

どんな魚でも、大型のもの必《かな》らずしも良品とはかぎらない。脂っこすぎたり大味《おおあじ》だったりして、むしろほどよい体形のものに劣るのである。

だからはじめ辰五郎も、

「だめだあ、こんなのが入ってるんじゃ……」

ほかの籠に目を移しかけたのだ。それを、

「喜多村のご隠居に召しあがってもらっちゃどうです？　いかな大串好きも、これをごらんになりゃおったまげますぜ」

買い取るようにすすめたのは南北であった。何を意図したわけでもない。単純に、隠居の驚く顔が見たかったからにすぎない。

類のない大串食いで、伊勢辰へ来るたびにわざわざ調理場までおりてきて生簀《いけす》をのぞきこみ、

「なんだなあ今日もこの位が一番の大きさかい？　ものたりないねえ。一度とびきり、それこそ松の木かうなぎかって言うほどでかいやつを、ジュウジュウ焼かして頰ばってみたいよ」

無いものねだりに近い文句を並べる隠居に、このお化けうなぎを突きつけたらどんなによろこぶか珍しがるか、見せぬ先から、その笑顔がうかぶようで、

「ぜひ、隠居に持っていってさしあげなせえよ」

辰五郎を、南北はけしかけたのだ。

「そうだな。じゃあ隠居のためにこいつを買ってくか……」

面白がって辰五郎も同意し、うなぎ掻きと値の押し合いをやったあげく籠を引きとった。なぜか相場よりはるかに安く、

「おめえ、新顔だな」

金を渡しながら辰五郎がたずねた。

「うなぎ売りに出たのははじめてか？」

「ああ、今日がはじまりの、終りだ」

訝《おか》しなことを言うと、わきで聞いていて南北は首をかしげた。辰五郎もちょっと変な顔をしたが、どこか、よほど辺鄙《へんぴ》な土地からやって来た在郷者で、言葉の使いようもよく知らないのだろうと判断したらしい。

「達者で、せいぜい稼げよおじさん」

口先の愛想を言って離れかけた背へ、

「いつまで達者でいると思うておるのか」

また、うなぎ掻きは奇妙なつぶやきを投げてきた。

じんじんばしょり、頬かぶり……。後日、南北がいくら思い出そうとしても瞼《まぶた》にうかばなかったほど、うなぎ掻きの風体はありきたりなものだし、無精髭だらけな土気《つちけ》色の顔にも、特色はなかった。野良を歩けばどこにも見られる百姓ふうの、平凡な目鼻だちだったのである。

気味のよくないのは、むしろ声だ。水中で叩く鉦《かね》に似て、響きのまったくない暗い、陰気な音声であった。

「え？　なんだ？　何か言ったか？」

辰五郎がふり向いたときには、しかし口をとじて、土手下の川面《かわも》へ、うなぎ掻きは視線を落としていた。

「奇妙なおやじだなあ。野川のうなぎ穴ばっかり覗いて歩いてると、ああいう偏屈な山の芋に育つんだろうか」

笑い捨てて辰五郎は湯島天神下の店へもどった。

ぎしぎし天秤棒をきしませながら南北があとにつづいて勝手口に入ると、

「へええ、これがうなぎですかい？」

「気持わるい。人間の腕ほどもあるじゃありませんか。こんなのを料《りょう》ると祟《たた》りますよ」

内儀《かみ》さんはじめ女中たちまでが眉をひそめて非難した。

「ばかアぬかせ。祟るほどの神通力があるなら、土ッ臭え百姓おやじなんぞにのめのめ取っつかまるもんかよ。うなぎ屋に嫁に来ながら、いまさら殺生が嫌だたァ言わせねえぜ」

辰五郎は一笑に附して、

「おい、俵蔵、さっそく喜多村のご隠居にお知らせしてこい」

言いつけた。

「へい」

駆けて出はしたものの、このときすでに南北の胸中には、水に落ちた油滴さながら薄い悔《く》いの被膜が拡がりはじめていた。

(よせばよかった。あんな化け物を、旦那をけしかけてまでなぜ買わせてしまったのか)

祟るとは、まさか思わないまでも、なにかよくない事が起こるのではないか……そんな危惧《きぐ》に漠然ととりつかれて、にわかに足が重くなったのである。

隠居はしかし、子供じみた喜悦の仕方で、

「そいつはお手柄だ。俳諧仲間を二、三人誘って今晩かならず行くよ」

目をかがやかしたし、約束通り夕刻、友だちを二人つれて伊勢辰へくると、その足で生簀箱のあるたたきへ廻って、

「こりゃすごい!」

顔中を笑い皺《じわ》だらけにした。

「天下一品。聞きしにまさるみごとさじゃないか。どんな味だろうねえ、たのしみだね」

「腕によりをかけて焼きあげますからね。一杯やりながら待っててください」

隠居と、そのつれが二階座敷へあがるとすぐ、辰五郎は片だすきで生簀へ寄り、大うなぎを摑み出した。馴れきった手ぎわであった。

俎板《まないた》に横たえてかるく左手でおさえ、うなぎ錐《ぎり》を打ち込んだとたん、だが、どうしたことか、

「あ痛《つ》ッ」

辰五郎はのけぞってもがき、うなぎは逃げてその足許に跳ねた。

「どうしました旦那ッ」

南北が走り寄ったとき、気丈な辰五郎は左手に突き立った錐を、しかし渾身《こんしん》の力で抜き取っていた。

「ドジを踏んじまった。手の甲に思いきり、錐を打ち込んだのよ。見当が狂ったんだろうが、どうも解《げ》せねえ。この商売をはじめてからこっち、こんなしくじりをしでかしたこたアなかったんだぜ」

錐が肉から離れた瞬間、おびただしい血が噴出して、それはまだ、とっさに抑えた手拭の下から、ぽたぽたたたきにしたたっていた。俎板も水桶もまっ赤である。

女中たちの悲鳴を辰五郎は叱りつけて、

「俵蔵、おめえ裂けるだろう」

さすがに蒼白な顔で言った。

「小癪《こしやく》な化けうなぎめ、こうなったら是が非でも、息の根を止めてやらにゃならねえ」

「合点です」

南北も意地になった。恐怖を忘れていた。のたくっている大うなぎをしゃにむに掴みあげ、俎板に乗せようとしたが離れない。太い藤蔓《ふじづる》がからむように、うなぎは南北の右腕に巻きついてぎりぎり締めつけてくるのだ。

「ちくしょうッ」

思わず呻《うめ》いた。腕をふり回した。うなぎは落ちない。緊縛《きんばく》をますます強めてくる。

「腕が……手首が……ちぎれそうだッ、助けてくれえ」

ついに南北は泣き声をあげた。

「じっとしてろ、切り離してやるから……」

包丁を逆手《さかて》ににぎって辰五郎は大うなぎの胴体をぐさっとたち割った。南北はよろけ、切っ先はすべって腕の一部を切った。

「わあ……」

男二人の鮮血であたりは蘇芳《すおう》をぶちまけたようになり、女中たちの中には失神して倒れる者まで出た。

「さわぐんじゃねえ。化け物はしとめた。もう大丈夫だよ」

それでもまだ、活潑に動いている大うなぎに、こんどこそあやまたず辰五郎は錐を打ちこみ、手早く裂いて串を打った。

「いいか、言っとくけどな、このてんまつを喜多村のご隠居に告げちゃならねえ。あんなにたのしみにしてらしたんだ。怪我したなどと申しあげちゃあ、せっかくの蒲焼きがまずくなる。おしゃべりは固く法度《はっと》だぞ」

女たちに念押ししつつ焼きあげると、手こずらされたのが嘘のような、それはうまそうな大串の蒲焼きになった。

錦手《にしきで》の大皿に並べて二階へ運ぶ……。なにも知らない隠居は目をまるくして、

「どうだいまあ、この大きさ……。あとにも先にもない逸品じゃないか。熱いうちに、さ、いただきましょう」

友人二人をうながして口へ入れたが、

「とろけるようだ。うん、脂はちっときついが、言うに言えないおいしさだよ。親方にもここへ来て相伴しろと伝えておくれ」

満足げに言ったのははじめのあいだだけだった。半串も食べないうちに、

「おかしい」

顔を見合せ、たちまち三人ながら、

「胸がむかつく。五臓が灼《や》けるようだ」

くるしみ出して、医者を呼ぶ騒ぎになった。女中たちの恐慌は目もあてられない。

「こわいッ、うなぎ屋の仲居なんぞしちゃいられないよう」

半狂乱で往来へとび出す者もあり、事件は隠しようもなく世間にひろまった。

むざんだったのは、喜多村の隠居とその友人達である。苦悶しながら吊り台に乗せられ、それぞれの家へもどったけれども、夜半すぎにそろって絶命してしまった。

辰五郎も急死した。これは錐のきずから破傷風菌が入ったのだ。伊勢辰はつぶれ、奉公人は四散した。四十年たった現在、店すら痕跡もないが、南北だけはなぜか不思議に生きのびて、古稀の寿齢を迎えつつある。

「そのときの切りきずは、でも消えずに今も残っているよ」

右腕をまくって、南北は息子に、引きつれのあとを見せた。

「これがそうですか」

こわごわ十兵衛は、老父の上膊《じょうはく》に目をあてた。

「子供の自分から一緒に湯に入るたびに、ふしぎに思っていたきずあとでした。訊《き》いても、父さんは言葉を濁して教えてくれようとしませんでしたしね」

「今日は語った。何もかものこらず打ちあけたんだ。うなぎを忌み嫌うわしの気持が、お前にもこれで呑み込めたろう」

話し終えたとき、南北は目のふちに、どすぐろい隈《くま》を浮かしていた。十里も歩いて来たようなはなはだしい疲労のしかたであった。

五

入牢後、一ヵ月ほどして、おウメは他の同囚たちと一緒に島送りされた。

船出の日が決まってまもなく、直江屋に十兵衛をたずねて来たのは、おウメの身元引受人となった芝金杉の口入れ業者だ。

「母親はとうに亡くなったそうですが、こちらへおウメをお世話した当初は、父親はまだ、健在でした。ところがつい、半月ばかり前、おウメが御牢内にいるあいだに、ただ一人の身寄りとかいうその父親までが病死しましてね、奉行所からの通知が、うちへ届けられたんです――」

迷惑そうな口入れ屋の顔つきに、十兵衛も内心、閉口しながら、

「何をしろと言って寄こしたのだね？」

訊《き》いた。

「島へ持たせてやる物があるなら、船出の前日までに持参せよというお達しですよ」

「わかった。それは私のとこで負担しよう」

つまりは金の出し惜しみ……。と言っても、いくらの金額でもない。囚人ひとり当り四百文までしか、所持は許されないし、衣類その他にもきびしい制限があって、ほんの

わずかな着替え肌着、櫛、手拭ぐらいが許可の範囲内であった。送りの役人に鼻ぐすりを嗅がせれば、ちっとの目こぼしはされるらしい。

「そこがそれ、地獄の沙汰も何とやらでね。送りの役人に鼻ぐすりを嗅がせれば、ちっとの目こぼしはされるらしゅうござんすよ」

「さんざ損をかけられた上に火までつけられた私らが、なにも今さらおウメの面倒を見る義理はないけれど、うちから出た縄つきだし一度は主従のきずなで結ばれた奉公人だ。出銭《でせん》の仕納めと思って、届け物ぐらいはしてやりますよ」

　それだけではなかった。十兵衛は出帆当日、妻のお京にも知らせずにこっそり永代橋のたもとまで、囚人舟を見送りに行ったのである。この世でただ一人の肉親だった父親……。それも亡くなったいま、おウメを見送る者はだれもいない。たとえ人垣のうしろにでも、立っていてやれば、

（おウメ本人の思惑《おもわく》はどうあれ、こちらの気がすむ）

　そう思ったのだ。

　娘への同情などでは、もちろんなかった。南北の口から、昔の打ちあけ話を聞かされてのち、十兵衛もやはり同様、千住のうなぎ掻きを父に持つおウメに、名状しがたい忌避と恐れを抱かされたのである。

　伊勢辰での事件が一段落したあと、南北は念のため二、三度千住の大橋ぎわへ出かけて、あの陰気な声を出すうなぎ売りの男を探したそうだ。どうしても、しかし男を見つ

けることはできなかったし、それらしい相手の噂を耳にする機会もおとずれなかった。

四人もの人間を死の道づれにした魔性の大うなぎ……。それを売りに来たおやじも、その朝、一度きりしか橋ぎわに立たず、名や在所がわからぬまま幻のように消えて、謎めいたつぶやきは、ついに謎のまま風化してしまったのだ。

（まさかそいつが、おウメの父親というのではあるまい）

年が違いすぎる。四十年も前の話だ。しかしおウメの祖父ならば、年代が合わないこともなかった。

（いくらなんでも、そんな因縁ばなしめいた暗合が、現実に起こるはずはない。思いすごしにすぎなかろう）

否定する気持の下から、見えない糸のつながりがなぜかまざまざ実感されて、十兵衛をわけもない不安に駆り立てる。

共通点はあった。江戸中——いや日本中に、うなぎ屋は多い。好んで蒲焼きを食う人間も無数なはずだ。伊勢辰の主人、喜多村の隠居、その俳友たちが、ことさら魔性のものの呪詛《じゅそ》の対象に選ばれる理由はないのである。四人の落命は、いわれのないまったくの災難だし、おウメの怨嗟《えんさ》にもそれは当てはまった。客の物に手を出す……。非は彼女みずからにあるのに、逆恨《さかうら》みの火を放つなど理不尽としか言いようがない。

十兵衛が恐れたのは、かえってこの、つじつまの合わなさだった。

（恨む筋合いでもない者に、祟る不条理……）

なんともいえぬぶきみさを、そこに感じた。差し入れの届け物を引きうけたのも、囚人舟の見送りに出かけたのまで、すべて理不尽な祟り神への慰撫の思いが根になっていた。

島に送られる前日、伝馬町の罪人たちは牢舎の詰所前に腰縄付きで引き出される。荒蓆《むしろ》が敷かれ、髪結《ゆ》いが待機していて、一人一人の髪を梳《す》く。男なら髭月代《さかやき》を剃りあげて一応、さっぱりとさせるのである。

身寄りからの届け物は、このとき役人の手から渡され、いま一度取り上げられた上、一個ずつ木札をつけて叺《かます》に詰められる。

届けぬしの名を『直江屋』と聞かされて、おウメがどのような反応を示したか、もとより知るよしもないけれども、かけられた迷惑を水に流して、たとえ着替え一枚でも旧主の側が恵む以上、

（せめてあの娘も、逆恨みの呪詛は解いてほしい）

と、十兵衛にすれば願わずにいられなかった。

出帆当日、囚人たちは青細引《ほそびき》で縛られ、牢獄の裏門からぞろぞろつながって外へ出る。待ちうけているのは伊豆代官配下の手附である。島が新島、三宅島、八丈島などすべて伊豆の国に属し、韮山《にらやま》代官所の所管だからだ。

水手同心も乗り込み、船手番所差し廻しの小舟でまず、霊岸島に運ばれ、風待ちしてそこから地割りに従い、船牢付きの大船でそれぞれ決まりの島へ送られるのであった。小舟が出る永代の橋たもとには、見送りの身寄りが群れて別れを惜しむ。泣き声が交錯し、あかの他人でも、ふと涙を誘われる愁嘆場を描き出すが、十兵衛は群れから離れ、さすがにやや、しらけた気分で佇《た》っていた。胴の間《ま》に格子囲いの檻があり、囚人は重なり合ってわずかなすきまに顔を押しつけている。

見送り人などいないとあきらめて、おウメははじめから奥にいるのか、十兵衛の目はそれらしい姿を捉えることができなかったし、呼びかけてまで彼女と対面するつもりもなかった。遠ざかる船影をながめながらも、

(やっとこれで、厄払いできたな)

胸をなでおろす思いのほうが強かったが、安心するのは早すぎた。おウメは引き返して来たのである。

……いや、娘の現身《うつそみ》が帰ってきたのではない。いわれのないその〝怨念〟が、執念ぶかく江戸へ舞いもどって来たのだ。

一年近く経過し、そろそろ直江屋の者だれもの記憶から、おウメにかかわる不快な思い出が消えかけたころ、

「もし……おねがいします」

庭に面した居間の雨戸が、遠慮がちに鳴る音を十兵衛は聞いた。

秋の初め。時刻は真夜中……。絃歌さんざめく色町も寝しずまって、ひっそりと生きものの気配の絶える一時《いっとき》がある。雨戸が小さく叩かれたのは、ちょうどそんな刻限だった。

「だれだね？」

「へい、源三と申します」

「源三さん？　心当りのない名だが……」

並んで敷かれた隣りの床から、お京が起き直って息をひそめた。

「あなた」

こまかく、首を横に振る。むやみに開けるなという合図だ。十兵衛も無言でうなずいて、それでもそっと廊下へ出た。内側から雨戸のきわへ寄って、

「その源三さんがよる夜中、何の用で来なすった？」

問いかけた。

「じつはあっしゃア、八丈の流人……」

外の小声は、ささやきに近くなった。

「島抜けして来ましたんで……」

「えッ、しま……」

「どうか旦那、大きな声は出さねえでおくんなせえ。すぐ退散します。おウメさんからことづてを頼まれ、寄り道覚悟で来ただけで、あっしにゃアあっしの行く先があります。ぐずついちゃいられねえんです」

「おウメも一緒ですかい？」

「あの娘は死にました。逃げそこなって海に落ちたんです」

「待ってくださいよ。そこからじゃ話が遠い。いま開けますから……」

警戒を、いつのまにか十兵衛は忘れていた。急いで桟をはずし、外へ目をやると、なるほど沓《くつ》ぬぎ石の脇に、男が一人うずくまっている。月光に濡れて、おどろくほどその顔色は青い。ひっきりなしに身ぶるいしているのでさらによく見ると、源三と名乗る男は実際に、水でもかぶったように全身をびしょぬれにしていたのであった。

「どうなすった、川へでもはまったのかね」

「い、いえ」

「寒かろう。火をおこしてあげるから、ともあれ着物を乾かしなさい」

「ありがとうござんすが、そうしてもいられません。上るとお廊下を水だらけにしますから、このままで結構で……」

「お前さんとおウメは……」

「情人《いろ》と言っていいかどうか……。流人同士のくっつき合いは島じゃ珍しくもねえけど、おウメがあっしに言い寄ったのは、色じかけで近づいて、島抜けの片棒をかつがせようって魂胆からでしいんです」

「では両名でしめし合せて……」

「とんでもねえ。女と男二人っきりで荒海を漕ぎ出せるものじゃありません。気ごころの知れた流人仲間――それも屈強の男ばかり五人、一味に引き入れ、ふた月余りかけて用意をととのえました。干飯《ほしいい》、鰹節《かつおぶし》、手縄《てなわ》や帆蓆《ほむしろ》……。飲み水も竹筒に、しこたま溜めこみ、とうとうある晩、三根の浜ってとこから漁師の釣り舟を盗んで漕ぎ出したんです」

櫂《かい》八本、楫《かじ》二ツ……。どれも手造りで準備したものだし、仲間の一人は抜け出す直前に、村役人の屋敷に忍びこんで鉄砲と槍まで一挺ずつ持ち出してくる周到さだったが、渡航の経験者はあいにく、ひとりもいず、それが失敗の原因となった。

馴れない手に櫓をあやつり楫をにぎり、力を合せて懸命に漕ぎ出したけれども、強い潮流に押しもどされて思うように沖へ出て行けない。

ぐるぐる回りながら、ともすると島近くへ吸い寄せられてしまう……。

「ええ、じれったいッ、何をもたついてるんだよう、これだけ男がかかりながら……」

半狂乱でさけぶのは、小娘のくせにいっぱし姐御《あねご》気どりで、仲間の上に君臨していたおウメだ。

「そう言ったっておめえ、進まねえもなアしようがねえじゃねえか」

男たちも焦《あせ》りぬいた。夜が明けでもしたらもはや絶望である。しかし船中のあがきを嘲《あざ》笑うように、東の空はやがて白《しら》みはじめ、漁師が浜へ出てきた。

「あッ、なんだあの舟は……」

「島抜けだッ、流人どもが逃げ出そうとしているぞッ、はやくお役人に知らせろッ」

たちまち寺の梵鐘《ぼんしょう》が鳴る銅鑼《どら》が叩き立てられる……。村中、煮えたぎるばかりな騒動になった。

「ざんねんだッ、しくじったらしいな」

源三の歯がみを、

「まだ、わかるもんか。あきらめるのは早いよッ、どうあっても逃げ切るんだッ」

叱りつけて、

「櫓を押せッ、もっと押せッ」

男たちをおウメは励ましたが、このまにも渚からは追手の早舟《はやぶね》がいっせいに漕ぎ出して双方の距《へだた》りはみるまにちぢまりはじめた。

「待てッ、神妙に島へもどれッ」

役人たちの怒声が炸《はじ》ける。鉄砲を盗み出してきた金次という無宿者が、

「野郎ッ、もどってたまるけえ」

一発ぶっ放し、運わるくそれが追跡船を漕ぐ漁師の一人に当ったから、

「抵抗するか、おのれ……」

役人側も組頭の指揮で、鉄砲人夫が五挺の筒先《つつ》を揃え、はげしい銃撃を浴びせてきた。金次が打ち倒され、二人三人とつづけざまに、もんどりうって船底へのめるのを見て、

「だめだ、これまでだよおウメ」

源三は入水《じゅすい》の肚をきめた。つかまって島へつれもどされれば、即日、梏屋《ほだや》に叩きこまれ、手ひどい痛め吟味に遇わされる。

これまでにも源三は、幾人となく見てきた。島抜けに失敗し、なぐる蹴るの責め苦に全身を腫れあがらせて、悶死していった流人どもを……。

かろうじて拷問死をまぬがれても、あとには残酷な処刑が待っている。村役人の宅から鉄砲を盗み出し、その弾で、たとえ軽傷でも漁師の一人をきずつけたとなれば、ただではすまない。村人たちの手に引き渡され、苛酷な私刑をうけた上で、なぶり殺しにされるのだ。大斧や重い木槌で頭を叩き割られた流人がいるし、綱引きよろしく大ぜいに左右から引っぱられ、細引が肉にくいこんで首をちぎり切られた者もある。うしろ手にくくりあげたまま、八丈富士の噴火口へ突き落として殺す酸鼻も、源三はその眼で目撃した。そんなむごたらしい最期を迎えるくらいなら、いっそ、

「水に溺れて死んだほうがどれだけましか」

とっさに思い決したのだ。

彼が海中に飛びこむと、あとを追っておウメも水に投じた。一度沈み、反動で浮き上る。おウメはしがみついてきて、

「死ねない、死ねないッ」

形相《ぎょうそう》もの凄くわめき狂った。

「江戸へ帰るんだ、どうしてももどるんだッ」

「放せおウメ、手を……手を……」

もつれ合ってまた、沈み、したたか水を呑んだ。源三は夢中だった。

「あきらめろ、これまでの運だったんだ。心しずかに往生して、あの世とやらで契《ちぎ》り直そう」

「いやだ、わたしにはやることがあるんだ。でも……とても泳いではもどれない」

流れてきた板子の一枚を、おウメはつかんだ。

「あんただけでも生きておくれ。江戸へ帰って伝えてほしいんだ。深川の直江屋……遊女屋だよ。そこの旦那に、かならずおウメが礼に行きますって……いいかい源さん、ことづてをたのむよ」

追手の船から乱射する銃弾が、刹那、おウメの頭を粉砕した。

「ぎゃあ」

脳漿《のうしょう》がはじけ飛び、源三の顔面をべっとり覆った。彼は気を失った。

「なぜ助かったのか、生きのびられたのか、いまだに皆目《かいもく》、見当がつきません。おウメが殺されたとたん、まるでその、断末魔の息が拡がりでもするみてえに海面に濃い霧が湧きはじめて、あっしの姿を隠してくれたらしいんです。気絶したまま漂って、われに返《けえ》ったらなんと、安房《あわ》の和田とかいう漁村の海っぱたに打ち上げられていたのでした」

「それで、わざわざこの、直江屋まで……」

「へえ、礼に行くとは何のことか、死んじまっちゃア来るも行くも出来ねえはずだが、あの女の、いまわのきわの頼みでしたしね、果さねえのも気がかりなんで、昼は隠れ、人目を忍んで夜だけ歩いて、ようようここまでたどりついたってわけなんです」

役目はすんだ、先を急ぐから、これで自分はおいとまするとと言い捨てて、木立《こだち》の闇に溶けこむように源三は消えうせたが、雨が降ってもいないのに沓《くつ》ぬぎ石に、月が映るほど水が溜まっていたのは面妖《めんよう》だったし、さらに十兵衛を総毛《そうけ》立たせたのは、去りぎわに残していった源三の言葉であった。

「ごらんなせえ旦那、この痣《あざ》を……」

ずぶぬれの袷《あわせ》の袖をたくしあげて、源三は右の腕を十兵衛に見せたのである。

「和田の浜辺に流れついて、息をふき返したあっしが、ふと見ると、気味わるいほどの大うなぎが腕にからみついているじゃありませんか。いつ、どこでとっついたか知らねえけど、緊めつけている力の強さは、まるでおウメの念力さながらです。江戸へ帰《けえ》りたがっていた女の魂魄《こんぱく》が、うなぎに乗り移って、あっしの漂流をかげながら助けたのかもしれませんね」

六

この話を、十兵衛は父の鶴屋南北には黙っていた。源三の訪問すら妻に口止めして、家の者だれ一人にも気取《けど》らせなかった。

さいわい新作の『東海道四谷怪談』は、中村座で上演されて、いま大当りに当っている。例によって菊五郎が、与茂七《よもしち》とお岩、小仏小平の三役を受け持って早変りの妙を見せ、相手役の民谷伊右衛門がまた、芸達者の七代目・市川団十郎だったから、こわいもの見たさで客は突っかけて来、初日から大入りの盛況だった。

戸板返しの場で、

「仕掛けがむずかしい。おれにやれるかなあ」

強気な日ごろに似げなく二の足を踏んだ菊五郎も、十兵衛が雛型片手に説明したことで自信をつけ、むしろどの幕よりも戸板での早替りで見物をうならせた。

合作までを加えると二百編を超す作品群の中でも、『四谷怪談』は傑作で、息子の十兵衛あたりが見てさえ南北の怪談の集大成に思えた。

菊五郎のお岩の哀れさ、むざんさ、恐ろしさ……。赤児のつもりで石地蔵を受け取り、はっとおどろく伊右衛門をみつめて、お岩の亡霊がニタと笑う。その顔のすごさに、豪放な団十郎が我しらず慄えあがって、

「とても、まともにゃア見られねえ」

毎回、視線をそらすのを、

「だめだよ成田屋、それじゃ情《じょう》が移らねえじゃねえか」

菊五郎がきめつけるほど舞台は真に迫った。連日一人二人、恐怖のあまりの引き攣《つ》けや卒倒さわぎが、女の看客の中で起こる。評判は、評判を呼び、他座の入りを圧倒して中村座の人気は独走した。

お岩役への、菊五郎の気の入れ方も異常なほどだった。

「死ぬときが大事なんだ。つまり殺されるときだな。いかにも悲しげに苦しげに、生き身への未練をたっぷり残して死んでいってこそ幽霊になってからの怕《こわ》さが生きるんだよ」

こんな言葉は、あとにつづく若手の役者にはこの上ない教示になったが、十兵衛の耳には針の痛さで突きささった。頭蓋を撃ち砕かれ、挫折の無念をこの世に残しながら波に吞まれたおウメの最期が、ありありと目に浮かぶのである。

放火事件以前に、すでにできあがっていた台本だから、わざわざ訂正させるのも憚《はばか》られて口をつぐんでいたけれども、民谷伊右衛門に恋慕し、お岩虐殺の因を作る隣家の娘の名を、南北が〝お梅〟としたのも十兵衛にすれば、じつは気がかりの一つであった。押し育てのお嬢さんの恋をとげさせる目的で、お梅の乳母が贈った産後の妙薬……。押しいただいてそれを服用した直後、お岩の相貌は醜く崩れ、髪の毛は抜け落ちてむざんな姿に変る。十兵衛が正視しかねる場面だが、

「わたしはいや。見に行きませんよ。夜、一人で厠《かわや》へ起きられなくなりますもの」

お京も中村座へ、けっして出かけようとはしなかった。

「お舅《とう》さんはなぜ、あんな身の毛のよだつようなお芝居ばかり書きなさるんでしょうねえ」

「まったくだ。世話物や時代物も多いのに、南北といえば怪談作者だと、世間は勝手にきめこんでいる。こんどのこの、『四谷怪談』の成功で、ますます評価は固まってしまうだろうよ」

南北自身は、だが作の好評に気をよくしたのか、うなぎ掻きの娘の遠島や、それに関連してむりやりのように、伜の十兵衛に苦《に が》ぐるしい過去を語らされたことなど、今はもう念頭から消してしまった様子だった。

「偉《えれ》えもんだぜ、さすがに五代目はな」

直江屋へやってきて、うれしそうに菊五郎の噂を口にしたりする……。

「音次郎って門弟がいるだろう音羽屋に……」

「ええ、お岩の死骸の吹き替えを受け持ってる男でしょ」

「その、吹き替えで今日、五代目が音の野郎をどやしつけてた。『手前《てめえ》の死にざまは何だ。あれがお岩の死骸か。まるで太平楽《たいへいらく》に、昼寝でもしてる姿かっこうじゃねえか。いいか、お岩はなぶり殺しにされたんだぞ。この世に念が残ってるんだ。手を握りしめるとか両足をちぢめるとか、もうちっと口惜しさへの思い入れがあってもいいじゃねえか莫迦《ばか》』と、こうなんだ」

「なるほどね」

「さすがは大名《おおな》題《だい》……。役への対し方が弟子どもなんぞたア違わあな。こうまで身を入れて演じてくれりゃアおれも書き甲斐がある。作者冥利に尽きるよ十兵衛」

そのうちに、江戸中にぱっと拡まったのは怪異の取りざただった。

按摩《あんま》宅悦の役者が、髪梳《す》きの場のあまりな陰惨さに、

「芝居とは思えない」

熱を出してとうとう休場……。

このほかにも道具方が釘を踏みぬく、床山や下座《げざ》のお囃子、衣裳方、呼びこみの河童《かっぱ》にまで怪我人や病人が続出する始末に、座元頭取《ざもととうどり》連中が恐怖し、

「お岩さんの祟りにちがいない」

神主を呼んでお祓《はら》いをさせるやら楽屋稲荷《いなり》に灯明をあげるといった風評が、さらになお、狂言の人気を側面から煽《あお》った。

「半分は本当だろう。でも、あとの半分は父さん一流の宣伝かもしれないよ」

お京に、十兵衛はこっそり言った。

「そうですね、前にもときどき、うまい策略を使って、お舅《とう》さんは自作の評判を盛りあげたことがありましたっけね」

たとえば、先代の松緑と組んではじめての怪談物『謎帯《なぞのおび》一寸徳兵衛《ちよつととくべえ》』を書きおろしたとき、市中にひろまったのは、

「松緑はキリシタン信徒らしい」

との、おだやかならぬささやきだった。

主人公の徳兵衛は、異国人めいた厚司《あつし》を着て舞台に出る。しかもその上に、裃《かみしも》をつけるのが何とも奇異だ。

たんに扮装《ふんそう》だけのことではない。父の首を打ち落とした徳兵衛が、謀叛《むほん》の意図を秘めて印《いん》を結ぶと、その姿は消えて、水門から切り首をくわえた大蟇《がま》が現れる。花道まで這い出し、パッと背中が割れるとたちまち、立ちあがるのは徳兵衛……。三段に折れたはずの刀がまっすぐにつながり、見物を啞然とさせるのはまだしも、開けもしない格子戸

から幽霊が入ったり、座頭《ざとう》の姿で池へとびこんだと見るまに、一条の水気《すいき》が立ち、同一人の松緑が打って変った上使のなりで、花道の揚幕を切らして登場する。その早わざ、早変り、仕掛けの幻妙さは、

「バテレンの妖術でも使わないかぎり、無理だ。松緑は邪宗門に帰依しているにちがいない」

との疑惑までを、看客にいだかせた。捨ててはおけない。奉行所から与力同心が乗り込み、一網打尽のものものしさで取り調べにかかった。

南北と松緑、道具方の長谷川勘兵衛らが百方、陳弁し、カラクリを実地に操作してみせて、妖術でも魔法でもないむね、納得させて帰したのだが、この寸劇の挿入で狂言の評判はいやが上にも高まった。

種をあかせばしかし、松緑キリシタン説を故意にばらまいた陰での張本は、南北自身だったのである。

『彩入御伽草《いろえいりおとぎぞうし》』のときも詭謀《きぼう》を用いた。市村座の三階で出演俳優一同、本読みをしているさなか、突如、表戸が二度、轟音《ごうおん》をあげて揺れた。耳をふさいで女形など、突っ伏す……。松緑は怯《おび》え、その晩から変調をきたして、あらぬことを口走る始末となった。

「小幡小平次の亡霊がとり憑《つ》いたのだ」

そこで座元が音頭をとって回向院《えこういん》で追善供養の大施餓鬼《せがき》を執行……。役者の素顔を見

ようと群衆が押しかけ、喧嘩沙汰まで起こる混雑で、六日後に蓋をあけた夏芝居は、三カ月続演の大記録を打ちたてたのである。

女の生首《なまくび》が、振り袖をくわえている図を大凧《だこ》に描かせ、芝居小屋の櫓《やぐら》をはじめ火の見の梯子《はしご》、五重の塔の欄干《らんかん》など目につく高みへ引きからめておいたこともある。

「だれがあげた凧だろう」

「おっかねえ絵柄《えがら》だぜ」

江戸中の話題になったところで次の怪談狂言を発表するといった、奇抜な趣向をしばしば駆使した南北だ。

「お岩の祟りで故障続出……」

との風評も、おそらくこの手の宣伝だろうし、背後で糸を引くのはいつもの通り、父に相違あるまいと十兵衛は推量していたのだが、どうやら今度ばかりは目算がちがった。

怪異は、現実に起こったのである。お岩の祟りなどではなく、おウメの執心だった。

その、死にぎわの予告にたがわず、彼女はふたたびもどって来た。魔性のうなぎの理不尽な怨念が、南北と十兵衛父子の前にだけぶきみな形をとって、実際に現れはじめたのだ。

『東海道四谷怪談』のあとも、幾作か南北は脚本の筆を染めたが、往年の働きざかりにくらべると仕事の量はめっきり減った。

「むりもない。七十を越したんだ。父さんも疲れたんだろうよ」

お京に、十兵衛は言ったし、芝居町の者だれもが同じように見ていた。しかし、違う。『四谷怪談』の上演中、南北は、じつは舞台の切り穴から奈落《ならく》へ落ち、腰を痛めたのだ。打ち出しのあとだったから、周囲には人がいなかった。ほこりだらけな床《ゆか》板にうずくまったまま南北はしばらく喘《あえ》いでいた。

やがて、そろそろ半身を起こし、ほとんど這うように作者部屋へもどったが、しばらく横になっているうちに痛みはうすらぎ、駕籠《かご》を呼んでもらって黒船稲荷地内の自宅へもどった。

打撲じたいは、そのくらいのことで済んだ。息子の十兵衛以外には打ちあけなかったけれども、腰痛より何より落ちた原因そのものが、じつは南北を衝撃させたのである。

——うなぎであった。うす暗い階段の中ほどに、蛇さながら、うなぎがトグロを巻いていた。不確かな老眼だし体色が黒いので、南北はそれと気づかず、うっかり足をのせてヌルリとすべった。落下の、それが原因だったのだ。

「そんなところに、なぜ、うなぎが……」

話を聞いて、十兵衛も背すじが寒くなった。念のため中村座へ出かけて階段をかきさぐってみた。うなぎなど、だが、いるはずもない。ただし中ほどの一カ所に、水が溜まり、嗅ぐとうっすら腥《なまぐ》さかった。

「源三というあの男も、全身、濡れていた。そういえばかすかに魚臭もあったな」

つぎの怪異は、やはり南北作の『紅葉鹿対文曾我《もみじにしかふりそでそが》』の立ち稽古中、中村座の楽屋で起こった。夜食にとった弁当の、蓋をあけたとたん、

「わッ」

南北は火でも摑んだ烈しさで、それを抛《ほう》り出したのだ。へんてつもない幕の内である。

「ど、どうなさいました師匠」

相伴していた門弟の一人が、びっくりしてさけんだ。南北の顔はまっ青だった。

「いや、何でもねえよ」

散乱した玉子焼き、かまぼこ甘煮《うまに》のたぐいへ、いぶかしげな視線を呆然《ぼうぜん》とそそいで、うつろに首をふったが、塗り箱をあけた瞬間、南北の目が捉えたのは、切り落されながらなお、鰓《えら》呼吸して、ひくひく腭《あぎと》を動かしている巨大なうなぎの頭だったのである。

それでも南北は参らなかった。ふだんから小事にかかずらわない大ざっぱな性格で、

「その旗、渡せ」

とするところを、たとえば無造作に、

「その畑《はた》、渡せ」

などと書き、十兵衛あたりに指摘されても、

「読むわけじゃねえ、客が耳に入れる科白《せりふ》だ。ハタと聞こえりゃそれでいいじゃねえ

か」

うそぶくような剛胆さがあった。

うなぎの怪にも、だから屈しまいとがんばって、しばらくのあいだ持ちこたえたのだが、『金幣猿島都《きんのざいさるしまだいり》』を書いてまもなく、中村屋の楽屋風呂で倒れた。そして、それっきり寝ついて、とうとう息を引きとったのである。

冬のさなか――。霙《みぞれ》の降りしきる夜だった。

「あったまって帰《けえ》ろう」

日ごろ、白粉《おしろい》臭くていやだと敬遠していたのに、老父が湯に入ると言い出したので、十兵衛は介添えして中村座の風呂場へおりた。

湯舟の中にうごめき溢れていたのは、しかし湯ではなく、無数のうなぎであった。鎌《かま》首《くび》をもたげて、それがいっせいに父子を睨んだ。

絶叫に仰天して人々が駆けつけたとき、何ごともなく湯だけを満たした湯舟のきわに、南北は昏倒し、折り重なるように十兵衛も打ち伏していたのであった。

「舅《とう》さんはなぜ、怪談なんて気味わるいものばかり、芝居に仕組んだんでしょうね」

お京の疑問に、いまこそ十兵衛は答えることができる。南北は魔性のうなぎに挑《いど》みつづけたのだ。祟られる恐怖……。仕掛けカラクリにすり替えて嗤《わら》うことで、むりやりにでも怪異を否定し去ろうとし、結局は否定しきれずにその力の前に敗れたのである。

直江屋十兵衛が、同じ無体《むたい》な力に曳きずられるようにこの世を去ったのは、父の死のあくる年……。

年もまだ、ようやく五十になったばかりであった。

暗闇坂心中

都筑道夫

都筑道夫（つづき・みちお）

一九二九年東京都生まれ。十代から時代小説・推理小説を発表、その後も評論・SFと幅広く執筆。二〇〇一年『推理作家の出来るまで』で日本推理作家協会賞、〇二年日本ミステリー文学大賞受賞。著書に『猫の舌に釘をうて』「なめくじ長屋」シリーズ、『黄色い部屋はいかに改装されたか?』『幽鬼伝』など。〇三年逝去。

その一

吹きそこなった笛のような悲鳴は、多見次にも聞えた。屋根職人の亀吉は、酒の茶碗をつかんだまま、暗闇坂のほうに顔をむけた。悲鳴はそちらから、聞えたような気がしたからだ。

市ガ谷自証院門前に、おでん燗酒のかつぎ屋台が、荷をおろしている。門内の岡の上にある鐘が、だいぶ前に四つ——午後十時を打って、門前町の商家はどこも暗い。市ガ谷谷町の屋根屋に、わらじをぬいでいる多見次は、おでん燗酒あまいと辛い、の呼び声を聞きつけた亀吉にさそわれて、腹をあたために出てきたのだった。

雪になりそびれた雲の切れめに、星がつめたく光って、大戸をおろした家なみには、ときおり屋台のおやじのだみ声が、

「おでん燗酒、甘いと辛い。ええ、茶めしもござりやす」

と、響きわたるばかり。客は多見次と亀吉のほかに、近所の旗本屋敷の中間《ちゅうげん》がふたり、手代ふうの若者がひとり、熱燗の酒を茶碗で飲んでいるだけだった。悲鳴は、ひどく酔

っている中間と、耳が遠い屋台のおやじには、聞えなかったらしい。

ほかの三人は、顔をあげた。手代ふうの若者は、暗闇坂のほうに目をこらしたとたん、喉《のど》の奥で妙な声をあげた。その声で、中間たちも、しゃがんでいる腰を浮かした。

「女だ」

と、中間のひとりが、口走った。星あかりに、暗闇坂から女がひとり、飛びだしてくるのが、たしかに見えた。

暗闇坂は現在の新宿区愛住町を、靖国通りへくだる急坂で、両がわは寺や武家屋敷、空を押しふさぐように樹木がしげって、昼なお暗い。だから、暗闇坂という名がついたのだが、ことに谷町の町屋に近いあたりは、竹やぶが深く、そこから女のすがたが走り出てきたのだ。

襦袢《じゅばん》をはだけて、湯もじの裾もみだし、女は裸どうぜんだった。はだしで懸命に駈《か》けてくる姿が、まるでそこにだけ光があたったみたいに、はっきり見えた。

「気ちげえじゃねえか、ありゃあ」

「かわいそうに、親は心配してるだろう。つかめえてやれ」

中間ふたりは、楽しげに言葉をかわして、飲みほした茶碗を屋台におくと、女のほうに走りだした。いまの靖国通りだが、ずっと道はばが狭く、片がわには小溝が流れている。女は走ってくる中間に気づくと、両手をのばして、

「助けて――助けてください！」

と、叫んだ。けれど、ぐいっとうしろへ引きもどされて、女は立ちすくんだ。手代ふうの男と亀吉も、中間につづいて、駈けよろうとしていたが、女の様子に踏みとどまった。手代ふうの若者が、また妙な声をあげた。

女のうしろから、とつぜん、闇をぬぎすてたように、若い武士があらわれたからだ。着ながしだが、浪人ではなさそうだった。酔っぱらいみたいに、髪をみだし、裾を踏みはだけて、右手に抜身をさげている。

女は口もとをひきつらして、必死に襦袢をぬぎすてると、立ちすくんでいる中間たちのほうへ、走りよろうとした。まだふくらみきらない乳房が、わなわなとふるえていた。若ざむらいの口から、けもののような声が、ほとばしった。中間たちはおびえて、あとじさった。青ざめた顔に、目をつりあげて、若ざむらいは抜身をふるった。

闇のなかに血がしぶいて、悲鳴とともに、女はのけぞった。若ざむらいがまた、けものみたいに喚《わめ》くと、ぴかっと星あかりに刀身がきらめいて、女の首が吹っとんだ。首のなくなった女のからだは、血を噴きあげながら、くなくなと前に倒れた。

中間は尻もちをついたし、亀吉も地べたにすわりこんだ。若ざむらいは返り血をあびて、首のない女のからだを見おろしていた。手代ふうの男は、地面を匍《は》って逃げようとしながら、

「ひ――ひと殺し！　ひと殺しだあ！」

と、ふるえ声をあげた。武士は女のからだを踏みこえて、血刀をふりかぶろうとした。多見次が走りだしたのは、そのときだった。走りながら、半纏《はんてん》をぬぎすてると、それをしごいて右手にさげて、中間たちと若ざむらいのあいだに、立ちはだかった。

多見次と武士とのあいだは、歩幅にして六歩ばかり。さむらいは背が高く、ぎらつく刀をふりかぶっているので、多見次の上におおいかぶさってくるように見えた。両手のあいだに、青白くひきつった顔があって、目までが青く燃えているようだった。

半纏を太い縄みたいに両手に持って、いつでも刀を払いのけられるように構えながら、多見次は武士の顔を見つめた。

「おさむらいさん、気を落着けておくんねえ。こりゃあ、お手討ちでございますかえ？」

低いがよく通る声でいって、にやりと多見次は笑った。武士は急に腕の力をぬいて、刀身をおろすと、

「おれが――おれがなにをしたと？」

「お手討ちですかえ、それとも、試斬りで？」

「なにっ！」

若ざむらいは、血しぶきをあびた自分のすがたを、どぎまぎと見まわした。その目から、青い焔は消えていた。多見次は一歩、すすみ出た。

武士はたちまち、身をひるがえした。もとの闇に吸いこまれるように、逃げだしたのだ。中間がにわかに元気をとりもどして、

「待ちやがれ！　逃げるな」

と、声をあげたが、多見次は追わなかった。地べたにすわりこんで、ふるえている手代ふうの若者をふりかえって、

「お前さん、番屋へ知らしておくんなさらねえか。このまま、放っちゃおかれめえ」

「はい、はい、いま、いま行きます」

若者が立ちあがるのと入れちがいに、亀吉がそばに寄ってきて、

「兄貴、ひでえものを見ちまったね。こ、こりゃあ、どこの娘だろう？」

と、歯の根のあわない声でいった。多見次は中間たちをかえりみて、

「お前さんがたは、ご存じありませんかえ、この娘さんを？」

「知らねえ。おれたちゃあ、知らねえ」

「じゃあ、お武家のほうは？　このへんのお屋敷の若様とお見うけしたが……」

多見次が聞きなおすと、中間ふたりは顔を見あわしてから、前とおなじひとりが答えた。

「それも、知らねえ。ほんとに、知らねえんだ。おれたちゃあ、その、関わりあいになるわけにゃあ、いかねえから……」

つれをうながして、中間は立ちさろうとした。多見次は苦笑いをして、

「あっしゃあ、殺人でもなんでもねえから、とめはしませんがね。酒の代だけは、払っていってやってくだせえよ」

けれど、おでん燗酒の屋台は、やはり関わりあいを恐れたのだろう。行燈《あんどん》の灯を消して、もうそのへんに見あたらなくなっていた。中間たちが走りさると、亀吉は舌うちをして、

「やつら、あのさむれえの顔を、見知っているにちげえねえぜ、兄貴」

「そうかも知れねえね、亀さん。お江戸がこんなに、ぶっそうなところになっているたあ、夢にも思わなかったよ」

と、顔をしかめて、多見次は足もとの死体を見おろした。湯もじも外れかかった若い娘のからだは、息が絶えても、なまめかしく見えるはずだったが、首がないために、なんとも異様な眺めになっていた。

「とんでもねえ、兄貴、こんなこたあ、おいらも初めてだ。首はどこへいったろう?」

「あのさむれえが、持っていったかな? いや、そんなはずはねえ」

多見次はかがみこんで、路上を見すかしていたが、はじの小溝をのぞきこんで、

「腕がいいのか、刀が斬れたのか、こんなところまで、飛んでいやがる」

髪の毛をつかんで、首を持ちあげた。血が水で洗われて、娘の死首は青白く、いまに

も怨みの言葉をもらしそうだった。

「兄貴、かんべんだ。そこらへ、おいてくんねえ。おいら、また腰がぬけた」

と、亀吉が音《ね》をあげた。多見次は横倒しになった胴のそばへ、そっと首を据えながら、

「この娘にゃあ気の毒だが、おりゃあ、いい学問をしたぜ。亀さん、いまのさむらいの顔を、おぼえていなさるか？」

「ああ、夢に見て、うなされそうだ」

「ありゃあ、鬼の顔だった。ほんとうの鬼の顔だ」

多見次は江戸の生れだが、めったに江戸にはいない。渡りあるきの鬼板師、鬼瓦を専門につくる職人だ。小刀のような、するどい篦《へら》をなん本もつかって、瓦土に鬼の顔を彫りあげる。それを瓦屋に焼かせるわけだが、立派な鬼瓦を必要とする建築を、ひきうけた大工や屋根屋のところに、わらじをぬいで、仕事をする。目下のところは、市ガ谷町の屋根屋徳造のもとに、身をよせているのだった。

その二

あくる日の昼ちかく、屋根屋徳造の家の裏庭で、多見次は茣蓙《ござ》にあぐらをかいて、なかば彫りあがった鬼瓦をにらみつけていた。

「兄貴、仕事ちゅうをすまねえが、ぜひ会ってやってもらいたいひとを、つれてきた」

と、そこへ亀吉がやってきて、

「ゆうべの自証院門前のひと殺しに、つながりがあるんだがね。あの殺された娘さん、おどろいたことに、大工の政五郎棟梁のところの、吉松さんてえ職人の妹だったんだ」

「おつれなすったおひと、というのは、その吉松さんかえ？」

と、多見次は鬼瓦から顔をあげた。亀吉はうなずいて、

「おいらたちが見ていたってことを耳にして、くわしい話を聞きたいんだそうだが……」

「どうぞ、こちらへおつれなすって」

と、多見次は立ちあがって、瓦土で汚れた手をぬぐいながら、座敷の縁がわへ近づいた。すぐ亀吉が案内してきたのは、二十四、五の頑丈そうな男だった。多見次とおなじくらい、日焼けした顔だけれど、仕事着すがたではなく、綿入れに角帯をしめている。

「吉松さんとおっしゃるか。鬼板師の多見次でございます。なにかあたしで、お役に立つことがありましょうかね」

多見次がていねいに挨拶すると、吉松も腕のいい職人らしく、挨拶をかえしてから、

「ゆうべは妹の最期を、見とどけていただいたそうで、ありがとうございます」

「とんだことでございました。あたしは不信心な人間で、お念仏ひとつとなえられねえ。申しわけございません」

鬼をつくることが仕事なので、鬼板師は宗教を持てないことになっていた。吉松はうなずいてから、縁がわに腰をおろして、

「多見次さん、妹を斬ったさむらいの顔を、おぼえておいでですか？」

「そりゃあ、まあ、おぼえていますがね」

多見次は客の前に、たばこ盆を引きよせて、自分も腹がけのどんぶりから、身分不相応な袂落《たもとおと》しのたばこ入れを取りだした。

「けさがた、柳町の喜平次親分に、見たことは残らず、申しあげましたよ」

「その喜平次親分にあって、いろいろ話をうかがってきたところなんです」

と、吉松は両膝においた左右の手を、指のつけ根が白くなるくらい、握りしめながら、

「ところが、下手人の顔をおぼえていなさるのは、多見次さん、お前さんだけだということで」

「申しわけねえが、なにしろ暗かったし、胆っ玉はでんぐりげえっていたしでねえ」

と、かたわらで、亀吉が髷《まげ》っぷしに手をやった。多見次はまじめな顔つきで、

「あたしは諸国をわたりあるいているせいで、ひとよりは夜目もきくし、恐しい目にも出あっている。だから、ゆうべのお武家の顔も、見すえることが出来た。でも、江戸へきたのは一年ぶり。このへんのことは、なんにも知りませんのでね」

「ですが、もう一度あったら、この野郎だったとわかるでしょう」

「なぜ、そんなことを聞きなさる、吉松さん？」

「あっしどもは、おやじも達者、おふくろも達者、妹と四人ぐらしでしてね。あっしは野暮な人間だが、妹は踊りが好きで、筋もいいということで、ゆくゆくはそれで身を立てたい、といっていました。おやじもあっしも、妹のお秀の腕があがるのを、楽しみにしていたんです」

「そりゃあ、さぞお力落しのことでしょう」

「あっしゃあ、くやしくてくやしくてしようがねえ。喜平次親分のいうことには、殺された場所が寺門前、下手人はお武家で、どこのだれともわからねえときちゃあ、あきらめたほうがいいだろうってんで」

「あの中間に聞きゃあ、どこのだれだか、きっとわかる、と思うんだがなあ」

と、亀吉がくやしげに、

「ところが、おいらときたひにゃあ、そのふたりの中間の顔さえ、ろくに思い出せねえときてやがる」

「いいえ、あっしにゃあ、お秀を殺したさむらいが、どこのだれだかわかっているんです」

「そりゃあ、いったい、どういうことです？」

多見次が聞くと、吉松は熱を持ったような目をあげて、

「暗闇坂上に、青江右京さまというお旗本がいる。そこのご次男で、銀二郎というおひとが、妹の師匠のところへ、出入りしているんですよ」

「小旗本の次男三男には、道楽者がいるそうですねえ」

「へえ、その青江銀二郎さまが、お秀にちょっかいを出していたんです。ふだんは偉ぶらねえ、やさしいおひとだものだから、妹のやつ、まんざらでもなかったらしい。だが、相手はお武家、そういっちゃあ悪いが、貧乏旗本のゆくすえのねえ次男坊だ。遊ばれるのが落ちだからって、あっしゃあ、お秀に意見をしたんだ」

「妹さんは、お前さんの意見を、聞きなすったのかえ？」

「あいつは聞きわけのいい娘でしたから……それで、銀二郎のやつ、お秀にいうことを聞かせようとして、あんな羽目になってしまったんじゃねえか、と思うんです。いや、それに違いねえ。妹は青江の次男坊に、きっと殺されたんですよ」

いいおわって、吉松はうつむいた。膝の上に涙が落ちて、小さなしみをつくった。

「あたしにその青江銀二郎の顔を見て、ゆうべのお武家かどうか、たしかめろ、とおっしゃるんですね？」

多見次が聞くと、吉松は顔をあげて、

「そうなんです。ご迷惑でしょうが、お願いいたします」

「しかし、あたしがその青江さまを、下手人と見さだめたところで、ほかにはなにも証拠がないでしょう。どうなさるおつもりで?」

と、多見次は聞いた。吉松は目を伏せて、答えなかった。この男、青江銀二郎が下手人ときまったら、自分の手で相手を殺して、妹のかたきをとるつもりだな、と多見次は思った。

「吉松さん、どこへいけば、その青江さまの顔を見られるんです?」

「昼すぎには、よく屋敷をぬけだして、踊りの師匠のところやら、清元の師匠のところ、雑俳の宗匠のところなんぞ、遊びあるいておりますんでね。屋敷の近くで待っていりゃあ、きっと出てきます」

「ようがす。昼めしがすんだら、また来ておくんなさい。あたしもそれまでに、めしを食って、親方にことわって、出かけられるようにしておきます」

と、多見次はいったが、その日はけっきょく、青江銀二郎の顔を見ることは出来なかった。吉松に呼びだされて暗闇坂上の青江の屋敷へ出かけたのだが、二時間ばかり門を見わたせる木立ちのなかで、しゃがみこんで待っていても、だれも出てくるものはなかった。

青江右京の屋敷は、暗闇坂をのぼりつめた道を、舟板横丁のほうへ抜ける小路のうちにあって、門内の大きな椎の木が、塀のそとにまで、枝をひろげていた。冬も葉を落さない大木が、薄曇った空の下に枝をひろげたさまは、なんとなく陰気な眺めだった。

出かけたあとかも知れない、と吉松はいいだして、四谷の大通りにちかい踊りの師匠のところと、清元の師匠のところをのぞいてみたが、青江銀二郎は来ていなかった。

「多見次さん、後生一生のお願いだ。あさって、もう一日つきあっちゃもらえませんかえ？」

四谷の裏通りを歩きながら、吉松はなんども頭をさげた。

「あしたは、お秀の葬いでしてね。まさかに葬いをうっちゃっておいて、青江を追いまわすわけにも、いきませんから」

焼芋屋から流れだす煙に、吉松は目をしばたたいた。多見次はうなずいて、

「こうなったな、関わりあいだ。仕事のほうは、なんとかなります。あさって、また呼びにきておくんなさい。それはそうと、妹さんはゆうべ、だれかにつれだされたんですかえ？」

「それが、よくわからないんで……近所の酒屋の娘さんが、踊りの朋輩なんです。そこへ遊びにいくといって、家を出たらしいんですよ。でも、酒屋へは、きょう聞いてみたところじゃあ、顔を出さなかったそうで」

「妹さんが出かけたのは、なん刻《どき》ごろだったんです？」

「あっしもちょいと、出かけてましたんでね。はっきりしねえんですが、おふくろの話じゃあ、五つ（午後八時）すぎだったろう、ということで」

暗闇坂下で、吉松とわかれて、多見次は屋根屋徳造の家へ帰った。あくる日は、吉松のなげきを嘲《あざけ》るように、冬晴れの空が青かった。

多見次は裏庭で、朝から鬼瓦と取りくみはじめた。

「あのさむらいの顔から見たら、おれのつくっているのは、鬼じゃあねえや」

多見次は腕ぐみをして、瓦土のかたまりを見つめた。

「鬼瓦は屋根の上で、この世の災厄をにらみ返さなけりゃあ、いけねえものだ。こんな顔じゃあ、魔物に負かされちまわあ。しかし、あのさむらいの目には、怨みの色があったなあ。あれさえなかったら、ほんとうの鬼の顔だ。ありゃあ、人間の顔じゃあねえ」

先のするどく反りかえった鋼の篦《へら》で、多見次は大きな鬼の顔の、三日月がたの口じりを、さらに深くえぐりこんだ。

「どんな心が人間の顔を、ああも恐しくするものか。おれにゃあ、まるで見当もつかねえ」

その三

「おまはん、寒うはありませんか？　もっとこっちへ、寄んなまし」

女は夜具のなかで、多見次にすがりついた。男は腹ばいになって、朱羅宇《ラウ》の長ぎせるで、たばこを吸っている。

「憎らしい。返事もしいせんで、ぬしはなにを考えていなますえ？」

内藤新宿の遊女屋で、若紫という妓《おんな》の部屋だった。引けすぎの時間で、ほかの部屋も、廊下もしずまりかえっている。

「おっかないことを、考えているのさ。鬼のことだ」

と、灰吹をたたきながら、多見次は笑った。若紫は長襦袢の胸からこぼれる乳房を、男の肩に押しつけながら、

「鬼瓦のことざますか？　そのお仕事がおわりいしたら、ぬしは江戸を離れるのでごぜんしょう？」

「花魁《おいらん》、おりゃあ、ひとところにいられない男でね。いまいるところで、頼まれただけの鬼瓦をつくってしまやあ、またよそへいくのさ」

「江戸を離れさんす前に、もう一度はかならず、来ておくんなんしょ。恥ずかしゅうおぜんすが、こんな気持になったことは、ありいせん。ほんとうざますよ」

若紫は襦袢の前をかきひらいて、男の腰に片足をからませながら、

「おまはんほどの名人なら、お江戸にいても、仕事にあぶれることはねえと、亀吉さんがおっせんしたよ。なんで旅ばかりしなんす」

「最初にここへつれてきてくれたのは、亀さんだから、悪くいっちゃあすまねえが、大げさに吹聴したもんだ。おれを名人だなんぞといったら、江戸じゅうの鬼瓦が笑いだし

て、たちまち来年になってしまうぜ。おめえの年あけを早めるためなら、いくらいってもかまわねえが……」

「心にもない。たばこ盆ばかり見ていずと、こっちを向いておくんなんし。つめりいすよ」

多見次の寝巻の裾をひきあげて、若紫は背なかに手をさしこむと、爪を立てた。

「つねられちゃあ、かなわねえ。そろそろ寝るか」

「また憎いことを。だれが寝かすものか。もう、一度、抱いておくんなんし」

多見次がからだのむきをかえると、その首の下へ、若紫は片手をくぐらして、片手でたくましい胸をさすりながら、

「ぬしへ、恥ずかしいが、わちきはうずうずして、もうたまりません。どうともしてくんなまし」

「花魁、はやるはずだな」

「またそんな憎体口《にくてぐち》を」

と、若紫は顔をよせて、男の耳たぶをやんわり嚙《か》んだ。

「待ってくれ。いま気がついたが、あの鴨居にある疵《きず》はなんだ？　まるで刀で、斬りつけたようだが……」

「当りいしたよ。もうなん年も前、わちきの知らないころでおぜんすがね。なんでもお

武家が気がふれて、刀を抜いてここへ暴れこんだとか」

「ひと死にが、出たのかえ？」

　多見次が鴨居の疵をながめながら、ひっぱられた手の指を動かすと、女はぴくりと身をふるわせて、

「いいあんばいに、だれにも怪我《けが》はなかった、と聞きいした。ほれ、村雨《むらさめ》とか、村正《むらまさ》とかおっせんす刀がごぜんしょう。お武家の刀が、それだったとか」

「刀のせいで、狂ったのかえ？　おそろしい話だの」

「まったくでありいす。その刀はいまでも、市ガ谷の青江さまという、お旗本のところにある、という話でおぜんすよ」

「青江？　暗闇坂上の青江さまかえ？」

「そこまでは、知りいせん。もう怖い話は、よしにしまほう。ぬしはころされても、平気かえ？　わちきはもう、顔がほてって、口がきけなくなりいした」

「風邪でもひいたんじゃあねえか？」

「ええ、情《じょう》なしな。怨みいすよ」

　じれったそうに身をくねらして、若紫は多見次にすがりつくと、思いきり口を吸った。もともと惚れっぽい性質《たち》で、若紫はよく姉女郎に注意される。だが、この鬼瓦職人には、これまでの男と、どこか違うところがあった。

腕のいい職人らしく、金づかいがきれいで、無理をいわないところも、つとめよかったが、ときに恐しいような気がすることもある。いい男ではないが、日焼けした顔に目口が大きく、それがおりおり妙な表情をしめすのだ。

遊びをすまして、ひと寝入りして、ふと気がつくと、男が目をあいていることがある。まだ遊びたりないのか、と思って、こちらが起きていることを、身動きで知らせても、手を出そうともしない。起きなおって見ると、天井をにらんだ目のいろの冷たさに、ぞっとさせられるのだった。その次にきて、酒を飲んでいるときに、

「ぬしはときおり、怖い目をしなんすね。親のかたきでも、お探しかえ?」

冗談めかして聞いてみると、男は笑って、

「鬼を探しているんだ。いや、そういうときにゃあ、おいら半分、鬼になっているのかも知れねえ」

多見次はそんな、若紫の心の動きは知らない。悪ずれしていない女だと思って、ほかの職人たちにさそわれると、つきあいよくやってくるだけのことだった。

あくる朝、多見次は早く遊女屋を出ると、つれの亀吉といっしょに、番衆町の通りを歩きながら、

「亀さん、暗闇坂上の青江さまは、お出入りさきかえ?」

と、聞いた。亀吉はゆうべの持てっぷりを喋《しゃべ》りたくて、うずうずしているようだった

が、それでも話をそらさずに、

「いんや、あそこは確か、四谷《よつや》伝馬町《てんまちょう》の屋根彦が出入りしてますよ」

「その屋根彦さんの職人に、知りあいはいないかな、亀さん」

「いねえこともねえが、なにか探りを入れたいことがあるのか、兄貴？」

「まあ、そんなところだが……」

「銀二郎が屋敷にいるかいないか、そいつを探りだすとなると、むつかしいね。いまのところ、屋根の手入れにも入っていねえようだし……」

「いや、もっと古いことを、知りたいんだ。だから、お年よりの職人に、聞いてもらいてえ。思いがけなく、耳に入ってきたのだが、市ガ谷の青江というお旗本の家に、村正の刀があって、そいつがひとを狂わした、というんだ」

「うん、村正か。あいつは、祟《たた》るんだそうだね」

「市ガ谷に青江というお屋敷は、なん軒もあるかも知れねえが、暗闇坂上の屋敷、という気がしてならねえ」

「なるほどね。そいつは大きに、そうかも知れねえ。屋根彦の親方のところには、話しずきの隠居がいる。あの隠居に聞きゃあ、わかるかも知れねえ。きょうは仕事が、やすみですからね。昼すぎにでも、いってきやしょう。まかしといておくんねえ、兄貴」

と、亀吉は胸をたたいた。ちょうど市ガ谷の谷間へくだる坂道へ、さしかかったところで、片がわの武家屋敷のはずれに、かなりの原があった。葉の落ちた木立ちのあいだに、ひとが四、五人立っている。その様子が普通でないので、亀吉は霜柱を踏みしだきながら、原へ入っていった。

「兄貴」

亀吉が手まねきするので、多見次は大股に原へ入っていった。小さな池というよりも、水たまりに近いものがあって、そのまわりに、ひとが立っている。近所の寺や屋敷の寺男、中間たちらしい。

多見次が近づいて、のぞいてみると、池にのめりこむように、男がひとり倒れていた。お店者《たなもの》ふうの身なりで、顔は水につかって見えないが、手足を見ると、まだ若いらしい。

「番屋へはとどけたんですかえ？」

亀吉が寺男ふうの男に聞くと、その男はうなずいて、

「ああ。お前さん、このひとに見おぼえがおあんなさるか？」

「さあてね。顔を見ないことにゃあ、わかりませんねえ」

亀吉が答えると、それを聞いた中間のひとりが、仲間をかえりみて、

「おう、やっぱり引きずりあげておいたほうが、いいかも知れねえな」

「うん、引きあげるか。だが、こいつ、首がねえんじゃねえか」

「おどかすねえ」

たしかに、肩から先は水にのめりこんでいて、死んでいる男には、首があるのかないのか、わからなかった。水はにごって、むこうの端には、薄く氷もはっている。最初の中間が尻ごみをすると、

「首がなけりゃあ、ないでいいじゃあねえか。おい、手を貸せやい」

別の中間がいいだして、三人がかりで帯をつかみ、手足をつかんで、死体をひきずりあげた。

死体には、いちおう首があった。だが、首すじに大きく傷口がひらいていて、中間たちがひっぱりあげると、いまにも転りだしそうに、ぐらっと揺れた。水につかって、血が流れだして、傷口はきれいになっていたが、見ていたひとは、思わずたじたじと後退した。

薄雲が散って、朝の日の光が原にふりそそぐと、霜柱がきらきら光った。その草の上に、こわれた人形みたいに首をねじまげて、倒れている死体を、亀吉はつくづくとのぞきこんで、

「兄貴」

と、多見次の脇腹を小づいた。多見次はうなずいて、亀吉の肩をたたくと、その場から離れた。原を出て、自証院門前へおりる坂にかかると、亀吉は小声で、

「兄貴、いまのは先おとといの晩の、あそこにいた手代じゃあねえかえ？」

「うん、あっしもそう思う。自証院門前の仏具屋の手代、という話だったろう。店じゃあ、もう知っているのかな?」

「さあ……知らしてやろうか。だがよ、兄貴、あの首が落ちかかった死にざまを見ると、あのときのさむらいに、やっぱり殺されたんじゃあねえのかね」

「大きに、そうかも知れねえぜ。亀さん、あっしらも気をつけたほうが、よさそうだな」

多見次が顔をしかめると、亀吉は脅えたように、朝の町すじを見まわした。谷間へくだる道の左手に、自証院の森がそびえて、寒がらすがしきりに鳴いていた。

その四

大工の吉松が、約束どおり昼すぎにやってきたので、多見次は暗闇坂上へ出かけていった。けれど、しげみに隠れて、いくら見張っていても、青江の屋敷からは、だれも出てこなかった。黒ずんだ門が、ただ冷えびえと閉っているだけだった。

「吉松さん、あきらめなせえ。悪いことはいわねえ。仏具屋の手代が殺された話は、もう知っていなさるだろう」

と、多見次はいった。吉松がうなずくと、多見次はつづけて、

「下手人がおなじで、かりにそいつが青江銀二郎さまならば、もうお上も放っちゃあお

くめえ。お秀さんのかたきは、お上がとっておくんなさるよ、きっと」

「でも、証拠がなにもなかったら？」

と、吉松は問いかえしたが、多見次は首をふって、

「そこまで考えて、あせっちゃあいけませんよ。うかつに証拠を探そうとして、あっしらが殺されちまっちゃあ、なんにもならねえでしょう。亀さんなんざあ、すっかり脅えて、もう夜あそびに出ねえそうだ」

「仏具屋の手代は、妹が斬られたときに、下手人の顔を見たんで、殺されたんですかねえ、やっぱり」

「下手人がおなじなら、そういうことになるでしょう。吉松さん、お前の心もちはよくわかるが、正直なところ、あっしも怖いんだ」

吉松はしぶしぶながら、あきらめる、といった。だが、実のところは、多見次のほうがあきらめてはいなかったのだ。

四谷伝馬町の屋根彦の隠居から、亀吉がひきだしてくれた話を、夕方に聞いてからは、なおさらだった。青江右京の家には、大江山と呼ばれる名刀があって、無銘ながら村正の作らしい、というのだ。

六年ばかり前に、右京の甥がその刀を持ちだして、内藤新宿ですっぽ抜きをやった。その甥は事件直後に、急病で死んだということになっているが、実は詰腹を切らされた

らしい、という噂があったことを、屋根彦の隠居はおぼえていた。

亀吉は同時に、青江銀二郎の行状も、どこからか聞きあつめてきてくれた。養子にいくか、長男の厄介ものにするしかない次男坊に、よくある型の無気力な道楽者で、ふだんは乱暴な人間ではないらしい。

吉松もそういっていたから、いよいよその村正が怪しい、と多見次は思った。道楽者を鬼にしてしまうその刀を、ひと目、見てみたかった。多見次は晩めしを食ってから、だれにもことわらずに屋根徳の家を出て、暗闇坂をのぼった。夕方から風が強くなって、坂のわきの竹やぶは、鬼婆が頭の髪をふってでもいるように大きくゆらいで、ざわざわと鳴っていた。空には氷のような月が、ものすごく光っていた。

青江右京の屋敷の前まできて、多見次はためらった。いよいよとなったら、塀をのりこえて、しのびこむ気だったけれど、外をまわってみたところでは、屋敷の構えが見当もつかない。昼間とおなじように、門の木立ちに隠れて、しばらく見張っていると、自証院の四つの鐘が聞えないうちに、門のくぐり戸があいた。

出てきたのは、ひとりの武士で、羽織は着ているが、袴はつけていない。小脇に風呂敷づつみをかかえて、あたりをうかがい、空をあおいだ顔を、月光が照らした。その顔に、見おぼえがあった。

「こいつは、ついていやがる」

多見次は胸のなかでつぶやいて、草むらに腰を浮かした。むしろ柔和な目鼻立ちで、昼間あったら見ちがえそうだが、青白い月光があの晩の印象をもどしてくれた。

吉松の想像どおり、青江銀二郎だったのだ。銀二郎は急ぎ足で、暗闇坂をおりはじめた。多見次は間をおいて、そのあとをつけた。銀二郎は追われてでもいるように、坂をくだると、合羽坂のほうへ急いだ。

「もし、青江の若旦那、銀二郎さま」

合羽坂をのぼりきったところで、多見次は声をかけた。

ぎょっとして、銀二郎が立ちすくむ。多見次はその背に貼りつくすように、ひと足で進みよった。銀二郎がこちらをむくと、多見次は鼻がふれあわんばかりに立って、

「おっと、動いちゃいけねえ。刀を抜こうなんて考えは、なおさらもってのほかだ」

小声でいうと、銀二郎も低い声をふるわして、

「だれだ、お前は？　町方のものか？　だったら、お門ちがいだぞ。次男坊でも、直参旗本のせがれはせがれだ」

「わかりませんかえ？　町方じゃあねえ。このつらを思い出してくだせえな。もう腹を切らされて、手後れじゃねえかと、これでも心配していたんだ」

「なんのことだ。さっぱり、わからねえ」

吐きすてるようにいって、銀二郎はあとじさろうとした。多見次の手は、銀二郎の腰

の大刀をつかんでいた。

銀二郎が五、六歩さがると、大刀は鞘《さや》ごと多見次の手に移った。

「こいつを抜かせると、お前さんは鬼になる。小刀を抜いても、いけませんぜ。あっしゃあ、お前さんを助けてあげてえだけなんだ」

鋭くいいながら、多見次は刀に目を落して、息をのんだ。

「なるほど、これで大江山と呼ばれているわけか。見事なものだ」

大刀は地味なこしらえだが、鍔だけは凝ったものがついていた。手のこんだ透し彫で、鍔の輪郭のなかに、鬼の面がはめこんである。実に見事な鍔だった。

「返せ。その刀は、おれのものだ」

銀二郎がうめくようにいった。多見次は刀を両手でつかんで、

「若旦那のものじゃ、ねえはずだ。右京の殿様のものでしょう？　そいつをお前さんが持ちだして、お秀さんを殺し、仏具屋の手代を殺した」

「うそだ。おれにはおぼえがない」

「いやですぜ、若旦那。勇をふるって、立ちふさがったあっしの顔を、おわすれですかえ？　あっしがいなかったら、あのときお前さんは、もうひとりふたり斬っていなすったろう」

「おれがお秀を殺すはずがない——武士を棄《す》てて、遊芸師匠の亭主にも、よろこんでな

るつもりで、夫婦約束をした女を」

「はずがなくても、その気がなくても、お前さんがお秀さんの首を斬りおとすのを、あっしはこの目で見ているんですぜ。この村正のせいだってことを、いまじゃあ知っていますがね。仏具屋の手代を斬ったのも、お前さんにちげえねえ」

「父上もそういう。兄上もそういった。用人までがそういって、おれに腹を切らせようとする。だから、おれはその刀を持って、屋敷を抜けだしてきたのだ。あすになったら、みんなでおれの手足を押えつけてでも、腹に刀を突き立てるだろう」

　銀二郎の脅えた声は、急に高くなった。

「若旦那、歩きながら話しましょう」

　と、多見次は若者をうながして、

「ここでぐずぐずしていて、つかまっちゃあ元も子もねえ。ふたりもひとを殺したのは確かだが、お前さんのせいじゃあねえ。この村正のせいだ。腹を切らなけりゃならねえとは、お気の毒すぎらあ」

「刀のせい？　その刀がどうかしたのか？」

「お前さん、この刀について、なにも聞いていなさらねえのかえ？」

　多見次は両袖にかかえた刀を、銀二郎のほうにかざして見せた。銀二郎は怪訝《けげん》そうな顔をして、

「家の重宝《じゅうほう》としか、聞いておらぬ」

「実はこいつは村正なんだそうで、五、六年まえにも親戚のかたが持ちだして、腹切りさわぎを起している。そんなものを後生大事に、とっておく殿様の気が知れねえが、いずれ曰《いわ》く因縁があるんでげしょう。この刀は持っている人間に、祟りをするんですよ」

「それでは、おれがその刀を持ちだしたために、お秀を知らずに殺してしまった、というのか？」

「へえ。お逃げになるなら、あっしが力になりますぜ。ただし、この刀はお棄てになることだ」

「そういわれると、うっすら思い出すことがある。お秀はおれに、殺してくれといった」

「お秀さんが？」

「うん、お秀は家を出て、どこかに所帯を持つつもりでいたんだ。おれとの仲を、家のものがあまり反対するのでな」

「そのことは、聞いておりますがね」

「お秀がどこかに家を借りて、おれもあとからそこへ行き、夫婦になるつもりだった。お秀はともかくも、おれは父上にことわってからでないと、町人にもなれぬ。その刀を売りはらって、家を借りる代《しろ》にする気で、あの晩、持ちだした。約束どおり、坂のとちゆうの地蔵堂で、五つすぎにお秀とあった」

「なるほどね。やっぱりお秀さんは自分から、お前さんにあいにいったのか」

「ところが、お秀は前の日の言葉とことかわり、家を出ることは出来ぬ、まして、おれと夫婦になることは出来ぬ、といいだしたんだ」

「はてね」

「はては、おれにすがって、泣くしまつだ。わけがわからなくなって、問いつめると、おどろいたことに、兄に犯されたというのだ。実の兄に……」

「吉松にですかえ?」

「あの日の夕方、兄も両親も留守なのをさいわいに、いつでも家を出られるよう、仕度をはじめていたのだそうだ。そこへ、吉松がもどってきて……」

「おめえ、なにをしている、というわけですね」

「片づけものをしているのだといいわけしたが、聞きいれない。親を棄て、兄を棄てて、逃げだすつもりだろう、といって、こんなにおれが可愛がっているのが、わからねえのかと……」

「気ちがいじみた乱暴をしたんですか、けっきょく」

「そういって、お秀は泣いた。しまいには、こんな恐しい目にあって、もう生きてはいられない、殺してくれ、といいだした」

銀二郎は歩みを遅らして、うつむいた。月光をあびて、その姿はいかにも心細げに見えた。

「それで?」

多見次がうながすと、銀二郎は首をふって、

「なにもおぼえていないのだ。おれは、かっとなった。そこまでしか、おぼえていない。そうだ。気がついたら、足もとに女が倒れていた。首がなかったな。あのとき、おれの前に立ちふさがっていたのは、お前だったのか……」

「思い出してくだすったね。ええ、あっしです。足もとに倒れていた女というのが、お秀さんだったんだ」

「なんということだ……なんという……」

「仏具屋の手代のことは、なんかおぼえていませんかえ?」

「仏具屋の手代かなにか知らないが、屋敷の中間を通じて、妙なことをいってきた男がいる。ゆうべ、自証院の崖下であって、話をしたのは、おぼえている」

「どんなことをいったんです、妙なって?」

「金をよこせ、というのだ。一件がこじれてきても、あのときのさむらいは、おれではなかった、といってやる。だから、五両くれ、というのだが、おれにはなんのことやら、わからない」

「はねつけたんですかえ、若旦那？」

「きさま、寝ぼけているのではないか、といって、おれは帰ってきたつもりだが、そういわれてみると、ひどく時刻が経っていたな」

と、銀二郎はつぶやいた。

「そのとき、この刀をお持ちじゃあ、ありませんでしたか？」

「よく知っているな」

「どうしてまた、持って出なすったんで？」

「刀がどうしたとか、こうしたとか、中間がいったのだ。父上や兄上が、おれを気ちがいのように扱うので、むしゃくしゃしていたところだったからな。刀を買おう、という商人かと思って、それを持ちだした。その中間に、信用できる道具屋を知らぬか、と聞いたことがあったので、それをつれてきたのかと、おれが早合点したらしい」

「よくわかりました」

と、多見次はうなずいて、

「若旦那、このまま江戸にいたら、お前さんは殺されてしまいますぜ。親御やお兄さまが探すだろうし、吉松も探している。あの野郎がむきになって、仇討ちをしたがったわけが、よくのみこめました」

「だから、屋敷を出てきたのだ。その刀をわたせ。あまり、金を持ちだせなかったから、やはりそれを売らねばならぬ」

「いけませんよ。金なら、あっしがなんとかしましょう。逃げるさきには、あてがあるんですかえ？」

「小日向水道町に、友だちがいる。そこへいくつもりだ」

「やはり、お旗本でござんしょう？」

「そうだが、おれと違って、総領でな。おやじが死んで、家督をついだばかりだ」

「いけねえ、いけねえ。まるで子どもの遊びだな。そんな所へ逃げこんでも、あしたの夕方にゃあ、お屋敷へつれもどされますぜ」

「友だちが、おれを裏切るというのか、お前？」

「相手がお旗本だと、そうなるんですよ。雑司谷へまいりましょう。あっしのよく知っている男が、馬頭観音のお堂をまもって、林のなかで暮している。そこなら、見つかりっこありません」

「そんなところに、隠れていたのでは、たちまち身を持ちあつかってしまう」

銀二郎のだだっ子のような口調に、多見次は苦笑いして、

「そんな贅沢をいっちゃあ、いけませんよ、若旦那。世をしのぶ身は、おとなしくしていなきゃあ、いけねえ。とにかく、今夜は雑司谷へいって、あすにでも、あさってにでも、川越へお立ちなさい」

「川越へ、なにをしに？」

「身を隠しにですよ。雑司谷よりは、遠いだけに、いくらか自ままにふるまえやしょう。城下をはずれたところに、大きな寺がありましてね。そこの住職は、あっしのよく知っているひとだから、面倒を見てくれますよ」

「お前、なんでそんなに、おれを助けてくれるのだ？」

「あっしに、生きた鬼を見せてくれましたからね、若旦那は」

　と、多見次はまじめな顔になって、

「あっしゃあ、鬼板師——鬼瓦つくりの職人なんでさあ。ずいぶんこれまで、瓦の鬼をこさえてきたが、鬼てえものがどんなものか、実はよくわからなかった。若旦那のおかげで、いくらかわかったような気がしたんで」

「なんだか、おれにはわからぬ話だが、今夜のところは、お前にまかせよう。おれはまだ、死にたくはない」

「死にたいと口ではいっても、いざとなると、死ねないものでしょうね。お秀さんも、お前さんの形相がかわって、抜身をふりかざされると、思わず逃げだしたにちげえねえ」

　と、多見次はため息をついた。ふたりは榎町の弁天堂の前を越して、早稲田の畑地の見える坂の上にさしかかっていた。

「雑司谷までは、遠いな」

と、銀二郎がつぶやいた。

「目白台にのぼりゃあ、じきですよ。あっしが引きうけりゃあ、心配はありませんが、若旦那、この刀はお渡ししませんぜ」

「金がいるから、持ちだしたまでだ。その刀が、欲しいわけではない。どこかに売りとばしてくれ」

「売ったら、また祟られるひとが出る。江戸川へ、叩っこんでしまおうと思ってますよ。ただこの鍔は、棄てるにゃ惜しい」

と、多見次は鬼の面を刻んだ鍔を、つくづく眺めてから、

「若旦那、こいつだけ、あっしが頂戴してもようござんすか？」

「勝手にしろ。おれは生れたての赤ん坊も同然、お前まかせだ」

「そういってくださると、寒い道端にしゃがんでいた甲斐が、あったというもんですよ」

多見次は笑って、足を早めた。畑地へ出ると、小さな道祖神のお堂があるのを見て、そのかげに、しゃがみこんだ。

「なにをする気だ？」

と、銀二郎が聞いた。

「へえ、この鍔を外そうと思いましてね」

多見次はふところから、両刃のついた鑿をとりだすと、器用な手つきで、目貫をはずし、目釘を抜いた。刀身をぬきとって、月あかりで見ると、銘をすり消したあとがあった。

「ここに村正の銘が入っていたんでしょうねえ」

「さあ、おれにはわからぬな」

「鞘からぬいてみたいが、あっしがおかしくなって、若旦那に斬りかかりでもすると、困りますからね」

笑いながら、多見次は鬼の面の鍔を外した。鬼の目が、きらりと光ったように見えた。

多見次はぞっとして、首をすくめながら、

「こいつは、すげえ。あっしも、これほどの鬼を、つくってみてえもんだ」

腹がけのどんぶりへ、鍔をしまいこんでから、多見次は立ちあがった。

柄をはずした大江山の名刀は、多見次がそのまま抱えこんで、江戸川端へ出ると、駒塚橋をわたるときに、橋の上から投げこんだ。黒くよどんだ江戸川の水のなかに、刀はたちまち沈んでいった。

その五

「おまはん、どうしなすったえ？　そんなに乱暴にあつかわれると、わちきは息がとまりいす」

若紫は酔ったような声をあげて、夜具から裸身をのりださせた。

「いやか。いやだといっても、今夜はゆるさねえぜ」

多見次は大江山の酒顚《しゅてん》童子が、さらってきた女をもてあそぶように、手荒く女体を責めながら、喉のおくで笑った。

「いやでは、ありいせん。ぬしがこんなにご機嫌で、わちきもうれしゅうありんすが……ああ、もうそんなにされては、死にいすよ」

若紫は足にからまる夜着を蹴って、厚い蒲団の上に、身をのけぞらした。

多見次はなおも総身を動かしながら、行燈《あんどん》の下においてある小さな円形に目を投げた。刀の鍔に透し彫した鬼の面は、生きているように、黒光りしていた。

「花魁、おいらはきょう、この仕事について初めて、ほんものの鬼瓦をつくったんだ。わかるかえ、このうれしさを」

多見次が口走ったが、若紫は答えない。両腕を通しただけの長襦袢のはしを、歪んだくちびるで嚙みしめながら、息をひきとるような喉声で、しゃくりあげるばかりだった。

多見次は勝ちほこったように、女の上に身を投げかけて、長い息をついた。息がしずまって、夜着をひきよせたが、若紫は小用に立つのもわすれていた。

多見次は寝巻の紐をむすぶと、片手に鍔をにぎりしめ、枕に頭をあてた。半纏をかぶせた行燈のなかで、灯心の燃えるかすかな音が、秋の虫の声のように、かすかに聞えた。

多見次は目をとじると、こころよい疲れに、身をまかせた。昼間つくりあげた鬼瓦の、刀の鍔の鬼をうつした形相のすさまじさが、満足感をともなって、目蓋《まぶた》のうらに浮かんだ。

「おれもやっと、本物の鬼をつくった」

胸のなかでつぶやいたときには、もう多見次は眠っていた。

どれほどの時間がたったのか、わからなかったけれど、遠くに乱れる足音で、多見次は目をさました。

足音はいよいよ乱れて、近づいてくる。ひとの叫ぶ声も聞えた。

「花魁」

多見次は床の上になかば起きなおって、若紫の肩をゆすった。

「ぬしさん、なんでありんす？」

半分ねむった声で、若紫がいった。

「花魁、起きねえ。なにかあったようだ」

「なにかって、いったい……」

「火事かも知れねえ」

多見次が起きあがって、寝巻の上に半纏を羽織ったとき、廊下で悲鳴があがった。と思うと、障子があいて、血なまぐさい人影が、魔物のように飛びこんできた。

「あっ、お前さんは！」

多見次は叫んだ。座敷へとびこんできたのは、抜身をさげた青江銀二郎だった。銀二郎の顔は青ざめて、すさまじく目がつりあがっていた。

「鍔を返せ」

と、銀二郎は叫んだが、多見次には聞きとれなかった。茫然としている若紫を、多見次は座敷のすみへ、突きとばした。

そこへ、銀二郎の刀が落ちかかった。多見次は畳の上をころげて、白刃をよけると、手に握りしめていた鍔を、銀二郎めがけて、力いっぱいに投げつけた。

若紫が悲鳴をあげた。銀二郎は顔を押えて、よろめいた。

鍔が血に染んで、畳の上に落ちた。鬼の目が、はっきりと光っていた。

「これだ！」

片手で額を押えたまま、銀二郎がわめいて、片膝をついた。刀をふりかざしながら、額から手を離して、鬼の鍔をひろいあげる。額から血が噴きだして、銀二郎の顔を異様にくまどった。

　多見次は座敷のすみの乱れ箱から、腹がけをつかみとると、どんぶりに手を入れた。太い片刃の箆《へら》をつかんで、その手が出てきた。

「お前さん、雑司谷から逃げだしたのか」

　と、多見次はいった。

「あんなところに、いられるものか。おれが欲しかったものはなにか、やっとわかったのだ」

　銀二郎は鍔をにぎりしめて、血まみれの顔をあげた。

「この鬼が、おれを呼んでいる。この鬼の手びきで、おれはお秀のところへ行くのだ」

「お前さん、狂ったな」

「この鬼が、おれを狂わせたのだ。おれはお秀のところへいく。邪魔するやつは、斬るぞ」

「おいらのあとをつけて、寝しずまるのを待っていたのか」

「この鬼が、おれを呼びよせたのだ」

「なにをいやがる。その鍔は、おいらのものだ。手めえみてえな気ちがいに、渡すものか」

　多見次は片刃の箆をかまえて、つめよった。

銀二郎は血が目に入ったらしく、狂ったように刀をふりまわした。

若紫が悲鳴をあげた。その声のほうへ、銀二郎は刀をふるった。

「あぶねえ！」

多見次が飛びかかったが、間にあわなかった。

若紫は肩ぐちに、ひと太刀あびて、のけぞった。

「畜生！」

多見次は篦をかまえて、からだごと銀二郎にぶつかった。

「うぬ、この鬼はわたさぬぞ！」

銀二郎は片刃の篦を脇腹にうけて、よろめきながら、廊下のほうへ逃げた。

廊下からのぞきこんで、息をのんでいた若い衆たちが、恐怖の叫びをあげた。

銀二郎の血まみれのすがたが、あまりにも凄まじかったからだ。

「どけ！　邪魔するやつは、斬るぞ」

銀二郎は刀をふりまわしながら、廊下へ出た。

「花魁！」

多見次はもう、銀二郎を追うことは、わすれていた。

「若紫おいらん！」

抱えおこすと、花魁はうっすらと目をあいて、肩で重い息をした。

「花魁、死んじゃいけねえ。いま医者を呼んでやる。気をたしかに持ちねえ」

と、多見次は叫んだ。

「いいえ、ぬしさん。わちきはもう、ほんとうに死にいんす。お願いざます、ぬしさん、聞いてくんなはい」

「なんだ、花魁、聞いてやるぜ」

「ぬしさん、あまり怖い鬼はつくらないでおくんなんし。あんまり怖い鬼をつくると、ぬしさんまでが、鬼になりいすよ」

「そうかも知れねえ、昼間つくった鬼瓦は、あすにでも毀《こわ》そうよ」

多見次は目をしばたたいた。

「親方、いま医者を呼びにやりましたが……」

と、若い衆が青ざめた顔をのぞかした。

「あのお武家はどうしたえ？」

「みんなで追いかけたんですが、おっそろしく早い足で……でも、きっとつかまりまさあ。あの手負いだ」

「村正じゃあなかったんだ、あの刀は――祟っていたなあ、あの鬼の鍔だったんだ」

と、多見次はつぶやいた。

「なんですえ、親方？」

若い衆が問いかえすと、多見次は首をふって、

「なあに、こっちのことよ。早く医者が来ねえかなあ」

若紫はもう動かなかった。

青江銀二郎はどこをどう逃れたものか、あくる朝、暗闇坂下の竹やぶのなかで、息たえたすがたを発見された。お秀が死んだところから、いくらも離れていなかった。鬼を刻んだ鍔はどこかへ落したのか、死体のそばには見あたらなかった。

かくれ鬼

中島要

中島要（なかじま・かなめ）
二〇〇八年「素見（ひやかし）」で小説宝石新人賞を受賞し、一〇年『刀圭』で単行本デビュー。著書に「大江戸少女カゲキ団」シリーズ、「着物始末暦」シリーズ、『江戸の茶碗 まっくら長屋騒動記』『うき世櫛』『御徒の女』『酒が仇と思えども』『神奈川宿 雷屋』『誰に似たのか』など。

真っ暗な闇の中に光の点が現れた。

あれは誰かの提灯《ちょうちん》だろうか——と頭が思うよりはやく、伊之助《いのすけ》は女を投げ捨てて一目散に走り出す。

早く、速く、逃げなければ。

見つかっちまえば、終わりだぞ。

闇にまぎれて身を隠せ。

人ならぬ鬼に追われるごとく、足もとさえも覚束《おぼつか》ない暗い夜道を駆けていく。

しかし焦れば焦るほど、柳原《やなぎはら》の堤《どて》に生える木の根や枯れ草に足を取られた。勢い転倒しかけるたびに思わず声が出そうになる。それをなんとか飲み下しては一心不乱に先を急いだ。

果たして真実追われているのか、振り返ってみる余裕はない。そんな相手がいようといまいと、今出来るのは逃げるだけ。おかげで冷え込む師走《しわす》の晩に少しも寒さは感じなかった。

いや、本当は寒いのか。歯はガチガチと音をたてるし、ちっとも震えがおさまらない。

にもかかわらず頰は火照《ほて》り、身体は熱くてたまらなかった。誂《あつら》えたばかりの着物の裾《すそ》が足にまとわりついて絡むのは、汗ばんでいる証拠だろう。

絶えず手足を動かしながら、伊之助は他人事《ひとごと》のように考える。うっかり我に返ってしまえば、恐怖と不安で身体がすくみ動けなくなると知っていた。

今だってふっと力を抜けば、さっき目にした女の顔が闇の間に浮かんで来る。苦痛に歪んだその顔は最後まで自分を見つめていた。

(だって、仕方がないじゃないか。おこうが馬鹿な真似をするから。妾上《めかけ》がりの分際で、あたしの一生をめちゃくちゃにしようとするんだもの)

もちろん世間の人たちは「だったら殺していい」なんて口が裂けても言わないばかりか、「変な女に引っ掛かった」と嘲《あざけ》り嗤《わら》うに決まっている。だからこちらにしてみれば、人知れず殺すしかなかったのだ。

だが、提灯に驚いて、死体を捨てて逃げたのは失敗だった。

夜は夜鷹とその客しか姿を見せない柳原も、朝になれば床見世が商売を始める。店主や通行人が女の死体に気が付くはずで、明日は騒ぎになるだろう。

(なに、そうなったって大丈夫だよ。おこうとあたしの仲なんか、誰も知っちゃいないんだから。絞め殺した手拭いだってそこいらにある安ものだ。そこから足がつくってことは金輪際あり得ない。だいたい堤で女が死ねば、客と喧嘩になった挙句に殺された夜

鷹と思われる。お上《かみ》だって下手人をまともに探しやしないだろうよ）
なかなか震えが止まらない自分自身にそう言い聞かせ、伊之助は神田《かんだ》鍛冶《かじ》町の蠟燭《ろうそく》問屋丸亀屋《まるかめや》へと走り続けた。

※

「柳原で女の死体かい。そりゃ珍しくも何ともねぇが、そういや近頃見かけねぇな。にしたって、丸亀屋の若旦那がなんでまたそんなことを」

「実はさっき髪結い床でそういう話を聞いたんだよ。そいつがすこぶる付きのいい女だというんでね。ちょいと気になったのさ」

暮れも押し迫った師走の二十日、神田界隈の十手《じって》持ちに素知らぬ顔で尋ねれば、すぐさま尋ね返されて、伊之助は嫌な汗をかく。

この上の藪蛇《やぶへび》は避けたいと軽い口調で言ったところ、根が単純らしい岡っ引きは呆《あき》れたような顔をした。

「若旦那はああいったところに縁がねぇから、そんなことをおっしゃるんで。柳っ原で袖を引く闇夜に出て来る夜鷹といやぁ、瘡毒《そうどく》持ちの女ばかりだ。額の際は禿げあがって鼻はぽっかり空いていやがる。真っ暗闇ならまだいいが、月夜の晩に出くわせば迷って出たかと思いまさぁ」

「そ、そうなのかい」

「へぇ。とはいえ、どんなご面相でも死んじまったら仏様だ。将軍様のお膝元で野ざらしにしとく訳にもいかねぇ。それに昼間はあの辺で小商《こあきな》いをしている連中だっておりやすんでね。朝一の客が死んだ夜鷹じゃあんまり縁起が悪《わり》ぃから、わっしはちょいちょい柳原を廻ってやっているんでさ。今朝もぐるりと見てみやしたが、猫の死体もありやせんぜ」

さも誇らしげに言った男を伊之助は感心顔で持ち上げた。

「さすがに親分は気が利くね。これ、ほんの少しだけど」

言いつつ小粒を取り出して十手持ちに握らせる。そして相手が見えなくなると、路上で大きな息を吐いた。

(一体こいつはどういうことだ。どうしておこうの死骸が出ない)

見込みと違う成り行きに不安な思いが一層募る。

最初の心づもりでは、絞め殺してから神田川に投げ捨てようと思っていた。袂《たもと》に石を詰め込めば死体は沈んで見つからない。

女には身寄りがないので、たとえ姿を消したところで案じて騒ぐ者はない。隣近所の住人は妾上がりがいなくなろうと、恐らく気にも留めないだろう。

ところが予定が狂ったため、伊之助は翌日から町内の湯屋通いを始めた。暇人が常に溜まっている湯屋の二階は噂が速い。もし近くの柳原で女の死体が見つかれば、必ず話題になるはずだ。

だが、突然の湯屋通いに母親は怪訝《けげん》な顔をした。人に知られた丸亀屋には立派な内風呂がついている。まして暮れの寒い時期、「わざわざ湯冷めをしに行くなんて」と渋い顔をするのを振り切り、明るいうちから湯屋の二階でしきりと耳をそばだてた。

初日はいつごろ話が出るかと、始終びくびくし通しだった。しかし、とうとう口には上らず、肩透かしを食ってしまった。

二日目は「今日こそ」と意気込んだものの、やはりお呼びがかからない。それが三日、四日と続いて、どうにも落ち着かなくなった。

五日目となる昨日など、思い余って近隣の湯屋を残らずハシゴした。そんなことをすれば周囲から怪しまれるとわかっていても、じっと座っていられなかった。

いっそこの目で確かめようかとしびれを切らしたその矢先、顔見知りの目明しと偶然道で行き合ったので、思い切って尋ねたところ――あんな答えが返って来た。

ことによったらあの辺は女の死体など慣れっこで、わざわざ噂にならないのかと思い始めていたのである。しかし、さっきの十手持ちは「亡骸《なきがら》などない」と言い切った。

（通りすがりの誰かさんが早手回しに埋めたとか。だが首に巻かれた手拭いを見りゃ、

誰だって殺しと思うだろう。だとすりゃ夜鷹と思っても、一応御番所に届けそうだが）

ああでもない、こうでもないとさまざま考えを巡らした末、とうとう伊之助は最悪にして一番ありそうな結論に辿り着いた。

きっとおこうの息の根は完全に止まっていなかったのだ。自分が去った後、息を吹き返して逃げたのだろう。

たぶんそうだと思ったとたん、身体中から血の気が引いた。

たとえどれほど惚れていたって、自分の首を絞めた男を許す女はいないはず。この先御番所に駆けこまれれば、軽くて遠島は避けられない。

たちまち、お上に引かれていく己の姿が浮かんで来て、伊之助は心底ぞっとした。

（あんな年増ひとりのために一生を棒に振るなんて。しゃにむにまとわりついて来たむこうのほうが悪いのに）

恐れと怒りがないまぜになり、役者はだしと噂される自慢の顔が醜く歪んだ。

後悔先に立たずとはいえ、なんだってあんな女と関わり合ってしまったのか。

おこうは今でこそ常磐津《ときわず》の師匠を名乗っているが、元は隠居の囲い者だ。親子より年の離れた男をまんまと誑《たぶら》かし、亡くなるまでの短い間に金をしっかり搾り取った。そんな女が形振《なりふ》り構わず若い自分に縋《すが》りつくとは、誰が想像出来るだろう。

二人の馴《な》れ初《そ》めは去年の暮れ。思いがけない冬の雨に慌てて飛び込んだ軒下で、動けなくなった伊之助におこうが声をかけて来た。

——そこじゃせっかくのお召し物の裾が台無しになりますよ。ちょいと上がって雨宿りをしてお行きなさいな。

色香滴《したた》る微笑《ほほえ》みにまず入れ込んだのはこっちだが、むこうが夢中になってくるとだんだんうっとうしくなった。

年増女の深情けか、何かと世話を焼きたがり、それを恩に着せたがる。

とはいえ、いくら貢がれようと、相手が勝手にすることだ。もったいぶった口調や態度が次第に癇《かん》に触《さわ》り出した。

どれほど人よりすぐれていても、女の器量が金になるのはせいぜい二十四、五までだ。三十路《みそじ》を過ぎた大年増が若い男と付き合えるのを過ぎたる果報と心得て、下手に出ればいいものを。思い上がっている女は「あたしがこんなに尽くした人は、後にも先にも若旦那だけ」と、事あるごとに口にする。

とうとうおこうに嫌気がさして別れ話を切り出せば、相手の様子が一変した。

——これほど人を本気にさせて、今更何を言うんです。もしもあたしを捨てたりしたら、丸亀屋さんに押しかけますよ。

きっぱり告げた口元は薄く笑みさえ浮かべていたが、まさしく夜叉《やしゃ》の目つきであった。

その迫力に恐れをなして以後も逢瀬は重ねたものの、こちらの気持ちは冷める一方。

に出た。

三月前には伊之助に縁談話が持ち上がり、おこうはそれを聞きつけて常軌を逸した行動に出た。

一体どこで調べるものか、行く先々に現れては物陰に隠れて三味線を弾く。しかも奏でる曲目が「曾根崎心中《そねざきしんじゅう》」の道行《みちゆき》の場面ばかりと来ては、若い男の心胆を寒からしめるには十分だった。

――たとえこの世で結ばれなくても……あたしゃ死んだって若旦那を放しゃしませんからね。

お願いだから止《や》めてくれと頭を下げたときである。潰し島田がみじめにほつれ、顔にかかった黒髪を紅が付くほど嚙みしめながら、女はきっぱり言い切った。

そんな相手の眼の色に鼠をいたぶる猫のような怪しい光を感じた瞬間、殺すしかないと覚悟を決めた。

（所詮遊びと了見すれば、こんなことにはならなかった。自業自得といったところで、あの女のことだもの。もしも生きているんなら、どんな真似を仕出かすかわかったもんじゃない）

だから……今度こそ始末をしなければ。

改めてそう決心し、伊之助は両国米沢町《りょうごくよねざわ》町にあるおこうの家へと走り出した。

師走の人混みでにぎわう広小路はいつにもまして騒がしかった。小屋掛け興行の呼び込みはもちろん、大道に立つ芸人たちも声をからして客を引く。

何といってもあと十日で大晦日《おおみそか》がやってくる。とにもかくにも払いをすませ、酒と雑煮で正月を迎えられるか否かの瀬戸際なのだ。

「えぇ、いらはい。いらはい。御用とお急ぎの方だってぜひ立ち止まって見て行きな。これを見ねぇで年を越したら、福はなかなかやって来ねぇ」

「では、取り出したるこの独楽《こま》をいずこの上でも回して見せる。なに、浅草寺《せんそうじ》五重塔《ごじゅうのとう》のてっぺんで回してみろと。よろしい。ならばこのわしを塔の上まで連れて行け。さすればぬしの目の前で見事回してみせようほどに」

常より早い師走の足を何とかして止めてやろうと、各自必死の口上である。そんな両国の人混みを伊之助は脇目もふらず通り抜ける。

※

おこうの住まいは通りを一本奥に入った路地裏で、持ち主だった隠居の趣味か黒板塀で囲われている。

今までは人目をはばかって日が落ちてから通っていたため、外観は目に入っていない。

今日改めて日の下で見て、塀からはみ出す梅の枝になぜかひやっとさせられた。

——桜は散り際がいいなんていうけれど、梅と女の散り際は誰も気にしやしませんからね。

あれは今年の早春だったか。闇夜に漂う梅の香を「風情がある」とほめたとき、女はちょっとすねた様子で伊之助の手をぎゅっと握った。

——散ったら終わりの桜より、花も実もある梅のほうがあたしゃよっぽど好みだよ。

すかさず肩を抱き寄せて吐息まじりに囁《ささや》けば、おこうはうっとりした顔で胸にしがみついて来た。

そんな時節も確かにあったと思わないでもなかったが、目の前にある梅の木はむき出しの枝があるばかり。色気も艶もない様はまさしく住人を思わせた。

役に立たない感慨をすぐさま頭の脇に押しやり、人目のないのを確認してから表戸に手をかける。幸いすぐに開いたので、声をかけずに上がり込んだ。

ところが、おこうの姿はなく、部屋の空気もよどんでいる。あれから帰っていないのかといささかならずうろたえた。

（……してみると、本当に死んだのか）

すぐに判断がつきかねて、もう一度台所をのぞき込む。そこであるものが目に入り、伊之助の顔が強張《こわば》った。

へっつい脇の棚の上に、見覚えのある手拭いが置かれている。白地に藍の井桁柄《いげた》――ごくありふれた代物は女の首に巻きつけたのとまるっきり同じものだった。

慌てて隠すつもりになって足袋裸足《たびはだし》のまま土間に降りる。絞め上げるのに使ったせいか、それは幾重にもよじれていた。

（どうしよう……やっぱりおこうは生きているんだ）

懐に突っ込んだ元凶器からじわじわ恐怖が広がっていく。と同時に耳の奥から、女の奏でる三味線が聞こえてきそうな気がしてきた。

――われとそなたは女夫星《めおとぼし》。かならずそうとすがり寄り。二人が中に降る涙川の水《み》かさも増さるべし。

伊之助の行く先々で隠れて待っていたように、おこうは今も息をひそめてこちらを見張っているのだろうか。

未だ御番所に訴えないのも、露見を恐れて怯える様を眺めて楽しむつもりだろう。

（確かに死んだと思ったのに、まさか生きているなんて。畜生っ、おこうの奴め。一体どこに隠れやがった）

最初の恐慌がおさまると、次に頭を占めたのは震えるような怒りだった。凶暴な思いに突き動かされ、歯をむき出して地団太を踏む。

そのとき塀のむこう側で話している人の気配を感じ、反射的に動きを止めた。

――もう、いいかい。

――まぁだだよ。

無邪気な声から子供と悟り、たちまちどっと力が抜けた。

それにしても――おこうはどこにいるのだろう。

身寄りは江戸にいないはずだし、旦那はとうに死んでいる。しつこいくらいに「頼れる人は若旦那だけ」と繰り返していた女なのだ。

ふと弟子のところかと思ったが、おこうは名ばかりの師匠であったし、気位だってずいぶん高い。まさか事情を打ち明けて「匿《かくま》ってくれ」とは言えないだろう。

（あとは医者しかないけれど、それならお上に話が行く。他にあいつが行きそうなところなんて……）

かつての会話を手繰《たぐ》り寄せて必死で手掛かりを探ったが、あいにく何も思い付かない。

そのうち短い冬の日がすっかり西の空に沈み、五ツ（午後八時）の鐘が聞こえたときには疲れ果ててしまっていた。

ここにいないということは、やはり死んだのかもしれない。

見覚えのある品物にすっかり動転したものの、井桁柄の手拭いなんて江戸にはいくらだってある。自分が殺しに使ったものと同じものがここにあっても、なんらおかしくないはずだ。

柳原で死体が出れば、当然男の足は鈍る。代わりに岡っ引きが群をなしては、女たちだって迷惑だ。

だから夜鷹は死体を見つけ、すぐさま片付けたに違いない。そう考えればすべてのつじつまがぴたりと合う。

だが、一方ではどうしても一抹の不安が残る。万一女が生きていたら、自分の一生はお仕舞いだ。

（こうなりゃ生死にかかわらず、何としてでも見つけ出さなきゃ。このまま事がはっきりしないと、落ち着いて正月を迎えられない）

来春はいよいよ嫁を取る。幸せな所帯を作るためにも、きちんとけりをつけたかった。

そこでおこうの家を出て、提灯を手に柳原へ。

「あら、お兄さん。遊んでいきなよ。お前さんならタダでもいいよ」

「やけに寒そうな様子じゃないか。あたしが温めてあげようか」

果たしてどこに潜んでいたのか、手拭いで顔を隠した夜鷹が二人、三人と近寄って来る。焦って提灯を掲げれば、その明るさに怯えるように女たちは後ずさった。

「ちょいと、女の顔なんて灯りの下で見るもんじゃないよ」

「明るいところで女を抱きたきゃ、吉原にでも行くがいいさ」

よほど顔を見せたくないのか、近寄って来た全員が舌打ちをして去って行く。そんなむこうの態度から岡っ引きの言葉を思い出した。

——柳っ原で袖を引く闇夜に出て来る夜鷹といやぁ、瘡毒持ちの女ばかりだ。額の際は禿げあがり、鼻はぽっかり欠けていやがる。真っ暗闇ならまだいいが、月夜の晩に出くわせば迷って出たかと思いまさぁ。

(それでもいいから抱きたいなんて酔狂な男もいるもんだ。もっとも価《あたい》が二十四文じゃ、ぜいたくは言えないか)

他人事のように考えたとき、一瞬何かがひっかかった。

六日前は、女を連れて歩いていたから声をかけられなかったのか。

いや、あの夜はことさら周囲の気配に注意を払っていたけれど、聞こえて来るのは風に揺れる柳の枝の音ばかり。

客引きをする夜鷹はもちろん、買いに来る男も見かけなかった。おまけに月まで雲に隠れ、ひそかに人を殺すには誂えたような晩だった。

しかし今夜はうって変わって、あっちこっちの柳の陰で事にいそしむ男女がいる。

「はぁ、はぁっ、どうだ、どうだっ」

「あっ、あぁっ、もう死ぬうっ」

暗がりから聞こえて来るあられもない言葉の数々に、これならたとえ殺しがあっても気が付かないかと安堵する。彼らの邪魔にならないよう提灯を袖で隠しつつ、おこうを殺した場所に立った。

（すぐそこが和泉橋《いずみ》だから、確かにここで間違いない。おこうがちゃんと死んでいりゃ、この辺りに転がっていたはずなんだが）

さりとて今更地べたを見ても、何の痕跡も残っていない。なす術もなく立ちすくむうち、女を殺したこと自体悪夢のような気がしてきた。

邪魔な相手を殺したい――口には出せない欲望が知らず己の夢となり、現《うつつ》さながらの出来事として目覚めてからも残ったのか。

だとしたら、死体がなくて当たり前。いや、それこそ夢だという証しだろう。

寒さと疲れでそんなことさえ考え始めたとき、どこからともなく現れた提灯の灯に気が付いた。それが屋台のものだと知って、伊之助は少々面食らう。

（どうして、売り声を上げないんだ）

往来で商売をする者は、商うものが何であろうと大きな声で客を呼ぶ。夜は辺りをはばかって多少は小声になるとはいえ、声を一切発しないのはどう考えてもおかしかった。

しかし、状況を考えて、無理もないかと思い直す。

夢中で励んでいる最中、いきなり屋台の売り声が聞こえてきたら興ざめだ。恐らく馴《な》染《じ》みが付いていて客が勝手に集まるのだろう。

そうでなくても屋台の場合、いつも同じ時刻と場所で商売をするのが普通である。今は四ツ（午後十時）過ぎあたりだから、ひょっとしたらこの屋台こそ、あの夜自分を走らせた灯りの主かもしれなかった。

ならば——店主に話を聞けば、すべてがはっきりするだろうか。

知らず身体が震えて来るのは、寒さからか、緊張からか。自分でもよくわからないまま、足を一歩踏み出した。

「おや、ずいぶんと毛色の違うお客さんがお出《い》でなすった。この寒空に肝試しとはいささか変わった趣味だねぇ」

屋台のむこうに立っていたのは、柳原には場違いなとびっきりいい女だった。年の頃なら二十四、五か。真黒な髪を櫛巻きにして縞の紬《つむぎ》を着崩している。これが王子《おうじ》辺りなら、狐が化けたと思うだろう。

「お前さんがこの見世をひとりでやっているのかい」

古くて粗末な屋台のせいで、店主は冴えない年寄りだろうと勝手に思い込んでいた。信じられない気持で聞くと、紅い唇が左右に引かれる。

「亭主が死んでしまってからは、蕎麦もお燗《かん》もないけどね。こんな季節に冷酒ばかりじゃ客もめったに寄りつきゃしない。あんたは久しぶりのお客だから、冷でよければ一杯おごるよ」

すかさず湯呑に酒を注がれてしまい、暗いを幸い眉をしかめた。

こんな場末の屋台では扱う酒も想像がつく。正直飲みたくなかったが、これから探りを入れるには相手の機嫌を取らねばまずい。渋々湯呑を取って、ええい、ままよと口にした。

「……っこりゃ、上等な下り酒じゃないか。姐《ねえ》さん、どうしてこんな酒をあたしに出してくれるんだい」

思いがけないうまさに驚き、目を見開いて相手を見る。すると女の口が尖った。

「姐さんてぇのはやめておくれ。あたしゃみよって名があるんだ」

「おみよさん、か。いい名前だね」

いささか平凡すぎる名に似合わないなとつい思う。と、こっちを見ていた切れ長の目がすうっと細まった。

「なんだい。そんなおぼこい名はあたしに似合わないってかい」

「ち、違うよ。それよりこの酒だが、あたしゃこれほどの上物を近頃飲んだ覚えがない」

「あらまぁ、口が上手いこと。お客さんは育ちがよさそうだから、あたしらの飲む安酒じゃ気に入らないかと思ったけど」

「これが安酒だって。そんなふざけた話があるもんか」

「どこでも最初の一杯はうまいと感じるものだもの。せっかくほめてもらったことだし、もう一杯おごってやるよ」

勧め上手な女に乗せられついつい湯呑を重ねてしまう。空《す》きっ腹に冷酒が効き、あっという間に酔いがまわった。

「ちょいと、若旦那。大丈夫かい」

呆れたような呼びかけに赤い顔で相手を睨む。

「あたしが若旦那だってことを、なんでお前が知っている」

「年端もいかない子供だって、その格好《なり》を見りゃわかるだろうさ。そんなお人がこんなところに何の用で来たんだい」

不思議そうな一言で酔いがきれいに引いていく。話を聞くなら今しかないと、ごくりと唾《つば》を飲み込んだ。

「……実は、人を探しているんだ」

「おや」

「知り合いの常磐津の師匠が行き方知れずでね。六日前に柳原で見たって話を聞いたから、何か手掛かりはないものかとここまでやって来たんだよ」

「この寒空に人探しとはご苦労さんなこったねぇ。あんたみたいないい男が必死になって探すとあっちゃ、よっぽどいい女だろう」

「別に色恋沙汰じゃない。知り合いが姿を消したら、心配をして当然だ」

「だけど普通の知り合いはこんなところに来やしないよ。そういうことなら是が非でも相手を見つけてもらわないと」

やけに上機嫌な様子を見て、伊之助は内心ほっとする。最悪おこうが生きていても、自分が殺そうとしたことをこの女は知らないのだ。

「で、探しているのはどんな人だい」

そして尋ねられるまま、人相風体を語ったところ、

「かわいそうだが、その人なら死んでいるよ」

「えっ」

「六日前の晩、すぐそこで絞め殺されているのをあたしが見つけたんだ。そういや、いまわの際に『若旦那』と苦しい息で呼んでいたっけ」

「な、なんだって。言い残したのはそれだけかいっ」

血相を変えて身を乗り出せば、相手の眉間が狭くなった。

「ちょいと、怖い顔で睨みなさんな。あんたの知り合いが死んだのはあたしのせいじゃないんだから」

どうやら伊之助の剣幕に女は警戒したようだ。こちらは何を聞いたのかと心配になっただけなのに。

「あ、あぁ、すまない。その、ちょっと驚いて……」

幸いおこうは下手人を告げる間もなく死んだらしい――と思ったとたん、うっかり笑みが込み上げてきて、慌てて口を右手で覆った。

むこうにはその格好が悲しんでいるように見えたのだろう。すぐに慰め顔になり、言い訳がましく先を続けた。

「御番所に届けたところで死んじまったもんは生き返らない。関わり合いは面倒だし、この辺りの連中だって商売がやりにくくなっちまう。だから、そこの柳の根元にあたしが埋めてやったんだ」

指さす先に目をやりながら、伊之助は何度も顎を引いた。

道理で捨てた女の死体がなかなか見つからないはずだ。やっと今夜は心おきなく安眠出来ると思ったとき、さも意味ありげな目つきで言われた。

「でも、あんたが探してくれたと知れば、仏もさぞかし喜ぶだろうよ。あの人が最後に口にした『若旦那』って、お前さんだろ」

その瞬間、相手の白い瓜実顔《うりざねがお》が不気味な何かに変じた気がした。

ひょっとしてこの女は、自分が殺したということを承知で言っているのだろうか。

人手にかかって死ぬ者がいまわの際に告げたもの――それは情夫《いろ》の名前より、下手人の名がふさわしい。

（だとすると、こいつはどういうつもりで……）

　形を変えた恐怖心が足の裏からせり上がる。

　しかも女を疑うのなら、おこうが死んだという話さえ鵜呑みに出来なくなってくる。それをはっきりさせるため、勇気を奮って申し出た。

「あ、あたしが探している人とお前さんが弔《とむら》ってくれたお人が同じかどうか、まだわからないよ。出来れば明日にでも掘り出して、あたしの知り合いなら改めて供養をしたいと思うんだが、それでもいいかい」

　真実おこうが死んでいれば、何も恐れる必要はない。どうだとばかりに相手を見れば、むこうはあっさりうなずいた。

「そりゃあ、いい。若旦那に供養をしてもらえるなら、あの人も冥利《みょうり》に尽きるだろう。だけど人目のあるうちに亡骸を掘り返されたんじゃ、何かと口がうるさいんでね。日が落ちてからにしておくれ」

「わかった」

　そして翌日の六ツ半（午後七時）過ぎ、伊之助は教えられた柳の根元をひとりで掘り始めた。

　力仕事とは無縁の身の上だが、これだけは他人に頼むことも出来ない。へっぴり腰でよろよろと鋤《すき》をふるっているうちに、またも疑念が沸き起こった。

(掘っても掘っても何も出て来やしないじゃないか。もしや面白半分に、引っかけられたのかもしれない)

次第に嫌気がさしてきて帰ろうかとも思ったが、おこうが見つかるまで投げ出すことは許されない。意地になって半刻以上も掘り続けたところ、やっと棺桶の蓋らしきものが現れた。

(こんなもんまで用意するんじゃ、やっぱりおこうは死んだのか。いいや、あの女なら、あたしを騙すために空の棺桶を埋めかねないよ)

師走の夜風にあおられて、頭上に覆いかぶさった柳の枝が左右に揺れる。昨夜はそんな柳の陰で、仕事に励む夜鷹の姿がいたるところで見受けられた。

ところが今夜はどういう訳か、堤全体が静まり返って人の気配を感じない。それを変だと思うより、運が強いと片付けた。

そして震える手で蓋を持ち上げ、提灯の灯を近づける。

「……おこう……」

とっさに口から洩れたのは、かつて愛した女の名だった。首の手拭いもそのままに棺桶の中でうずくまっている。

それが確かにおこうだと我が目で確認出来たとたん、伊之助は全身の力が抜けてへなへなと座り込んでしまった。

これで自分は安泰だと喜んでいいはずなのに。

渦巻く不安と恐怖からやっと解放されるのに。

もはや動かぬ女を見たとき、本当に死んでいて欲しかったのかわからなくなった。

「とうとう見つかっちまったねぇ」

突然背後でした声に慌てて振り向けば、昨日と同じ出で立ちのおみよがひとり立っている。すぐに返事が出来ずにいると、むこうは勝手に話を続けた。

「もっとも、心底惚れた男にここまで探してもらえたんだ。見つけられて本望だろう」

「あ、あぁ。この人は確かにあたしが探している人だったよ。すまないが、ちょいと手を貸してくれないか。出来ればこの棺桶ごと運びたいんだ」

いっそこのまま埋め返したいが、見られた以上それは出来ない。そこで当初の予定通り神田川へ投げ捨てようと思いついた。

棺桶に石をしっかり詰めれば、浮き上がることはないだろう。そんなことを思っていると、女が呆れたように笑った。

「何を言っているんだい。鬼は交代したんだよ」

「えっ」

「上手に隠れていた人をとうとう見つけてしまったんだ。今度は若旦那が鬼に追われる番なのさ」

相手の言葉の意味がわからず、苛立たしげに問い返す。

「おい、何の話をしているんだ」

「もちろん、かくれ鬼の話だよ」

当たり前のように答えられ、呆気《あっけ》に取られて吐き捨てた。

「馬鹿なことを」

「だって、実際やっていただろ。棺桶の中のあの人と」

じっと見つめる女と目が合い、そう言われればと不意に思う。

おこうが嫉妬に狂ってからは、追い縋る鬼に捕まるまいと必死で逃げ隠れした。逆に女を殺してからは、姿を消した相手のことをひたすら探して走り回った。

しかし――遊びは終わったのだ。

「もういい。あたしがひとりでやるよ」

言いざま棺桶を引き上げようと、伊之助が身を乗り出したとき。

「おこうさん、もういいってさ」

楽しげな声が聞こえた刹那、死んだ女の目蓋《まぶた》がぱちりと開く。

「ひぃぃっ」

恐怖で凍った視線の先、空の双眸がこっちを見上げる。腐りかけた口元が不自然な弧を描いた瞬間、すさまじい勢いでおこうの両手が差し伸ばされた。

※

「そろそろ終わったかねぇ」

「さっきまでガタガタ音がしたけど、やっと静かになったしね」

「あんないい男を独り占めとは、棺桶の主もやるじゃないか」

「なら、あんたも一緒に入ったら」

掘り返された柳の根元にいつしか夜鷹が集まって勝手なことを抜かしている。その言い合いを遮って、おみよが棺桶をのぞき込んだ。

「望み通り一緒に往生したようだから、改めて埋葬してやろうか。まったくこんな頼みが続いちゃ、そのうち柳の木の下が足りなくなるかもしれないね」

「ちょっと、お美夜《みよ》さん。それはないだろう」

「そうだよ。ここの柳はあたしら夜鷹のもんじゃないか」

ため息をつきながら土をかぶせる屋台の主に、取り囲んだ女たちは口々に文句を言い始めた。

「まひめなひゃなし、あたひゃひょろひょろまふほうら。ひとひれひぬのもほうはらなんれ、たほみまふひょ（真面目な話、あたしゃそろそろまずそうだ。ひとりで死ぬのも業腹なんで、頼みますよ）」

鼻だけでなく歯も抜け落ちた瘡毒病みの女の言葉をお美夜は理解したらしく、心得顔でうなずいた。

「柳と男は決めたのかい」

今度は女がうなずいて、二本隣の柳を指さす。

「わかった。あの木はおときさんのにしよう」

「男は左官の次郎吉《じろきち》だろう」

「あんな男と永遠に二人っきりなんて、あたしだったら御免だね」

てんでに口を動かし続けるかしましいばかりの夜鷹の群に、鋤を握ったままのお美夜が腹立たしげに言い放った。

「あんたたちもちったぁ手伝ったらどうだい。見物しているだけの奴には、酒を飲ましてやらないよ」

「あら、そいつは大変だ」

「だけど商売用の着物が汚れるのはねぇ」

「何が商売用さ。それ一枚しかないくせに」

「悪かったね。お互い様だろ」

変わらず口は動かしつつ、夜鷹たちも土をかけ始める。
師走の月がその姿をはるか高みから見下ろしていた。

小平次

皆川博子

皆川博子（みながわ・ひろこ）
一九三〇年旧朝鮮京城生まれ。七二年『海と十字架』でデビュー。七三年「アルカディアの夏」で小説現代新人賞受賞。八六年『恋紅』で直木賞、九〇年『薔薇忌』で柴田錬三郎賞、九八年『死の泉』で吉川英治文学賞、ほか多数の文学賞を受賞。著書に『聖餐城』『海賊女王』『風配図 WIND ROSE』『天涯図書館』など。

鏡にうつった顔は、小平次だ。

友吉は、舌打ちして、剃《そ》り痕《あと》の青い眉根をしかめる。

「邪魔だよ、おまえ」

鏡の中の顔に罵《のの》しる。

「その面《つら》ァ、ひっこめておくれ。おまえの面に紅白粉《べにおしろい》つけてみたところで」

洒落《しやれ》にもならないと言いかけ、いや、この顔、化粧をしたら美しかったの、……素顔も、と一瞬ぞくっとした。

「おまえ、たいそうな勘違いをしているよ。おまえを殺したのは、座頭《ざがしら》の市川太九郎。あたしのところに化けて出るなんざ、お門《かど》違いもいいところ。消えておしまいな」

そう言ったものの、小平次の顔が消えたあとに、彼自身の顔がうつればいいけれど、首から上に何もうつっていなかったら、

――あたしだって、気が狂《ふ》れる。

「気ぶっせいだの。頼まれもせぬに差し出るをいらぬ左平次というが、こなたは、いらぬ小平次だ」

文句を言う友吉を、小平次は鏡の中からひっそり見返す。

「おまえ、それではあんまり無法《よこ》というものだ。幽霊には幽霊の、出端《では》の型があろうじゃないか。いくら楽屋が薄暗いからといって、昼日中から出る法があるものか。入相《いりあい》の鐘がぼォんと鳴り、行灯《あんどん》の灯がすうと暗み、薄ドロドロに寝鳥《ねとり》三重の約束事も、これじゃあ、だりむくれだ。おまえも生前は役者のはしくれだろうに。まあ、出端のきっかけを違《たが》えたくらいは大目にみてやろう。せめて、そこらの隅に茫《ぼう》とあらわれて、恨めしいの一言も言ってごらんな。ずいぶん話もきいてやろうじゃないか。鏡の中からだんまりで睨《ね》めているなんざ、幽霊にしても陰気が過ぎる。おや、何だえ、その眼は。慮外ながら八琴座の若太夫でござんす。幽的に慄《ふる》えあがるような尻腰《しっこし》のないのとは、わけが違うよ」

小平次の切れ長の眼がわずかに微笑を含んだように、友吉には思えた。

鏡面に、白い蝶の群れが霧のように湧《わ》き起り舞い立って、小平次の顔はその影に薄れた。

おびただしい蝶は彼の視野いっぱいにひろがり、やがて、舞台の上に、彼自身が倒れている。

お吉に扮した彼は、つくりものの切首を投げ出し、上半身を笹の茂みにかくしている。

その切口から、白い蝶は舞い上がる。

差金で蝶をあやつる黒衣《くろご》は、小平次であった。

演《だ》しものは、南北が市村座のために書き下ろした『解脱衣《げだつのきぬ》楓 累《もみじのかさね》』だが、これは江戸では舞台《いた》にのらなかった。

「そりゃあ、どうでもやりたいと、若太夫《わか》がたってのお望みとあっては、首を縦にも振りましょうが、よほどお祓《はら》いでもして、覚悟を決めてかからねえでは、何が起きるかわかりませんよ」

江戸から下ってきた一座の座頭市川太九郎は、不承不承という顔つきで、そう言った。何のかのと文句をつけて給金をつりあげようという腹だと、座元はいいかげんにあしらう。

友吉は奥州郡山八琴座の座元の息子なので、若太夫《わか》と奉られている。小屋の経営は父親にまかせ、女形《おやま》で舞台に立ち、地元では人気が高い。旅廻りの座が下ってきて興行するときも、友吉が一役つとめねば見物が承知しない。たいがいは所作事を一幕つとめて贔屓《ひいき》の望みに応えてきた。

しかし、友吉は踊りよりは芝居の方が性にあっている。古い義太夫物《でんでん》ばかりでは自分もつまらないし客も倦《あ》きるだろうと、しばしば郡山から江戸まで出向いて、葺屋町《ふきやちょう》、堺町《さかいちょう》、木挽町《こびきちょう》の芝居小屋《こや》をのぞき、新狂言を仕入れてくる。ことに、十年ほど前から立作者として人気の勝俵蔵の狂言は、わくわくする思いで見た。三、四年前に南北を襲名したこの作者の『阿国御前化粧鏡《おくにごぜんけしようのすがたみ》』だの『絵本合法衢《えほんがっぽうがつじ》』だの、醜悪で怪奇で美しい舞台は彼を陶然とさせた。

正本の写しを手に入れ、地元に帰ってから舞台にのせてみるのだが、よい役者が揃わぬせいか、江戸の小屋のような凄艶《せいえん》な舞台にはならず、客のうけもあまりよくなかった。彼の思惑に反し、見物は見なれた義太夫物の方をよろこんだ。

友吉は歯がゆかった。何とか、あの妖美、怪異を再現し、地元の贔屓衆を酔い痴れさせたい。そう念願しているとき、たまたま下ってきた一座の座頭太九郎が、『解脱衣楓累』の正本の写しを持っていたのである。

一読して、友吉はとり憑《つ》かれた。ぜひとも、これを舞台にかけよう、ついては、自分に立女形の役どころをやらせてほしいと申し入れたのだが、太九郎は難色を示した。

「これは、二年前、正本だけはできたが、とりやめになった、因縁つきのしろものでさ」

そう、太九郎は言ったのである。

「なぜだろう。すてきに乙《おつ》な趣向の本だと思いますがね」

友吉は、訛《なまり》を消し、江戸の捲《ま》き舌をまねようとする。

「そのとおり、役人替名《かえな》（配役）も、この上ないけっこうなものでござんしたよ」

太九郎はうなずき、

「まず、聞かっし。空月が幸四郎、お吉と累の二役を、猿屋路考の菊之丞、金五郎と与右衛門を三津五郎、小さんが田之助で羽生屋助七が七代目（団十郎）と、当代これ以上は望めぬ顔ぶれでござんした。宗十郎も出るはずだった。ところが、宗十郎が、まず、わけのわからぬ病にかかり、出られなくなり、つづいて田之助が座方と悶着《もんちゃく》をおこして休みました。その後も何やらごたごたし、とどのつまり、この狂言はお蔵になりました。ところが、それだけではおさまらねえで、路考がその年の十一月二十九日に死んだ。まだ三十一でしたよ。こちらの若太夫《わか》と同じ年頃だったねえ。加えて、宗十郎が、十日と間をおかずにこれも他界しました。こっちはもっと若い。二十……七だったね。若い立役者が二人、たてつづけにあの世にひっぱられていっちまった。市村座では、この狂言は二度と出さぬと言っていますよ。それでも、やりますか」

「やろうじゃありませんか」

友吉は意気込んだ。

「江戸で誰もやったことがない南北の芝居を、郡山の小屋で、初めて手がけるなんざ、嬉《うれ》しいじゃありませんか。まだ、誰の型も残っちゃあいない。あたしの工夫が、型になる。いつかこの狂言が江戸で日の目を見るとき、そういやあ、郡山八琴座の若太夫、藤川友吉の型はこうこうだったなどと、語り草になるかもしれない。路考さんが若死しなさったことはきいていたが、この狂言との因縁は知らなんだ」

「怕《こわ》かありませんか」

「広告《ひろめ》の役に立ちそうだ。路考と宗十郎を祟《たた》り殺した南北の狂言に、郡山八琴座の若太夫、藤川友吉が挑むってね。お祓《はら》いでも護摩《ごま》でも、評判のたつことなら、何でもやりますよ」

どうです、お父っつぁん、と友吉は気負った眼を父親に向けたのだった。

序幕は、鎌倉正覚寺住吉祭の場と、放山《はなれやま》の場の二景である。

杉林を背景に、紅葉を葺《ふ》いた踊り屋台の上で、土地の娘たちが踊っている。中に、修行僧空月と人目を偲《しの》ぶ仲の、お吉がいる。

身重《みおも》であるのをかくして踊るお吉に、空月からの使者が、ことづかってきた手紙を渡す。

文面は、修行中の身に邪淫の浮き名が立つのを憚《はばか》り、お吉と別れ旅に出る、というものであった。

お吉は、踊りどころではなくなり、慌《あわただ》しく空月のもとに駆けつけようとする。

舞台は廻って、放山。後は山幕、上手に一里塚の土手、真中に辻堂、雷鳴がとどろき、夕立が降りしきる。序景とはうってかわった凄まじくもの淋しい景色である。

辻堂で一休みし、お吉への思いを断ち切ろうとする空月に、お吉が花道から走り寄り、口説きたてる。

空月は、

「人の噂《うわさ》も七十五日、遠ざかからば仕様もあろうが、どうで添われぬ妹背《いもせ》の中と」

思い切ってくれと、立ち去る決意を変えない。

二人の言い争いは、次第に声高になる。その二人の声を、木霊《こだま》が返す。袖の蔭から、黒衣が、同じせりふを繰り返しているのであるが、お吉に扮した友吉は、この場面でいつも奇妙な感じにとらわれる。もう一人の自分が、声を返しているような……。それほど、黒衣の声は、彼の声とよく似ているのだった。もっとも、自分の声というものは、他人が聞くのと少し違ってきこえてくるものなのだそうだ。そのためだろう、他の者は、彼の声と黒衣の声は、それほど似てはいないという。

木霊をつとめる黒衣は、その一座の下廻り、小平次であった。

お吉は空月の子を妊《みごも》っていることを告げ、どうでも添えぬとあれば、と短刀を抜いて自害しようとする。空月は留めようとして争い、はずみで、短刀はお吉の腹を裂く。思わぬ仕儀になった空月は、とり乱し、この上は、心中し、ともにあの世で蓮華座《れんげざ》をわかちあうから成仏せよ、と言いきかせ、お吉の首を掻《か》っ切る。

すると、稲妻が走り雷鳴とどろき、雨脚はいっそう烈しくなる。

空月は、はっと我れにかえり、本来の欲望を思い出す。

「命ながらえ身の願い、出家・侍両道の立身出世を、それぞれ……」

こう冷静になったら、死ねるものではない。

竹笛入り合方《あいかた》で、お吉の首の切口から白い蝶が舞い上がる。黒衣の小平次が中腰でうずくまり、差金の蝶をあやつる。

蝶は空月にまつわり、怨《うら》むように、拗《す》ねるように、羽をすり寄せる。手で払えばついと逃げ、また寄り添う。

首を切りとられた態《てい》のお吉の友吉は、笹のしげみのかげにかくした顔を少しねじ曲げて、躯《からだ》は俯《うつぶ》せに横たわったまま、小平次と蝶の動きを目で追う。またも、奇妙な気分になる。その奇妙さの正体が、友吉にはわからない。言葉で言いあらわしようもないのだが、一種性的な感覚であることはたしかだった。

作りものの蝶を黒衣があやつっている、たかがそれだけのことじゃないか。そう思うのだが。

空月は、お吉の切首をとりあげて眺める。蝶は空月のまわりを慕い舞う。

二幕目。池の端茶見世の場。

江戸に上ってきた空月が、下総羽生村から出てきた累《かさね》とふと出会い、空月は累がお吉と瓜二つなのに驚くと同時に、累に心惹《ひ》かれる。

空月は知らないが、累はお吉の血をわけた妹であり、空月の家来すじにあたる与右衛門の女房になっている。

空月の背の荷には、お吉の首が入っている。

空月が累に言い寄ると、空月の荷に付けてあった短刀が鞘《さや》走り、累の足に突っ立つ。

背に負った首の包みがふいに重くなり、空月は身の自由を奪われる。

三幕は飯沼草庵の場。

空月はこの無住の庵室に住みつき、村人の尊信を集めながら、武士に返り咲いて立身しようともくろんでいる。

正面の厨子《ずし》の扉を、空月は開ける。

中にはお吉の首がおさめてある。

空月は、回向《えこう》しながら、

「これ女房、われもたいがい成仏せぬか」

と、半ばうんざりして語りかける。

出家のうちは、厨子の中に据え、朝に夕に回向もしてやるが、仕官が叶《かな》えば、首は捨てねばならぬ。捨てられる前に成仏したがよい。

そうして、累を後妻《のちぞえ》に申し受けようというのが、この破戒僧の肚《はら》である。

空月の言葉に応じるように、香炉の火が燃え上がり、薄ドロ寝鳥三重、お吉の切首が半眼を開き、空月を見据える。白蝶が一羽、首の上を舞う。

薄目を開ける切首は、もちろん作りものではない。友吉が、厨子の中に首だけ出しているのである。見物は切首だと思っているから、作りものの首に血がかよい薄く目を開けたとたんに、ざわめきたち、悲鳴をあげた。

人声に慌てて空月は厨子の戸を閉める。

訪ねてきたのは、彼岸《ひがん》のお布施《ふせ》をおさめにきた累である。

累とお吉は、友吉が二役つとめている。厨子の戸が閉まるや、友吉は、いそいで鬘《かつら》をとりかえ、舞台の袖に走らねばならぬ。この早替りがあざやかなので、見物は、切首を生身《なまみ》の友吉がつとめているとわかった次の瞬間、袖から姿をみせる友吉の累に啞然《あぜん》とするのである。

空月が累に言い寄ると、ドロドロと厨子の扉が開き、乱れ髪のお吉の首があらわれ、白蝶が舞う。この首は作りものなのだけれど、ついさっき薄目を開けるのを見た衝撃が残っている見物は、悲鳴をあげて怯《おび》えてくれる。

ついで、羽生村与右衛門内の場。

空月は、与右衛門という夫のある累に、強引に言い寄る。

累は空月の付文を蚊いぶしの中に投げこむ。

焔硝火《えんしょうび》とともに、お吉の死霊が累にとり憑く。空月は驚き懼《おそ》れ、お吉の切首をとり出し、簪《かんざし》で切首の右眼を突き、傍の井戸に放り捨てる。累は絶叫する。累の右眼から血が溢れ流れている。奥から与右衛門が駆けつけ、女房を介抱する。与右衛門は、空月の子である赤ん坊を抱いている。お吉に憑かれた累は、赤ん坊の目を簪で突こうとする。与右衛門は鏡をつきつけ、半顔腫《は》れあがった凄まじい己れの形相を累に見せる。

「盲《めしい》となりし我がおもざし。これも誰ゆえ、空月どの」

累は空月を追う。

そうして、大詰。空月はお吉の弟に殺され、お吉の怨み、執念の具現者である累は、赤ん坊を殺そうとして与右衛門と争い、ついに夫の与右衛門に鎌でのど笛掻っ切られる。与右衛門をつとめるのは、座頭の太九郎である。

ドロドロで虚空に昇ってゆく累の亡魂を、「はて恐ろしい」と与右衛門が見上げ、めでたく打ち出しとなる。

評判は上々であった。美しい友吉の累が凄惨なお化け顔に一変するのが何とも怖ろしいと、怕いもの見たさの客が押しかけ、大入りが続いた。

以前にも、阿国御前のような、南北の怪談ものは出している。これも、累の世界であり、美しい女がお化け顔に変貌する場もあるのに、これほどの人気は沸《わ》かなかった。

正本は甲乙つけがたいし、一座する役者がとりわけ腕がいいわけでもない、此度はよほどわたしの出来がいいのだ、と思いながら鏡を前に醜怪な化粧を落としている友吉の眼の前を、白い蝶がよぎった。手で振り払うと、蝶は羽二重をとった楽屋《がくや》銀杏《いちょう》の鬢《びん》にからみつき、友吉はうしろにぐいとひっぱられた。

畳に片手をついて身をささえ、そのまま振り向くと、差金の柄を持った黒衣が、失態にうろたえたあまり、あやまる事も思いつかないのか、黙って膝をついている。

持ちようが悪かったのだろう、うしろを歩きながら何か放心していたのかもしれないが、差金の先の蝶を若太夫の頭越しに鼻先に突き出したのは、何とも無礼なことであった。

「とんだ粗相を」

ようやく、聞きとれぬほどの小声で、小平次は詫《わ》びた。

頭巾《ずきん》はうしろにはねのけ、顔をさらしている。細面《ほそおもて》で切れの長い目もとがやさしい。十代のころは、湯島で色子をつとめていたと、一座のものから友吉は洩れ聞いている。

無言で鏡に向き直り、髪にからまった蝶をはずそうとすると、小平次がすうっと身を寄せてきた。

そのとき、友吉は、我れにもなく鳥肌立った。

何かとほうもなく甘美なものを目にしたとき、おぼえる感覚と似ていた。

そうかといって、小平次が水ぎわだった美貌というわけではない。

美しくはあるが、たいがいの者なら見過しそうな儚《はかな》い、目立たない美しさであった。

小さい旅の一座の、更に下廻りである。この芝居では黒衣ばかり、役らしい役はついていない。

蝶は差金からはずれ、友吉の鬢に翅《はね》をやすめた。

「ここにお坐り」

友吉は座蒲団ごと脇に少し寄り、鏡の前を指した。

「めっそうもございません」

「いいから、お坐り」

遠慮がちに膝をすすめた小平次に、顔をつくれと、友吉は命じた。

「手前はまだ、かたづけの仕事が……」

「あたしにさからうのかい」

白塗りで、女の顔にするのだよ。そうだねえ、累の心でつくってごらん。

小平次は、水白粉を含ませた刷毛《はけ》を、顔に刷いた。

二十七、八……ひょっとすると三十を超えているのかもしれない男の顔が、楚々《そそ》とした哀艶《あいえん》な女に変わってゆく。

くちびるに紅をさそうとした小平次の手がふと止まり、眼もとがわずかに笑みを含んだ。

うしろを通りかかったものの顔を、小平次は鏡の中にとらえたのだろう。

友吉も同時に人の気配を感じ、ふりむいた。

座頭太九郎の女房のおちかであった。

「あれ、おまえ、何ということを。若太夫《わかだゆう》の化粧前に坐りこんで」

「いいんだよ、おちかさん。あたしがやらせていることだ。それにしても、すてきに強的《ごうてき》な掘出物だよ。座頭も目がないねえ。言っちゃあ何だが、家柄がどうの門閥がどうのというような、江戸の三座とは違うだろう。立女形にひきあげておやりなね。人気が沸くよ。いえ、この八琴座での興行は、あたしをさしおいて立女形なんざとんでもないが、よそを廻るときの話さ。せりふ廻しは知らないが、容姿《かおかたち》なら、死んだ路考も叶わないよ。この化粧顔を見たら、路考があの世で妬《や》くだろう」

鏡の中で、小平次とおちかが視線を合わせているのに、友吉は気づいた。何かひそかな言葉を声には出さず交しあったように感じられ、自分でも思いがけぬほどの妬心が、むらむらと湧いた。

――そうか、二人はできているのか。

どちらを嫉妬しているのか、判断がつかなかった。

おちかには、一目見たときから好色心《すきごころ》を誘われていた。豊満な軀つきで、そのために胸元をあわせると窮屈なのだろう、衿《えり》をだらしないほどゆるめ、はじけそうな乳房を辛《かろ》うじてかくしている。

両の眸《め》の焦点がわずかにずれている。

茫っとしているようで、身のこなしは思いのほかきりきりと敏捷《びんしょう》だった。一座のものへの目くばりもゆきとどいている。

何度か小当たりに誘いをかけてみた。

わたしが声をかけて靡《なび》かぬ女はいない、と自負していた。いそいそと身をまかせてくる女ばかりで、張り合いがないいくらいなものだったが、おちかの反応は、違った。空惚《そらとぼ》けて、彼の誘いにまるで気づかぬふりをしている。これまで、彼はどの女に対してもあからさまに口説いたことはなかった。ほんの少し魚心をみせれば、女の方が積極的になる。

この男のせいで、わたしに心を開かぬのか。

鳥肌立つほど美しいと感じた小平次の面輪が、急に平凡なものにみえてきた。

わたしの方が、どれほど華やかで美しいかしれやしないに。

小平次とおちかは、鏡の中で人も無げに視線でたわむれあっている。

ちょっと見ただけでは、それとはわからぬたわむれようだ。二人の眸《め》は、互いの肌の奥深くまで舐《な》め合った。

「化粧を落としておしまい」

友吉の声は険《けわ》しくなった。

「それはまあ、まんざら知らねえわけではありませぬが……」

歯切れ悪く、太九郎は言い、苦笑を浮かべた。

「わたしと女房、あの小平次、三人がわきまえておればよいことで」

「他人がよけいな口出しをするなと言うのかい」

「いえいえ……」

「それとも、何かおまえさん、女房か小平次かどちらかに、よほど頭のあがらないわけでもありなさるのか」

太九郎はしばらく口をつぐみ、

「若太夫《わか》の眼力はするどうござんすね。これまで誰一人、おちかと小平次がどうこうと、目をつけたお人はおらなんだ」

「あれほど、目に立つのに」

「二人が手でも握っておりやしたか。それとも口吸っているのを見なすったか」

「いや……」

「気障りかもしれねえが、放っといてやっておくんなはいよ。そうすりゃあ、何事も丸くおさまる」

「わたしはともかく、おまえさんが気障りではないのかえ」

友吉がそう言うと、太九郎は声を立てずに口だけ大きく開けて笑った。その秘密めかした笑いも、友吉の癇《かん》にさわった。

女房の浮気を、この男はまるでたのしんでいるようだ。

「ところで若《わか》太夫、こんだの芝居《しばや》ァ、この小屋開闢《かいびゃく》以来の人気じゃごぜえせんかね？」

「わたしの累は、江戸の衆に見せたいほどさ。葺屋町から買いにこないかしらん」

太九郎は肩を動かし、また、笑った。

なぜ、こうも気になるのか。うっちゃっておけばすむことだ。そう思うのだが、友吉の眼は、知らず知らず、太九郎、おちかの夫婦と小平次に向けられる。

三人は、何か不道義な絆《きずな》で親密に結ばれており、他人を踏み入らせない。それが、友吉には何とも我慢ならなかった。

他人の女房に手を出すくらいのことは、友吉もこれまでに何度かやっている。事が面倒になれば金で解決する。

あいつらのは、並のいろごと密《みそ》かごととは、ちょいと違う。どこがどうと友吉には言えないのだが、三人で作りあげているひそかな世界の内部は、とほうもなく甘美で毒々しいのではないかと感じられる。

小平次をとりのぞき、その空所に自分を嵌《は》めこむことができたら……と、彼は想像した。

男と女房とその間夫《まぶ》。間夫はどうやら、男とも、並ならぬ関わりを持っているようではないか。

太九郎をとりのぞいたのでは、この毒性《どくしょう》な関わりは再現できない。おちかを抱き、その背後から、太九郎に女ぐるみ抱きすくめられる感触は、想像しただけで彼を狂わせた。

化粧前に坐ろうとして、友吉は息を呑んだ。

楽屋の隅に膝をつき、下廻りの役者が衣裳を揃えている。小平次だ。

昨夜……暗がりで、友吉は、小平次ののどを絞めた。

血をみるのはいやなので、刃物は使わなかった。のど骨が折れる手応えを、腕に感じたと思ったのだったが……。

お吉の衣裳をひろげている小平次と、目があった。ひっそりと、恥じらったような風情で、小平次はほほえんだ。

「若太夫《わか》、衣裳がちっとほころびています。すぐにつくろいますから」

小平次の声は、心なしか、少し嗄《しゃが》れてきこえた。

「わたしも、以前、あの男を沼に突き落としたことがごぜえす」

太九郎は、そう言った。行灯の火影《ほかげ》がゆらいだ。

「女房とあいつが乳繰りあっていることは、気づいておりやした。いつか、面の皮ひんむいてやろうと思っていたら、あいつの方から、女房をゆずってくれと切り出した。安積沼《あさかぬま》に小舟を漕ぎだし、二人で糸を垂れていたときです。あまりの言い草に、頭に血がのぼり、あいつを突き落とし、もがいて舟べりを摑《つか》もうとする指を櫂《かい》で叩き潰《つぶ》し、頭をなぐり、水に沈めてやった。わたしが女房のところに戻ってくると、小平次のやつは、土左衛門になりかけの水の滴る姿で、先まわりしていた。女房をくどいて駈落ちをそそのかしていました。わたしはあいつをなぐり、女房も手を貸してうしろから首に紐《ひも》をかけた。

そうして、わたしと女房は逃げ出しました。……ところが、あいつは、ついてくる、生きているんだか死人《ほとけ》なんだか、わからねえ。どこへ逃げても、ぶっ叩いても、しんねり、しつっこく、ついてくる。

そのうち、わたしも女房も、あきらめました。そこまで執心なら、いいわ、三人で何とかやっていこう。

こう肚《はら》を決めましたら、何ごともあんばいよくゆくようになりましたよ。

若太夫、こんどの累が大人気なのも道理じゃありませんか。半分幽霊みたいな男が、黒衣で控えているんですから」

「それじゃ、何かい」

友吉は、癇癪《かんしゃく》の筋をぴりりとたてた。

「累の人気は、わたしの技倆《うで》のせいじゃない、小平次の力だというのかい」

太九郎は、友吉を不愉快にさせる例の秘密めかした笑いをちらりと浮かべた。

「試してみようじゃないか。わたしの技倆か、お化け野郎の力か。おまえさんにしろ、わたしにしろ、うしろめたさに十分な力が出ず、殺しそこなっているのだ。男が二人力を合わせたら、殺しつくせぬわけがあるものか。安積沼じゃあないが、この小屋の裏にも沼がある。魚も釣れます。おちかさんも誘って、小平次を小舟に乗せ、水の底に叩きこんでやろう」

友吉は、その情景を思うだけでぞくぞくしながら、言葉に力をこめたのだった。

「そうして、小平次抜きで、累の幕を開けよう。人気がだれの力によるか、明らかになるというものだ。座頭、笑わせちゃいけないよ。友吉が、たかが下廻り《ごりやく》の御利益で人気を得たなんざ、冗談にも言ってもらうまいよ」

鏡の向うから、小平次が、ひっそりした眸《め》で彼にほほえみかけている。

「おまえを突きとばし、水に沈めたは、太九郎だよ。あたしじゃあない」

彼は、少し声を荒らげ、あ、と語尾をのみこんだ。
鏡に、おちかと太九郎が、小平次と顔を並べたのだ。
三人とも、くすくす笑っている。おちかが白い指で彼をさした。
彼はふり返った。背後は、闇だ。
鏡の面がゆらゆらと揺れ、三人の顔はゆがみ、また元に戻る。
そのとき、彼は、水の中に漂っている己れの姿に気づいた。
三人は、結託して彼をはじき出したのだ。彼を拒んだのだ。
小舟からのり出し、水中の彼を嘲笑している。
白くふやけはじめた彼の指を、小さい魚がつついた。

安達家の鬼

宮部みゆき

宮部みゆき（みやべ・みゆき）

一九六〇年東京都生まれ。一九八七年「我らが隣人の犯罪」でオール讀物推理小説新人賞を受賞しデビュー。『火車』で山本周五郎賞、『理由』で直木賞、『名もなき毒』で吉川英治文学賞、ほか多数の文学賞を受賞。著書に『霊験お初捕物控』『ぼんくら』『三島屋変調百物語』シリーズ、『きたきた捕物帖』シリーズなど。

お義母《かあ》さまが亡くなったとき、折からひどい夕立で、道にも庭にも、そこらじゅうに礫《つぶて》を打ち付けるような音が響きわたっていました。そのせいで、目を閉じる寸前に何かおっしゃったのに、その言葉を聞き取ることができませんでした。わたしの耳には、どうも人の名前を呼んだように聞こえましたけれども、確かではありません。それにしても眠るような安らかなご最期で、口元はかすかに微笑んでおられました。

半刻《はんとき》ほど前から枕頭《ちんとう》に詰めていてくださいました良庵《りようあん》先生が、つるりと禿《は》げあがった頭をほんの少しかしげて、お優しい声で、ご隠居さまはご臨終でございますよと、わたしと、わたしのすぐ脇に正座しておりました、主人《あるじ》の富太郎におっしゃいました。その日はわたしども二人、朝からずっとお義母さまのそばにおりまして、言葉を交わすこともなく、富太郎は時折じっと、お義母さまの顔をのぞき込んでは、思い詰めたような目ばかりをしておりました。その顔がやっと、しわしわと崩れました。

「安らかな、良いお顔ですな」

お義母さまの両手を胸の上で組み合わせながら、先生はおっしゃいました。

「何か、楽しい行事を待ち受けている娘さんのようだ。そうは思いませんか」

先生のおっしゃる通りでした。わたしは、お義母さまの表情につり込まれて、ふと微笑んでしまいました。そうして、さっき聞き取り損ねた最期の言葉が、きっとお義母さまの〝鬼〟の名前だったのだ、ああとうとうちゃんと名前を教えてはいただけなかった——などと、脈絡もなく考えていると、じんわりと涙が出てきました。

「長かったなあ」と、富太郎が呟《つぶや》きました。

「おふくろはでも、満足しているようだなぁ、ねえおまえ」

富太郎は、慰めを求めるようにわたしの腕に手を置きました。わたしは夫の手の甲に自分の手を重ね合わせて、うなずいて答えました。

「ええ、お幸せな一生でございましたよ、きっとね」

わたしがこの笹屋に嫁いできたのは、三年前の春のことです。そのころにはすでに、お義母さまはだいぶ身体が弱っておられて、一年のうちの半分ほどは、寝たり起きたりの暮らしをなすっていました。おそばについていたのは十五ばかりのお玉という小女《こおんな》で、これが小柄ではしっこそうな顔つきの、なかなか勝ち気な娘でしたが、そのはきはきとしたところがかえって病人の気に障るようで、お義母さまにはお小言ばかりをいただいている有様でございました。

元気者の常で、お玉の方も病人の世話には気がまわりかねるところもあり、そこへもってきて叱られてばかりでは、やる気も失《う》せるのでしょう、嫁入りから半年ほどして、今日からはお義母さまの世話はわたしがしますからと言い置くと、お玉は手放しで喜んだものです。ああ、せいせいしたと、両手を頭の上に伸ばして、それはもう本当に嬉《うれ》しそうに大声で申しました。

もちろんこれは、お玉のような女中の立場で、お店《たな》の主人の嫁に向かって放つ言葉ではございません。けれども、その当時はわたしも十八と歳が近く、しかも、嫁入り前には笹屋と商いで付き合いの深い紙問屋の松竹堂で女中をしていた身の上であるということを、お玉はよくよく承知しておりました。わたしは、女中上がりであることを取り柄として嫁いできた、少しばかり変わった嫁だったのです。ですからお玉としては、なぁんだ仲間じゃないかというところだったのでございましょう。遠慮のない口のきき方でした。そういえば、お玉はとうとう、人前ではともかく、他の人びとの耳のないところでは、わたしを〝おかみさん〟と呼ぶことはありませんでした。

「一日中薬くさい座敷にこもってさ、年寄りの相手なんて、気がくさくさしちゃって。あんたはこれからたいへんねえ。お気の毒」

お玉はそうずけずけと言い放って、くちびるの端に何か棘《とげ》のあるものを引っかけるようにして笑ったものです。

笹屋は筆と墨を商う小さなお店ですが、少しばかりの地所を持っていることもあり、内証は豊かな家でございます。屋敷も広く、同じ敷地のなかに、店と家の者と住み込みの奉公人たちが暮らす母屋のほかに、ささやかな中庭を挟んで、十五坪ばかりの離れが建てられておりまして、お義母さまはそこに住んでいたのです。わたしとお玉はそこで、ちょうどお義母さまの午睡どきに、寝所の隣の控えの間で話をしておりましたので、どのようにあからさまな口のききようをしても、大きな声さえ出さなければ、ほかの人びとに聞き咎《とが》められる気遣いはありませんでした。ですからお玉は、たいそうむき出しでございました。

「ねえあんた、松竹堂さんじゃ、病気の先代のお世話を、五年もやってたんだって?」

確かにそのとおりでした。松竹堂の先代ご主人は中風を病んで長く、わたしは十の歳に子守奉公にあがりましたが、赤子の手が離れると、続いて先代のお世話をするようになったのでした。とてもわがままな病人で、赤子よりも手がかかり、ずいぶんと困らされたものでした。

その先代は、わたしが嫁ぐほんの三月《みつき》前に亡くなっていました。というよりも、先代がようよう亡くなったので、それまで子守奉公と病人の世話しかしたことがなかったわたしの使い道にぽっかりと空きが出て、そこへ笹屋からの縁談が舞い込んだ――というのが順序でございます。

手の空いた女中にお暇を出すのではなく、折良く降ってきた縁談を与える――というのも、ふつうに考えればおかしな話でございます。実のところわたしも、松竹堂の旦那《だんな》さまとおかみさんから初めてお話を聞かされたときには、狐につままれたような気分でした。先ほども申しましたように笹屋は豊かなお店ですから、わたしのような身の上の者にはたいそうな玉の輿《こし》です。笹屋のご主人が器量好みで——ということならまだしも、わたしは笹屋のご主人のお顔も人となりも存じませんでしたし、だいいち、そこまで見ていてくれに恵まれた娘でもありません。

筋の通らない縁談に、いっそ怯《おび》えたようなわたしの顔を、松竹堂の旦那さまは、苦笑いしながらながめておられました。おかみさんはてきぱきと、この縁談の本当の〝中身〟についてうち明けてくださいました。

「笹屋の旦那の富太郎さんは今年三十歳なのですよ。だけどいまだに独り身で、嫁を迎えていなさらない。べつだん、女嫌いというわけではないのよ。若いころには、うちの旦那さまとご一緒に、さんざっぱら悪所通いもした方なのだものね」

松竹堂の旦那さまは、ますます苦笑いを深めました。

「笹屋にはご隠居さんがおられます。富太郎さんのお母さんだけれどね、この方が身体が弱くて、まあ歳も歳だから、半分は病人のようなものなんだけれど、でも気ばかりはしゃっきりしていてね、富太郎さんは頭があがらないんだっていうのよ。なにしろ笹屋は富太郎さんのご両親がつくったお店だからね」

笹屋の先代のご主人——つまり富太郎の父親は、富太郎が二十五の歳に頓死《とんし》しておりますが、商いについてはたいそう目端が利いた人だったそうでございます。これはお義母さまもそうおっしゃっていましたから、間違いのないところでしょう。あたしは一度もあの人に恋をしたことはなかったけれど、あの人の仕事ぶりには惚《ほ》れていた——お義母さまがわたしにきっぱりとそうおっしゃったのは、一度や二度ではございませんでした。

「二代目の富太郎さんも、父親譲りで商いには明るいから、笹屋はまだまだ大きくなるだろうよ。そんなお店の主人のところに、どうして嫁の来手がないはずもない。実際、縁談は富太郎さんが埋もれてしまうほどに来るんだよ。だけれどね、ここが富太郎さんの気の小さいところというか」

松竹堂の旦那さまは顎《あご》を撫《な》でました。

「まあ、母親想いと言った方がいいかねえ。とにかく富太郎さんは、いい縁談ほど気が向かないというのだね。いい縁談というのは、そら何だ、相手が大店の娘だとか、貧乏だが格のある御家人の娘だとか、商い仲間の娘だとか、いろいろあるだろう？　富太郎さんは、そういうのは駄目だというのだよ。なぜって、そういう高いところからもらった嫁は、ご隠居さんを軽んじて、心から大事にしないだろうからって。うちの親は成り上がりだ、働きに働き抜いてお店をこれまでにして、やっとのんびりしようかという晩年になって、格上の家からもらった嫁に遠慮しいしい暮らすのでは可哀想だ、だから嫁は名もない家から、いっそ奉公人たちのなかから選ぶことにする――と、こういうのだね」

「だけれど、今の今、笹屋さんに奉公している女中をおかみにするわけにはいかない」おかみさんは厳しく首を振ります。「そんなことをしたら、お店のなかの秩序が乱れます。何としても、嫁はお店の外からもらう必要があるんですよ」

おわかりかい、だからおまえのような娘がぴったりなんだよと、お二人は口をそろえておっしゃるのでした。

「それにおまえは病人の世話に慣れている。うちではよく務めてくれたものね。笹屋さんでも、ご隠居さんはだいぶ女中の手を焼かせているようだから、あんた嫁に入ったら、姑《しゅうとめ》さんの世話をやいてあげるといいだろうよ。富太郎さんは、そういう心がけの嫁を求めているんだから」

なるほど、こういう縁談なのでございました。嫁は庭先からもらえ――という格言もあるくらいですから、よく聞いてみれば不思議な話でもございません。ただ、富太郎という人は、確かに親孝行かもしれませんが、ずいぶんと物事を決めてかかる人だなと、当時わたしは思ったものです。お嬢様育ちの娘さんだって、それだけですぐに、権高な嫁になるとは限らないでしょう。そのあたりは、富太郎さん次第ということが大きいでしょうに。まあ、それだけ真面目な気質《たち》だということなのですから、人となりとしては悪くはないとも思いましたけれども……。

それにわたしには、たとえ笹屋富太郎のこの考え方にうなずけないところがあったとしても、この縁談を断るなどという道はありませんでした。そんなことをすれば、松竹堂のご主人夫婦に背くことになります。早くに親を亡くして親戚《しんせき》をたらいまわしにされて育ったわたしにとっては、子守奉公時代から長年養い育ててくだすった松竹堂は、親よりも有り難い存在でした。それに、さしあたってほかに想う人もなく、女はどうせいつかは嫁に行くもの、それならば、女中育ちの嫁がいいと望んでくれる方ならば、わたしの方も気が楽だということもございました。なに、最初《はな》から嫁ではなく、女中として奉公先を代わるだけだ――と思うなら、決断も何も必要はありませんでした。

こうしてわたしは笹屋に縁づいたのでした。

祝言はあげませんでした。内々の祝いの席も設けませんでした。さんざん良縁を袖《そで》にしておいて、わざわざ女中あがりの嫁などもらって、恥ずかしいことときわまりない、派手派手しく祝言をあげたりお披露目をするなどもってのほかだと、笹屋の親戚筋から強硬な反対があったということを、後になって、家の奉公人たちから教えてもらいました。

もちろんわたしのことも、笹屋の嫁とは認めないというのでした。

言われてみればわたしは、嫁に来て以来、親戚への挨拶廻《あいさつまわ》りなどしたことは、一度もなかったのでした。身内とか家族というものを持った覚えのないわたしは、このあたりのことをまったくうっかりしておりました。あわてて富太郎に謝りますと、

「なぁに、こういう嫁取りを考えたときから、この手のごたごたは覚悟していた。付き合いとは名ばかりで、あの人たちには迷惑をかけられることの方が多かったのだから、かまわないんだよ。私は商人《あきんど》なんだから、自分たちの得になることと見ると寄ってくる親戚筋なんぞよりも、寄り合い仲間の方が大切だ」

　夫はそんなことを言って、慰めてくれたのでございました。

　こんな言葉からもわかるとおり、富太郎は優しくきちんとした人で、わたしは、思いがけないほど良い夫に嫁いだことになったのでした。頭がよくて、ものをよく考える人にありがちなことで、少しばかり融通がきかなかったり、言い出したらきかなかったりする面もありましたが、それはわたしの方で折れて合わせるのも造作のないことでした。そもそも商いのことはわたしにはわかりませんから、富太郎の考えに反対するような事はあり得ませんし、内々のことで富太郎がわたしに意見するようなことがあっても、それはごくごく些細《ささい》なこと――おまえは枕が低すぎる、それでは首に血が溜《た》まって身体によくないからもっと高くしなさいとか、冬瓜《とうがん》を炊くときには醤油《しょうゆ》を使いすぎてはいけないとか、寒いからといって厚着は駄目だとか――そんな事どもでしたから、はいはいと合わせるのも易しい仕事だったのです。

前置きのお話に手間取りましたが、こうして半年ほど経ち、内々の仕切りに慣れてから、ようようわたしは、お玉の手から、お義母《かあ》さまのお世話をする仕事を取り上げることにとりかかったのでした。もちろんそれまでにも、嫁としては毎日のように離れに足を運んでご機嫌うかがいをしておりましたが、おそばにぴったりとついていたことはありませんでしたから、勝手はわかりません。わたしとしても、さあしっかりお仕えしようという気持ちと、わたしで務まるかしらという不安と、半々ぐらいが正直なところでございました。

先ほどもお話したように、お玉の遠慮のなさの根は、わたしの縁づいてきた事情のなかにありました。お玉はそれを、呆《あき》れるほどよく聞き知っておりました。ですからわたしに対しても、まったくはばかるところがなかったわけでございます。

奉公人は、お店という船を漕《こ》ぐ櫂《かい》ですが、けっして舵《かじ》はとりません。船の先行きを決めねばならぬ船頭ならば、水流を読み周りの景色を見て正しい船道を選ばねばなりませんが、ただ櫂としてひたすらに水をかくだけならば、そんな気遣いは要りません。それだけに、船のなかのことはよく見えます。見る暇がたくさんあるからでございます。お玉はその意味で、本当に、目先ばかりはよく見える櫂でございました。

「あたしは旦那《だんな》さまのお考えがよくわからないなあ。あんな婆《ばばあ》の気を兼ねて、いいところのお嬢さんの縁談をはねつけて、あんたなんかをもらうなんて」

毒舌ですが、もっともな申し状なので、わたしとしても何とも申せません。ただ、お義母さまを「婆」と呼ぶのは聞き捨てなりませんから、叱りました。でもお玉は笑っているだけです。

「どっちにしろ、あたしはこれでやっとあの辛気くさい座敷から逃げられたんだから、あんたに感謝しなくちゃならないんだけどさ。まあ、せいぜいしっかり働くことだね」

お玉が廊下を廻って母屋の方へ去ってしまってから、わたしはようよう胸をさすって、お義母さまの寝間に行こうと立ち上がりました。すると驚いたことに、障子がからりと開いて、当のお義母さまがお顔をのぞかせたのでした。

「まあまあ、おまえは言われ放題だね」

お義母さまは笑っておられました。

「お玉なんぞ、放っておおき。そのうち罰が当たるから」

それだけ言って、またぴしゃりと障子を閉めてしまわれました。わたしはまたぞろ、狐につままれたか狸にばかされたか、ぽかんとして立ちすくんでおりました。

お義母さまは、けっして気むずかしい病人ではありませんでした。扱いにくい「婆」でもありませんでした。おそばにお仕えするようになって、わたしはすぐに、それに気づきました。

松竹堂の先代のご主人は、手のかかる病人でした。中風で身体が動かないこともあり、それに対して本人が意地が焼けることもあり、また最晩年には、いくらかですが、いわゆる色呆《いろほ》けの気配が見えて、年若いわたしは時には泣くような目に遭わされて、誰にも言えずにこらえたことも、実はあったのでございました。

それに比べたら、お義母さまはまあ仏様のように優しかったのです。こうしてほしい、ああしてほしい、あれはやめてほしいといったご指示もはっきりとしていてわかりやすく、言葉に裏を含むようなこともありません。お義母さまが「ひと寝入りするからしばらく放っておいてちょうだい」とおっしゃれば、それは文字通りその意味でした。「少しおしゃべりをしようかね」と言えば、そのとおりの意味でした。「おまえのお針の腕前をみてあげようか」と言えば、わたしは針箱とくけ台を持って参じれば良いのでした。

お義母さまは昔話がお好きでした。富太郎が生まれたころのこと、夫婦でお店を興すまでの苦労――親の顔を知らないわたしは、親の世代の昔話を親しく聞く機会にも恵まれていませんでしたから、お義母さまのお話は、珍しく面白いものでした。年寄りは同じ話ばかり繰り返すから退屈で嫌いだと言う人は多いようですが、わたしは繰り返しに飽きるほど身内の年長者の話に触れたことがありませんでしたから、本当に楽しかったのです。

ひと月も経つと、愉快な話には大いに笑い、怖い目に遭ったり、のるかそるかの商いをしたりという話にはハラハラするわたしが、どうやらお追従ではなく、本気で楽しんでお付き合いしているのだと、お義母さまはお察しになったのでしょう、あるとき、二人で浴衣《ゆかた》を仕立てている折に、ふと針を休めて、しみじみとしたお顔でわたしを眺められると、おっしゃいました。

「おまえは、ずいぶんと淋《さび》しい暮らしをしてきたのだね」

わたしは少し考えてから、正直なところ、ずっと独りぼっちだったから、淋しいを淋しいとも感じなかったのです——とお答えしました。

「そのようだねえ」

お義母さまは深くうなずかれました。

「子守奉公と病人の世話しかしないで十八になってしまったのだもの、無理もないね。世間というものを、おまえはまったく知らないんだね」

それからちょっと目をしばたたいて、

「でもおまえ、誰か好きな人ができたことはなかったの？」

と、とても真面目にお訊《たず》ねになりました。

わたしは驚いてしまいました。答えに詰まったのは当たり前のことです。お義母さまがわたしのお義母さまである所以《ゆえん》は、わたしが富太郎の妻であるからなのです。嫁いでくる前に、ほかに好きな人がおりましたなどと、ぬけぬけと申し上げられるわけはありません。

でも、幸か不幸かわたしは、まったく恋というものを知りませんでした。病床から動くことのできない松竹堂の先代と一緒に、わたしも縛りつけられていた娘時代でした。今でこそ女中奉公の若い娘が気楽に手に取る黄表紙なども、そのころはまだそうそう簡単には手に入りませんでしたから、おはなしのなかでさえ、男女の心の機微のことなど、知りようがなかったのでございます。

「まあ、好きな人ができたこともなかったのだね」

お義母さまは、なぜかしらわたしの心を見抜いて、先回りしてそうおっしゃいました。

「そうじゃないかと思ってはいたけれど」

不思議なお言葉でした。わたしは思わず、なぜでございますか？　とお訊ねしました。

お義母さまは少し笑って、

「おまえはまだ、富太郎のことも、嫌いではないけれど、恋はしていないのだね」とおっしゃいました。「女にとっては、妻になるというのは仕事のようなものだから、おまえは奉公の続きのつもりで、富太郎と夫婦になっているのだろうね」

それがいけないというわけではないよと、わたしを慰めるように言葉を足しました。

「だけどそれは、本当は淋しいことなのだよ。おまえにも、恋のひとつもさせてあげたいものだけど、こればかりは他人にはどうしようもないものだからね」

何か考え込んでいるようなお顔でした。わたしは、さっきのお言葉が気になっていたので、しつこくもう一度うかがいました。どうしてお義母さまは、わたしが恋を知らないとおわかりになったのですか？

お義母さまは、ちょっと座敷のなかを見回すような仕草をなさいました。それから、ご自分のすぐ隣に目をやって、誰もいないその畳の上にちょっと微笑み、

「だっておまえには、何も見えないようだし、何も感じられないようだもの」

ますます不思議なお答えでした。わたしがさらに問いかけようとすると、お義母さまはそれを遮るように、少しくたびれたから、お茶をいれておくれ、甘いものが食べたいねなどとおっしゃったのでした。

そのときは、それきりでした。合点のいかないお話でしたが、些細なことでしたから、わたしも長くは覚えていませんでした。

それから数日後でしたでしょうか。今では台所女中として働いているお玉に、こんなことを尋ねられました。

「ねえ、ご隠居さんの座敷には、変な匂いがするでしょう？　なんだか獣みたいな臭い匂いなのよ。あたしはもうあれが嫌で嫌で、身体にも染みつくような気がして辛抱たまらなかった。あんたもあれ、悩まされているのじゃない？」

わたしは怪訝《けげん》に思いました。そんな匂いなど、感じたことは一度もなかったからです。

正直にそう言うと、お玉は横目でわたしを睨《にら》みました。

「あんたって、そうやってすぐに良い子ぶるのね。そりゃあ日によって強い弱いはあるけれど、とりわけ雨の日なんか、ぷんぷんと座敷じゅう匂ってるのに、気づかないわけがないじゃないの。あれはきっと、婆の身体の匂いよ。年寄りは、どんなに身ぎれいにしてたって、身体が臭くなるんだから」

わたしは繰り返し、そんな匂いなどしないと言いました。お玉は憎々しげに言い捨てるだけでした。

「ふん、猫かぶりめ」

理不尽な言いがかりでした。さすがにわたしも腹が立ち、気にもなって、自分の胸ひとつにおさめておくことができませんでした。これは言いつけ口だ——とわかりながらも、お義母《かあ》さまにお話ししてしまいました。

するとお義母さまは、朗らかな声でおっしゃったのです。

「あれまあ、そうかね。だけどいいんだよ、その臭い臭い匂いは、お玉にだけ匂うものだからね」

そしてまた、お義母さまとわたしのほかには誰もいない座敷のなかなのに、ご自分のすぐ後ろを肩越しに振り返って、にっこりと同意を求めるようにうなずきかけたのでした。

そのとき初めて、わたしは少しばかり薄気味悪くなりました。心の片隅に――もしかしたら、お義母さまは、少しばかりおつむりに病が入っているのではないかしら、という疑いが芽生えてしまったのでした。

そんなふうにして、お義母さまとのあいだに、少なくともわたしの側には、低いけれど確かな垣根のようなものができてしまって、また一月ほど過ごしたでしょうか。折から冬のいちばん寒いころでした。その年江戸は雪が多く、笹屋の中庭のささやかな植木や立木が、すっぽりと白い衣をかぶってしまうこともたびたびでした。

ちょうどそのころ、富太郎のところには、一人の新しい商い仲間が出入りするようになっていました。朱肉や唐墨を扱う職人で、同じ職人仲間を何人か束ねている頭だということでした。富太郎と同じくらいの年格好の、たいそう切れ者風の物言いをする、様子のいい人で、名は佐次郎といいました。お玉など、この人が訪ねてくると、のぼせあがって大騒ぎをしたものでした。雪の上に、おたまさじろうの相合い傘が描いてあったりして、それを見つけた番頭さんが、苦虫を嚙《か》みつぶすような顔をしていたことを覚えています。

ご存じと思いますが、江戸では墨と筆と言えば日本橋の古梅園が名店です。とりわけここの墨は、使い終えて洗った筆を文机《ふづくえ》に乗せておいてもまだ薫る――というくらいに、芳《かぐわ》しいことで有名でした。それだけに、もちろん相当の売値がついています。

佐次郎は、自分たち独自の工夫でこしらえた新しい墨は、この古梅園の看板商品に負けず劣らずよく薫る、それを安く卸すから、笹屋で売り出してはくれないか——という話を持ち込んできたのでした。

富太郎は乗り気のようでした。何度も申しますが、わたしは商いのことはよく存じません。でも、一度富太郎に見せてもらい、実際にこの手で硯《すずり》ですってみた佐次郎の墨は、確かに薫り高い品物でした。

取引の話は、トントン拍子でまとまるような気配でした。いつもは慎重な番頭さんも、佐次郎の熱意にほだされ、さわやかな弁舌にも魅せられたのか、ほとんど口をさしはさみません。そんな折、富太郎がわたしに、今日は佐次郎さんをおふくろに引き合わせるから、そのつもりでいてくれと言ってきました。

連日の雪と底冷えで、お義母さまは風邪をお召しになり、床についておられました。わたしは、今はとてもお客様にお目にかかることはできませんと訴えました。ところが富太郎は、

「わかっているよ。おふくろは寝床に横になったままでいいんだ。ただ中庭に向いた障子を開けておいておくれ。ほんの少しのあいだでいいんだ。そうしたら庭越しに、こちらの座敷から、佐次郎さんの顔を見てもらうことができるから」

そして富太郎はあっさりと、私は今までも、おふくろがうんとうなずかない相手とは、

商いをしたことはないのだよと言うのでした。なるほどこれが、富太郎がお義母さまに頭があがらないということなのだと、今さらながら悟ったように、わたしは思いました。

さて、午過《ひるす》ぎになって、佐次郎は年かさの仲間を一人連れてやって来ました。申し合わせていたとおり、富太郎は彼らを中庭越しに離れの見える座敷に通しましたので、わたしは頃合いを見て障子を開けました。お義母さまは、富太郎からすでに話を聞いているらしく、とてももの慣れた様子で寝床の上で半身を起こし、お客人のいる座敷の方を、熱心に見つめておられました。

離れの側から見ると、わたしの背丈ほどの椿の木が、しきりと談笑する富太郎と佐次郎の、ちょうど真ん中に立ちふさがっていました。朝方一度雪を払い落としたのですが、降り続くぼたん雪のために、椿の木はまた真っ白な衣をすっぽりとかぶったようになっていました。中庭の地面も、綿を敷き詰めたように真っ白で、凍《い》てつく寒ささえ差し引けば、うっとりするような美しい冬の庭でした。

何かの拍子に、話題が庭のことにふれたのでしょうか、富太郎が中庭を手で指し示し、佐次郎と彼の連れが中庭の方に顔を向けました。そのとき、お義母さまのすぐ脇で火鉢の火をかきたてていたわたしは、お義母さまが身を乗り出すのに気づいて目を上げました。

中庭越しに、佐次郎の顔が、見る見るうちに雪にも負けないほど真っ白になってゆくのが見て取れました。その目は驚きに見開かれていました。彼は激しく首をめぐらすと、富太郎と連れの年かさの男の方へ、何かをしきりと話しかけました。富太郎はびっくりしたようにちょっと顎《あご》を引き、年かさの男も目をしばたたかせています。

佐次郎は中腰になると、中庭の方へぐいと腕を突き出しました。こちらを指さしています。お義母さまのことだろうか、わたしだろうか、いずれにしても人を指さすなんて不躾《ぶしつけ》なことだといぶかって、わたしははっと気づきました。

佐次郎は空《くう》を指さしているのです。身体も顔も目も腕も指も、確かにお義母さまのこの座敷に向けられていますが、その指先は何もない、座敷のなかのただの空なのです。それでもわたしは、庭になにかいるのかと、急いで立ち上がって障子に手をかけ、見おろしました。庭一面に積もった雪には、鳥の足跡ひとつ見あたりません。むろん、誰がいるわけもないのでした。

佐次郎の、あわてふためいた声が聞こえました。

「おかしいなあ、目の迷いだろうか。確かに見たと思ったんだが――」

富太郎が笑顔で何かを言い返して、連れの男も笑ったので、佐次郎も不承不承という様子で口元を笑わせました。でもわたしには、彼がひどく怯《おび》えているように見えました。

「もういいよ、障子を閉めておくれ」

お義母さまに声をかけられて、わたしは振り返りました。お義母さまは、何かを悟ったように何度も何度もうなずいておられました。

「ああ、どうやら、あの男にはえらいものが見えたようだね。今度の商いの話はとりやめだよ」

どうしてですかと、わたしは尋ねました。寒さのせいだけでなく、背中がぞくぞくとして、気がつくと障子の桟にしっかりとつかまっておりました。わたしはとても恐ろしかったのです。

お義母さまは、そんなわたしをしばらく見つめておられましたが、やがて微笑して、それはね、今度ゆっくりと話してあげよう、あたしの風邪が抜けたらねえと言ったきり、枕に頭をつけて横になってしまわれました。

座敷のなかが静まり返り、お義母さまのやわらかな寝息が聞こえてきても、わたしは中庭に面した障子にぺたりと背中をつけたまま、動き出すことができませんでした。目には見えない誰かが、お義母さまとわたしのほかに、座敷のなかに潜んでいる――だけどどうしてお義母さまは怖がらないのだろう、お義母さまはその〝何か〟の正体をご存じなのだろうか――そんなようなことを、閉じこめられたネズミのように、ぐるぐると考えておりました。すべては気の迷いだ、お義母さまのさっきの言葉は、少しばかりわたしに意地悪をなさろうと口にされたもので、深い意味などないのだと、無理にも理屈をつけて自分に言い聞かせるのですが、それではあの、つい今しがた目にした、佐次郎の恐怖に引きつった顔は何だったのだろうかと、また考えがそこへ戻ってしまいます。

結局わたしは、座敷のなかを通り抜けることができず、背中側の障子を開けると、雪の積もった中庭へ降りて、大急ぎでそこを横切り、反対側の座敷へと逃げ出したのでした。向こう側の座敷への上がり口で振り返ってみると、真綿のような雪の上には、わたしの足跡がひと組残っているばかりです。やっぱり誰もいないのだ——急《せ》かれるような怖さで息を切らしていたわたしは、そこで大きくため息をつきました。

そのとき、出し抜けに椿の木からどさりと雪のかたまりが落ちて、いっそ黒に近いほど濃い緑の葉をつけた枝がむき出しになりました。わたしは文字通り飛び上がり、もう後も見ずに、座敷へと駆け上がったのでありました。

お義母《かあ》さまの言葉通り、佐次郎との取引の話は沙汰《さた》やみとなりました。富太郎は、おふくろがうんと言わなかったからねというだけで、とりたてて説明を加えてはくれませんでした。もっとも、佐次郎が笹屋に出入りしなくなるということを知って、お玉が台所で、主人である富太郎のことをさんざんに罵《ののし》り、彼女としてはぬかったことに、それを番頭さんに聞き咎《とが》められて、さんざんに叱られるというおまけがついたのは、わたしにとっては少しばかり痛快なことでした。

お義母さまは約束を守る方でした。お風邪が抜けて元気になると、わたしを座敷に呼び寄せられ、話して聞かせてくだすったのです。

お義母さまが臥《ふ》せっておられるあいだの何日か、離れの座敷に通うことが、わたしは怖くて怖くてなりませんでした。ですから、いよいよお義母さまがうち明け話をしてくださろうという段になると、何か救われたような気がしたものでございます。はっきりとわからないことで怖がっているよりも、どんな恐ろしいことでも、あからさまに知ることの方が数段ましだと、わたしなりに考えたものでありました。

お義母さまは、お話を始めるその前に、おまえはこの座敷のなかに何も匂わないか、何も聞こえないか、何も見えないかと、今まで一度も見せたことのない、きついお顔でお尋ねになりました。

依然として、わたしには何も見えず、何も聞こえず、何も匂いませんでした。

「そうかい、それなら教えてあげよう」

お義母さまは、厳しくくちびるを引き締めておっしゃいました。

「この離れの、この座敷のわたしのそばにはね、〝鬼〟が棲《す》んでいるのだよ」

それはもう三十数年も昔のこと――お義母さまが十六の歳の出来事だったそうでございます。

そのころお義母さまは、日本橋通町の「上洲屋《じょうしゅうや》」という呉服問屋で女中奉公をしておられました。

　実はお義母さまは、その上洲屋の主人が、住み込みの女中に手をつけて生ませた子供だったのだそうでございます。お義母さまのお母さまは人目に立つ器量よしで知られていたそうでございますが、それが幸《さち》を呼ばず、かえってお店《たな》の主人の悪心を呼び覚ましてしまったということだったのでしょう。女というのは、どう転んでも生きにくいようにできているのだと、お義母さまは笑っておっしゃいました。

「それに、そんな目に遭ったのは、わたしの母ばかりではなかったんだよ。なにしろ上洲屋のご主人は、見境のない女好きだったからね。わたしのほかにも、外腹に生ませた子供が男の子ばかり三人もいた。お内儀《かみ》さんとのあいだにも男の子が一人いたので、あとあと跡取りのことで揉《も》めに揉めて、それが祟《たた》って、結局は次の代で身代をつぶすことになってしまったのだけれど、まあ、それはあたしの身の上話とは直《じか》に関わりのないことだから、よしとしよう」

　お義母さまのお母さまは、お義母さまを産み落としてすぐに、産褥熱《さんじょくねつ》で亡くなられたそうです。上洲屋の主人は、なにしろそういう行状の人ですから、遊びで手をつけた女中の子供を慈しむ心など、ひとかけらも持ち合わせてはおりません。お義母さまは女中頭に預けられ、ゆくゆくはこのお店の使用人にしようということで育てられました。つまりお義母さまは、赤子の時に母親を失い、父親はいないも同然で、最初《はな》から邪魔者扱いされていたのです。それでも赤子のころは、本人は何もわかりませんから、まだ良かった。辛《つら》かったのは、幼子《おさなご》になり物心がついてから……。

「また上洲屋のお内儀が悋気《りんき》のきつい人で、女狂いの夫への憎しみを、夫が外腹に生ませた子供たちへぶつけるという、歪《ゆが》んだ仕返しを楽しんでいるようなところがあってね。今になって考えてみれば、あれはあれで可哀想な人だったと思うけれど、なにしろ子供のころのあたしにとっては、閻魔《えんま》様より恐ろしいお内儀さんだったね」

——おまえは米食い虫だ。

上洲屋のお内儀は、よくお義母さまを折檻《せっかん》しては、そう罵ったそうです。幼子なのですから、働きがないのは当たり前です。育ち盛りの子供ですから、おなかが減るのも当たり前です。それなのに、使用人の分際で何もせずに飯ばかり食うのはけしからんという屁理屈《へりくつ》なのです。三日も四日も食事を与えない、真夏の炎天下に、庭の杭《くい》に犬のように縛りつけて放っておく、真冬でも単衣《ひとえ》の着物しか着せない、湿って腐りかけたような夜着を与える——手をかえ品をかえ、さまざまな意地悪と虐《いじ》めを受けて、お義母さまは育ちました。

「そんな仕打ちを受けながら、どうしてあたしが上洲屋を逃げ出さなかったのか、あんたは不思議にお思いだろう？　あたし自身も、今振り返ってみるとわからないくらいだよ。まあ、狭いお店のなかしか知らずに育っていたからね、逃げ出す、他所《よそ》へ行くということ自体を、頭に思い浮かべるだけの才覚もなかったということなんだろうね」

それに、お義母さまを育ててくれた女中頭は、けっして優しい母親代わりという人ではなかったけれど、お義母さまのような日陰者がこの世を生き抜いてゆくためには、とにかく働いて働いて働き抜くことだと考えたのでしょう、お義母さまが女中としてお店で重用されるようにと、厳しく仕込んでくれたのだそうです。ですから、十歳を越えるころには、お義母さまはそこらの山出しなんぞよりもずっと気働きのある、立派な女中に育ちあがっていたのでした。

「十六の歳には、あたしはもう、ちょっとした働き手になっていたんだよ」

お義母さまはそう言って、誇らしげににっこりとされました。

「上洲屋でも、あたしの働きに頼るようになっていた。ちょうど、あたしが一人前になるのと入れ替わるように、女中頭が胸を病んでね、奉公をよしてしまったりしたものだから、なおさらだね。お内儀さんは相変わらず、追い出すよりも近くに置いて虐めることが楽しかったようだけれどね。理由もなく呼びつけられて、火箸《ひばし》でぶたれるようなこともあった。でも、あたしももう大人で、それなりに機転がきくようになっていたから――長年同じことをやっていれば、避け方も逃げ方も身についてくるもんだよ――そうそう酷《ひど》い目にも遭わなくなっていたね」

そのころには、上洲屋の主人は、五十の坂も半ばにさしかかる年代になっていました。

歳をとれば、人間気も弱るもので、時折お内儀の目を盗んで、お義母さまに優しい声などかけることもあったそうです。

「さっきも言ったように、外腹の男の子たちがいたり、お内儀とのあいだにできた跡取りがとんだ放蕩三昧《ほうとうざんまい》の穀潰《ごくつぶ》しに育ってしまったりで、気に病むところもあったんだろうね。おまえはしっかり者の良い娘だ、もっと早くにおまえをちゃんと娘として認めてやればよかった――なんて、おかしなことを言い出したりしたもんだった。もちろん、あたしには世迷《よま》い言にしか聞こえなかったけれどね。今さら何を言ってるんだこの年寄りは、やたら気弱になって――というぐらいさ。だけどね、そのうちに、そうやって鼻先で聞き流しているだけじゃ済まなくなってきたんだよ」

上洲屋は、お義母さまの生ませっぱなしの父親である主人の先代が興したお店でしたが、その先代は、元は上州の「桑野」という小さな宿場町の生まれでございました。お店の名前もそこから来ているのです。

「先代はその桑野の町で商人相手の木賃宿をしていた家の次男でね、江戸には、よくあることだけど、食い詰めて出てきたわけだったんだ。ちっぽけな木賃宿でも、長男なら跡継ぎだけど、次男は最初から余計者だからね。それでまあ、江戸に出て一旗あげたわけだけど、先代にとっては桑野は故郷だろう？　一度は帰りたい、親の墓参りもしたい、残してきた兄にも会いたい――そんなことを口にしながらも、結局一度も果たせずに亡くなってしまったそうなんだよ」

老け込んできて、人生の来し方を振り返ることが多くなってきた上洲屋の主人は、先代の果たせなかったその夢を、ぜひともかなえたいと言い出したのだそうでございます。

「お内儀さんは、うちにいればゴタゴタばかりで嫌だから、逃げ出そうとしてるだけだなんて、また冷たいことを言っていたけどね。まあ、それも半分は当たっていたんだろう」

とにかく、上洲屋の主人は旅支度を整えることになりました。桑野にはもう一族の誰が暮らしているかわからない、そもそも先代の育った木賃宿が今でもあるかどうかもはっきりしない、それでも、闇雲《やみくも》に出かけようとするのです。

「そしてね、あんた、呆《あき》れたことに、その旅にあたしを連れて行くというんだよ」

身の回りの世話をしてもらうためには女中が要る、それにこれは自分の血を引く娘なのだから、一緒に桑野に行くにはこれしかいない——と、身勝手な理屈でございます。

「あたしはね……」

と、お義母《かあ》さまはじっとわたしの顔を見つめておっしゃいました。

「一緒に行くことを承知した。何故だとお思いかい？」

上洲屋を出る、絶好の機会だと考えたのだそうでございます。

「もちろん、上州くんだりまで行くつもりはなかったさ。年寄りの主人との二人旅ならば、あたしの方が強い。江戸を離れたら、どこか程良い宿場で年寄りを置いてきぼりにして、あたしは逐電《ちくでん》しようと思っていた。旅にはそこそこまとまった金子《きんす》も持ってゆくはずだから、それをいただいてね。むしろ、そちらの方が目的だった。だって、上洲屋を飛び出すだけならばいつだってできるけど、それじゃ悔やしいもの。あたしだけじゃない、おっかさんだって、お手つきになったせいで、ずっと無料《ただ》働きだったんだ。その分、きちんといただくものをいただきたかった。それには、この旅は願ってもない機会だった」

あたしは怖い女なんだよと、お義母さまはわたしの目を見て笑いました。わたしは笑い返そうと思いましたが、あまり上手《うま》くゆきませんでした。

「桑野はお蚕と織物で栄えている土地で、そもそもそこに宿場ができたのも、江戸から織物を買い付けにくる商人たちが、頻繁に往来したからだったんだよ。そこで上洲屋でも、表向きは商いのためということで手形をお許しいただいて、その年の春、ちょうど桜が盛りを過ぎたころに、あたしたちは江戸を発《た》ったんだ」

年寄りと女の足であり、急な山道の多い上州路ということもあり、平らに考えれば、たっぷり十日はかかる道のりでした。それでも気がはやるのか、上洲屋の主人は先を急いで旅路を行き、しかも、

「あのひひじじいときたら、金子をしっかり抱いていて離さないんだ。寝ているあいだ

は枕のなかに隠しているんだもの。それであたしは往路では逃げはぐってしまってね……」

結局、八日と半日ほどで、二人は桑野の宿場に着いたのだそうでございます。

「神仏詣《もう》での人たちが集まるような土地じゃない、もっぱら商人の往来するだけの山中の宿場だからね、そりゃあ殺風景なところだった。ぐるりを山に囲まれて、赤茶けたむき出しの山肌の隙間に、ちっぽけな宿屋が地べたにへばりつくようにして立ち並んでいるだけだ。一日中強い風が吹き荒れていて、口を大きく開けてしゃべると口のなかが土《つち》埃《ぼこり》でじゃりじゃりするんだよ。そういう土地柄のせいか、土地の人たちはみんな地声が大きくてねえ。男の人たちなんか、あたしの目には、みんな山賊のように見えたものさ」

先代の実家である木賃宿は、案の定なくなっていました。もう三十年も前に火を出したとかで、一家離散していたのです。お寺を訪ねて住職に事情を話し、過去帳を見せてもらうと、しきりに気の毒がっていろいろ話してくれましたが、先代の血筋につながる人びとは、もう誰も桑野には暮らしていないということがわかっただけでした。

「住職も、四十歳そこそこぐらいのお歳だったからね。あまりに昔の話なので、わざわざ江戸から、何のあてもなく来られたんですかと尋ねられて、あたしは決まり悪かった」

がっかりしたからでしょうか、一気に旅の疲れが出て、上洲屋の主人は寝込んでしまいました。親切な住職がお寺に泊まることを勧めてくれたので、お義母さまはその言葉に甘え、仕方なしなし、勝手のわからない土地で病人の世話をすることになってしまったのでした。

「桑野は何もないところだった。あるのは風ばかりでね。土地も瘦《や》せていて、豆と芋と陸稲《おかぼ》がしょぼしょぼと育っているばかり。桑の木とお蚕さまだけが、あの町の生計《たつき》の綱だったんだね」

一日のうちほんのわずかなあいだは、吹きおろしの強い風が止む時があるのですが、そういう折には、山間の村で蚕を茹《ゆ》でる匂いが漂ってきたそうです。

「絹糸を紡いでとるためには、ぐらぐらに煮えているお湯で繭を茹でなくちゃならないからね。糸が紡ぎ取られて繭のなかの蛹《さなぎ》が出てくると、なんともいえない生臭いような匂いがするんだよ。あれは、一度かいだら忘れられない匂いだね。先代も、その匂いのことをずっと言っていたそうだ」

ところが上洲屋の主人は、その匂いが嫌だ、吐き気がすると、それはたいそうな嫌いようだったそうでございます。旨《うま》い米が食べたい、新鮮な刺身がほしい、江戸に帰りたいと、子供のようにだだをこねる。わがまま放題の年寄りに、お義母さまは本当に腹が立って仕方がなかったけれど、こうなってしまうと逆に見捨てられない——おかしなもんだとおっしゃいました。

「なんだか後生が悪いじゃないか。なにがしか哀れな気もしたしねえ」

ほかでもない、自分のしてきたむちゃくちゃが仇《あだ》になって、江戸のお店《たな》のなかも家族のあいだも上手くゆかない、つまらない。ここらで、父親である先代の生まれ故郷を訪ねて、細々と木賃宿を営んで食いつないでいる親戚《しんせき》筋に、江戸でいっぱしのお店を構えた自分たちの成功を誇り、面目をほどこすこともできたら、さぞかしいい気持ちだろう——それぐらいの手前勝手な心持ちで出かけてきた旅です。それなのに、思うように運ばなければとたんに江戸への里心がついて、お義母さまを顎《あご》で使ってわがままを言う。聞いているわたしの方が腹が立ってくるようなことでしたが、お義母さまは笑うのです。

そうこうするうちに、間の悪いことに、上洲屋の主人は本当に病にかかってしまいました。身体のあちこちに赤い発疹《はっしん》がぽつぽつと浮いて、高い熱を出したのです。

「身体が弱っていたところに、知らない土地の慣れない水と食べ物がいけなかったのかもしれないね」

宿場のお医者さまに診ていただいても、とにかく薬湯を飲ませて寝かせておくしか手はないと首を振るばかり。しかも、これはうつる病だからと、怖い顔をするのです。

「そこへご住職さまもいらしてね、おっしゃるんだよ、誠に気の毒だが、旅の疲れではなく、病となった以上はもうこの寺にいていただくことはできない、安達《あだち》家の方へ移ってもらわないと——この土地の者も、病や怪我で動けなくなると、みんなそうするしきたりだから、と」

安達家というのは、宿場のはずれにある、大きな木戸門を構えた立派な瓦葺《かわらぶ》きの家のことでした。古びてはいますが堂々たる構えのお屋敷なので、お義母さまはてっきり、地主さまか庄屋《しょうや》さまのお住まいなのだとばかり思ったそうです。

「病人や怪我人を、土地のお金持ちのおうちで引き取って面倒見てくださるのか、まあなんて有り難いしきたりだろうって」

ところがとんでもない、急な山道を、病人を抱えて苦労しながらたどりついてみると、安達家は立派なのは構えばかり、なかはがらんどうの空き家だったのでした。

これはいったいどういうことかと、お義母さまは驚きました。お屋敷のなかのおおかたは荒れ果てて、障子も破れ畳もあげられていましたが、母屋のほんの一角だけ、きれいに手入れされていつでも使えるようになっている場所があり、病人用の寝具も夜着も用意してある。台所や厠《かわや》も使うことができる。道具も什器《じゅうき》も、貧しいものだがそれなりにそろえてある。確かにご住職の言うとおり、桑野の土地の人たちも、ここに出入りしている様子がある——

「それでご住職に訊《き》いてみるとね、お話してくださったんだ。安達家というのは、桑野に暮らす者たちの〝穢《けが》れ〟を引き受けてくださる有り難い場所なのだ、とね」

もう五十年以上昔のことになるけれど、安達家はこの桑野の庄屋で、英明な当主が家を仕切り土地を差配していた、地の実りの少ない桑野に、お蚕から絹を取るという生計の道を与えたのも、安達家であるというのです。

「それなのにねえ、三代目の当主のときに、その安達家から、忌まわしい人殺しが出たそうでね……大きなお金持ちの家のことだから、いろいろ争いがあったんだろう。十人近くの人が亡くなって、人殺しはお縄になって首をはねられ、お代官さまから闕所《けつ》のお裁きが下り、安達家は絶えてしまった。空き家になったこのお屋敷は、あまりに忌まわしいので誰も住む者はいなくなって、ずっとほったらかしにされていた」

ところが、安達家が滅びた翌年のことです、山から吹きおろす風が悪疫を運んできて、桑野の土地全体に、流行病《はやりやまい》が猖獗《しょうけつ》をきわめたそうでございます。次々と倒れる人びと、宿場町は閉鎖——お医者さまの数も足らず、窮した当時の庄屋は、空き家になっている安達家に病人たちを集め、まだ健康な者たちをそこへ寄せつけないようにと計らったのでした。つまり、流行病という穢れを、安達家に押し込めてしまったのです。

結果的に、病にかかった人びとの大半は亡くなりましたが、それ以上の流行は防ぐことができました。

「それ以来、桑野の土地の人びとは、重い病にかかった者、流行病にかかった者、怪我や老齢でもう余命いくばくもない者たちは、みんな安達家へ連れてゆくようになったのだそうだよ。もちろん、そこで死ぬのを待つわけだね。そうやって、不幸と穢れはすべて安達家の門の内におさめて、外には出さない──という考え方なのだよ」

ですから、おいおいは心中者や盗人などの罪人も、安達家に押し込めるようになったそうでございます。

「罪の多寡によって日を決めてね、十日なら十日、半月なら半月と安達家に閉じこめておいて、期限が過ぎたら出してやるのだって。もともと、安達家のなかには座敷牢《ろう》があったので──何に使っていたのかは、仏さましかご存じないことだけども──罪人用にはそこを使ったわけだよ。そうやって、罪をなかに落としてくるというわけだよねえ」

ずいぶんと変わったしきたりではありますが、謂《いわ》れを聞いてしまった以上は逆らうわけにも参りません。だいいち、逆らえば土地の人びとに憎まれて、食べ物も水も、薬湯も手に入らなくなってしまうのです。お義母さまは仕方なく、安達家に住み込んで病人の世話をしました。

がらんとして淋《さび》しいけれど、怖いことはなかったと、お義母さまはおっしゃいました。

「人というものがおっかないということは、上洲屋で育って嫌というほどよく知っていたからね。人気《ひとけ》のないのは、少しも怖くなかったよ。穢れを落とす場所だというけれど、落とした忌まわしいものが目に見えてそこらに転がっているわけじゃなし、日ごろ土地の人たちが使っている座敷などは、それなりにきれいに居心地良く整えられていたからね」

安達家の敷地のいちばん小高いところに立つと、毎日夕暮れには、血のように赤い夕日が山の端《は》に沈んでゆくのが、手を伸ばせば届くほど近くに見えたのだそうです。お義《か》母《あ》さまは、一種壮絶なくらいのその眺めに心を奪われて、飽かず見とれたそうでした。

日が経っても、上洲屋の主人は一向によくなりませんでした。高い熱は下がりましたが、発疹は消えず、日に日に弱ってゆきます。江戸には飛脚をやってあらましは知らせておきましたが、迎えの者もまだ着きません。うとうとと眠るばかりの病人のそばで、話し相手もなく、お義母さまはぼんやりと日を過ごすしかありませんでした。金子もどんどん少なくなってゆきます。

そうこうしているうちに、お義母さまは奇妙なことに気がつきました。今のところ、自分たち以外は誰も押し込められていないはずのこの安達家に、誰か人がいるのです。廊下の端に人影が落ちていたり、深夜に足音が聞こえたり、水汲《みずく》みや洗い物をしていると、誰かの視線を背中に感じる、振り返ると、はっとあわてたように物陰で影が動く

——

そしてある夜、とうとうお義母さまは、その人影の正体を見たのでした。

夜半のことでした。小さな火鉢にやかんをかけて、薬湯を煎《せん》じながら、お義母さまはついうとうとしておりました。と、またぞろ人の気配を感じたのです。ほとんどうなじ

のあたりで、まるで誰かが背後からお義母さまの方にかがみ込んでいるようでした。薄目を開けてみると、人影が火鉢の脇に落ちています。

お義母さまは、いちにのさんで顔をあげ、わっと声を出して人影の方に振り返りました。

そこには、お義母さまと同じ歳くらいの、瘦《や》せこけた男が立っていました。ぼろを着て、髪は乱れ放題でしたが、妙に涼しい目をぱちりと見開いて、お義母さまの顔を見ていたのです。

目と目を合わせてしまって、逆にお義母さまは声をなくしてしまいました。はっと身じろいだ瞬間に、その若い男は消えました。走って消えたのでも隠れたのでもなく、ただ灯火を吹き消すように消えてしまったのです。

「さすがにその夜は眠れなかったよ」

夜が明けると、お義母さまはお寺に走りました。朝のお勤めにかかろうとしていたご住職をつかまえて、息を切らして事の次第をうち明けました。

ご住職は眉《まゆ》を寄せて、ことさらに難しそうな顔をしておられたそうです。でもお義母さまは、ご住職の顔色を読んで、それほど驚いておられないことを察しました。

「和尚《おしよう》さまは何かご存じなのですね？　あの男――物《もの》の怪《け》か幽霊かわかりませんが、あの不思議な男を見かけたことがあるのは、あたしだけではないのですね？」

と、ご住職の衣の裾《すそ》を押さえて問いつめました。ご住職はお義母さまの勢いに押されるように、渋々うなずいたそうです。

「宿場の者も村の者も、ここ五年ばかり前からでしょうか、安達家に怪しい人影が出没すると訴えております。ただ、その姿は見る者によって違うようです。若い男のときもあれば、女のときもある。子供のときもある。姿が見えず、ただ音や匂いだけのときもあるそうです」

お義母さまは、すうっと胸が晴れたような気がしたそうでございます。

「慣れない山里暮らしで、ひょっとすると、あたし自身がおかしくなっていたのかもしれないと案じていたんだよ」

それでは、安達家に出没するものの正体は、いったい何だとお思いになりますか？

お義母さまは尋ねました。

ご住職は相変わらず難しいお顔のままで、

「しかとは申せませんが」

と念を押した上で、あれは〝鬼〟だと思うとおっしゃったのでした。

「鬼——あの角のある、恐ろしい物の怪でございますか？　そんなふうには見えませんでしたが」

お義母さまが目にしたのは、どちらかと言えば弱々しい、淋しげな若い男の姿でした。

角も生えてはいませんでした。

「赤鬼、青鬼のあの鬼とは違いますでしょう。しかし、この世のモノではないことは違いありません」

「じゃあ、その鬼は、どこから来たんでしょう？　山から降りてきて、安達家に棲《す》み着いているんですか？」

いやいや――と、ご住職は首を振りました。

「あれは恐らく、桑野の人びとが長年にわたって安達家に捨ててきた〝穢れ〟が、時を経て形を成したものでありましょう。つまりは、穢れの化身です。だからこそ、見る者によって姿を変えるのですよ」

気にしなければよい、かまわなければ何も悪さはしませんぞ――ご住職にそう言い聞かされて、お義母さまは安達家に帰りました。

それでも、気にしないことなど、忘れることなど、とうていできるものではありませんでした。

もしもあのご住職の言うとおりならば、自分の目にはなぜ、〝鬼〟があんなふうな気弱そうな若い男の姿に見えたのだろう？　お義母さまはそれを考えてしまいました。そうして、あの男の悲しそうな目の色に、ひどく心を動かされていることを、認めざるをえなかったのです。

「なんだか可哀想だなって……ねえ」

それからも、〝鬼〟はときどきお義母さまの前に姿を現しました。昼でも夜でも、鬼に障りはないようでした。お義母さまは、彼の気配を感じたり、影を目に留めたりしても、もうあわてることはなく、じっと待ちかまえるようになりました。そのうちには、声をかけるようにもなりました。

――ねえ、隠れてないで出ておいでな。あたしはべつに、あんたを追い払ったりしないから。

お義母さまのそういう態度は、〝鬼〟にも通じるようでした。次第に彼は、お義母さまの近くに寄ってくるようになりました。まったく口をきかず、ただ目をしばしばさせているだけで、なんだか野良猫や野良犬をかまっているようでしたが、お義母さまは気にしませんでした。今日はまた一段と風が強いねとか、路銀用に持ってきた金子が底をつきそうだから、あたしは働かなきゃいけない、旅籠《はたご》のどこかで雇ってくれるだろうかとか、ひとり語りに話しかけて、ひとりで返事をしていたそうでございます。

〝鬼〟はそれを、じっと聞いていました。

お義母さまが、山の端に沈む夕日を眺めるのが好きだとわかると、〝鬼〟も好んでその時刻に姿を現し、やがては、並んで夕空を眺めるようにまでなりました。どういう具合なのか、〝鬼〟が一日姿を見せない日があると、お義母さまはそわそわしてしまって、荒れ果てた屋敷のなかを、あちらこちらさまよっては、探し歩いたりするようにまでなりました。

「あたしは――そうだね、〝鬼〟と一緒にいるのが楽しくなっていたんだね」

お義母さまはそう言って、また乙女のようにあえかに微笑まれるのでした。

「だって、今まで誰かとあんなふうに過ごしたことはなかったんだもの」

そんな暮らしのなかで、お義母さまは〝鬼〟に名前を付けてやりました。名前がないと不便だったからです。〝鬼〟はその名が気に入ったのか気に入らないのか、依然として言葉は発しないのでわかりませんでしたが、お義母さまがその名を呼ぶと、すぐに姿を現すようになったそうです。

何という名前ですかと、わたしはお訊《たず》ねしました。お義母さまはうふふと口元を指先で押さえて、

「まあ、それはまだ内緒だね」とおっしゃるのです。まるで、恋人の名を尋ねられたかのようだと、わたしは思いました。

「そのうち教えてあげるよ。今日は駄目だ。なにしろ、あたしがこの話をするのは、あんたが初めてなんだから。最初《はな》から総ざらいというわけにはいかないよ。それに、まだ続きがあるのだよ」

不可思議だけれど、お義母さまにとっては楽しい暮らしを半月ほど続けているうちに、

ようやく、江戸の上洲屋から迎えの人びとがやって来たのだというのです。

「ずいぶん手間取ったものだったけれど、あたしはちっとも嬉《うれ》しくなかった。ここでの暮らしを変えたくない――とっさに考えたのは、そのことだけだった」

お内儀自らのお越しでしたので、お義母《かあ》さまは驚きました。でも、いきなり怒鳴りつけられて杖《つえ》で打たれたので、ははぁ、なるほどと思ったそうでございます。なんとなれば、上洲屋の人びとは、主人が病に倒れたのは、お義母さまのお世話が足りなかったからだというのです。

「おまえにはもう用がない、主人に仇《あだ》をなしたかどでお上に突き出されないだけ幸せだと思うがいい。どこへなりとも行っておしまい！」

こうして、お義母さまはあっけなく放り出されることになりました。

上洲屋の人びとは、桑野の旅籠に一晩休んだだけで、主人を連れ、あわただしく江戸へと戻って行きました。独りになって、お義母さまは思案しました。いったいどうしたら、このまま桑野で〝鬼〟と一緒に暮らしていかれるだろう。一文無しでしたので、暮らしてゆくためにはまず、仕事を見つけなければなりません。いや、それよりも何よりも、桑野の人びとが、病人もいないのに、お義母さまだけが安達家に居着いていることを、はたして許してくれるだろうか――。

懸念は当たりました。ご住職と、宿場町を仕切っているという少しばかり不敵な面構えの男にお寺へ呼びつけられて、すぐにも立ち退くようにと、厳しく叱られたのです。〝鬼〟と離れたくなかったお義母さまは、せめて路銀が溜《た》まるまでは宿場町で働かせてほしいと粘ってみましたが、金なら貸してやる、とにかく早く出て行けと、先方は一歩も譲りません。手をついて頭を下げても、まるで岩山と押しっくらをしているようなものでした。

お義母さまの必死の面もちに、ご住職は何か痛ましいものでも見るようなお顔で、「あなたは物の怪《もののけ》に魅入られているのだ」とおっしゃったそうです。「人の形はしていても、安達家にいるモノは、人とは相容れないものなのです。早く立ち去りなさい。このままでは、きっと恐ろしい事になる」

お義母さまは言い返しました。「確かにあれは人ではありません。でも、ちっとも恐ろしいものじゃありません。あたしには、今までに出会ったどんな人よりも、あの〝鬼〟の方が親《ちか》しく感じられるんです。優しく感じられるんです」

宿場町の顔役だという男は、下卑《げび》た笑いに口元を歪《ゆが》めて、ご住職の方を見返りました。「とんだことだ、和尚《おしょう》さま。この女は物の怪に通じてござる。こんな可愛い顔をして、人より物の怪の方が好きだというんだから驚きだねえ」

ええ、そうですよ、そのとおりです——お義母さまは大声で言いました。

「あたしから見たら、あんたたちの方がよっぽど恐ろしい。病人だの年寄りだの罪人だのを、みんな安達家に押っつけて、押し込めて、自分たちとは関わりありませんという顔をして、平気で暮らしてる。あの〝鬼〟はあんたたちが吐き出したものを全部吸い取って背負ってくれているのに、それを有り難いとも思わずに遠ざけようとしてる。それほどにあんたたちはきれいなのかい？　それほどにあんたたちは正しいのかい？」

お義母さまの剣幕に押されたのか、顔役の男は黙りました。ご住職は念仏を唱え始めました。お義母さまは席を蹴《け》って立ちあがると、怒りにまかせて走ってお寺を飛び出しました。その様子をわたしにお話になるときのお義母さまの口振りは、今でもその時の怒りがお心の内に鮮やかに残っていることを、充分にうかがわせるほど激しいものでした。目には剣の光があり、口には炎がありました。

その夕、安達家の門のそばで夕日を眺めていると、いつものように〝鬼〟が現れました。

お義母さまは彼に笑いかけ、彼の顔を真っ直ぐに見て、あたしと一緒に江戸へ行こうと話しかけました。

「あたしたちは似たもの同士だって、そう思ったんだよ」

自分のせいではないのに、楽しくもない役割を押しつけられて、損な役回りを引き受けて、ずっと独りぼっち。

「あんたが淋《さび》しそうな顔をしているのは、きっとあたしが淋しいからなんだね。だけどあたしは、あんたの顔に自分の心が映るまで、自分が淋しいってことさえに、全然気がついていなかったんだよ」

お義母さまはそうおっしゃったのだそうでありました。

〝鬼〟は、黙ってうなずきました。お義母さまについてきました。

「あたしは粗忽者《そこつもの》だから、その時になって急に心配になったんだ。〝鬼〟が安達家に淀《よど》んだ穢《けが》れの化身したものだとしたらば、安達家から外に一歩足を踏み出した途端に、消えてしまうんじゃないかってね」

そう思いついた刹那《せつな》には、身体中の血が、音をたてて逆流するような気がしたそうでございます。

しかし、〝鬼〟は消えませんでした。安達家の門をくぐったとき、ほんの少しばかりまぶしそうな顔をしただけだったそうでございます。

「ただねえ、ひとつだけ、不思議なことがあったんだ」

桑野を離れると、〝鬼〟の身体から、ごくごくかすかではありますが、蚕の繭を茹《ゆ》でるときの匂いが漂うようになったのだそうでございます。もっとも、お義母さまには、そんな匂いなど少しも気になりませんでした。

「あたしたちはね、まるで子供が駆けっくらをするみたいに、街道の入口目指して走ったんだよ――」

江戸への戻り道は、女ひとりの道中でしたが、危ない目には遭わなかったそうです。それはお義母さまには承知のことでした。よからぬたくらみを抱いた男どもが寄ってきても、彼らはすぐに、ぎょっとした顔をして逃げていってしまうのです。

「当然さ。あたしと一緒にいる〝鬼〟に、そいつらの性根が映って見えるのだもの。怖くて怖くて逃げずにはいられないのさ」

江戸に戻るとお義母さまは働き口を探し、生まれて初めて、自分のために、自分の人生を切り開くために、一生懸命働く日々が始まりました。〝鬼〟はそんなお義母さまに、ずっとくっついていてくれました。気配だけしか感じられない時もあれば、姿が見える時もあり、どうかすると三日ぐらいまったく見えない時もあったそうです。相変わらず彼は無言で、お義母さまが何か言っても何も答えず、ですからお義母さまは、

「影をふたつ持ってるみたいだな、と思うこともあったけれどね」

年月が経ち、やがてお義母さまは、ゆくゆく夫となるべき人と巡り会います。その人は神田明神下《かんだみようじんした》の筆屋の手代で、おとなしいけれど働き者でした。その人は〝鬼〟を恐れませんでした。その人なりに〝鬼〟の気配は感じるようでしたが、嫌がることはありませんでした。そしてお義母さまを、熱心に好いて認めてくれた、初めてのまともな男でもありました。

「あたしは、この人ならば大丈夫だと思ったんだ」お義母さまは言って、少し目を伏せました。「ただ、〝鬼〟はあたしが人間の男と添うのを嫌うかもしれない――それはとても心配だったんだけど」

ところが〝鬼〟は、何も言わず何もしませんでした。ほっとするような寂しいような、人ではないのだから仕方ないのかなと、お義母さまは考えました。半端な気持ちがしばらく続いたそうでございます。何かしら大事なものをつかみ損なったような、半端な気持ちがしばらく続いたそうでございます。

こうしてお義母さまは筆屋の手代と所帯を持ち、やがて独立して店を興します。間口一間のささやかな店ながら、夫婦の店です。それが笹屋の前身となりました。

「〝鬼〟はあたしが所帯を持ってからも、ずっと一緒に棲《す》んでいた。あたしたちの間柄は、安達家にいたときとずっと同じ、何も変わらなかった。あたしは、夫には一度だってこんなうち明け話はしなかったけれど、あたしと一緒にいる〝鬼〟を怖がったり、嫌な気配として察したり、嫌な匂いとして感じたりするような人たちは、けっしてそばに寄せつけずに、商いするときにも用心を怠らなかった」

お義母さまはきっぱりとおっしゃいました。

「だからこそ、笹屋は一代でここまでこれたんだ。みんな〝鬼〟のおかげなんだよ」

離れの座敷のなかを見渡し、おやそこにいたんだね――というように火鉢の脇に目を留めて、ちょっと笑顔になられました。

「今だって、ここにいるよ。おまえには、まだ見えないようだけれどね」

そうそう、ちょうど富太郎をみごもっているころ、長患いの末に上洲屋の主人が死んでねと、お義母《かあ》さまは思い出したように付け加えました。

「親だとは思わなかったけれど、縁のあった人だからね、ご焼香をさせてもらおうと、真夏の盛りに出かけていったのさ」

お義母さまが来たと聞いて、お内儀《かみ》が出てきました。また打たれたりするとおなかの子に障ると、お義母さまは用心しておられましたが、

「お内儀さん、あたしを見るなり、まるで晒《さら》したように真っ白な顔になってね、ぎゃっと叫んで逃げ出してしまったんだよ」

きっとあたしの後ろに〝鬼〟が見えたんだろうねえと、考え深そうにおっしゃいました。

「悋気《りんき》で一生を焦がしてしまったあのお内儀さんの目に、いったい〝鬼〟はどんな姿に見えたんだろうか」

長いお話を聞き終えて、わたしは得心がいった思いでございました。富太郎さんは、このことをご存じですかとお訊《たず》ねしますと、お義母さまはかぶりを振りました。

「こんなに詳しくは知らないよ。ただ、あたしの人を見る目が確かだということは、父親から何度も言い聞かされてきているからね。あたしの言うことには逆らわないのさ」

佐次郎にはどんな〝鬼〟が見えたのだろう、あの人はきっと、いろいろな人を騙《だま》したりしているのに違いない――と、わたしは考えていました。お玉の鼻にだけ匂う生臭い匂いのことも思いました。

「はあ、くたびれた」

お義母さまは首筋をさすってため息をつきました。わたしはあわてて、お義母さまが横になれるようお手伝いをしました。

「ねえ、おまえ、おまえには〝鬼〟が見えないね。まったく何も感じないのだろうね」

おっしゃるとおりです。わたしには何も見えず、何も感じられません。

「そういう人には、実は初めて会ったんだよ。ほかでもない富太郎の嫁だというのに、なんと不思議なことだろうって、気になってね。だからこそ、こんな長話をすることになってしまったのだけれど」

そうだったのか、お義母さまは案じておられたのかと、わたしは納得しました。

「〝鬼〟が見えない、感じられない。それはおまえの心が清いあかし――と言ってあげたいところだけれど、そうとばかりも言えないんだよ」

お義母さまはお顔を曇らせました。

「人は当たり前に生きていれば、少しは人に仇《あだ》をなしたり、傷つけたり、嫌な思い出をこしらえたりするものさ。だからふつうは、多少なりとも〝鬼〟を見たり感じたりするものなんだ。だけどおまえにはそれがない。ということは、おまえは余りにもひとりきりで閉ざされた暮らしをしてきて、まだ〝人〟として生きていなかったということなのだよね」

これからだよ——と、呟《つぶや》くようにおっしゃいました。

「この家で、泣いたり笑ったり怒ったり、意地悪をしたり悪いことをしたり親切をしたりして暮らしてごらん。そのうちおまえにも、〝鬼〟が感じられるようになる。ただ、それが恐ろしい姿を成さないように、それだけは気をつけてね」

わたしはお義母さまの襟元に夜着をかけながら、少し笑って申しました。わたくし、松竹堂のご隠居には、嫌らしいことを仕掛けられて泣いたことがございます——

お義母さまは目を見開きました。「おやまあ、あのご隠居の色呆《いろぼ》けの噂は本当だったんだね」

そして呟くように、

「だけどおまえは、そういう〝鬼〟を見なかった……」

わたしはうなずきました。

お義母さまは、天井を見上げて、少し黙り込んでしまわれました。それから、ゆっくりとおっしゃいました。

「良いことと悪いことは、いつも背中合わせだからね。幸せと不幸は、表と裏だからね」

辛《つら》いことばかりでは、逆に〝鬼〟も見えないのかもしれない――だからやっぱり、おまえはこれからなのだよ。

「さあ、この話はもうこれでおしまいだ。あたしを少し休ませておくれ」

わたしはそっと、座敷を出ました。以来、お義母さまの方からこのお話が持ち出されることはありませんでした。ですから、お義母さまがおぼこ娘のように恥じらって教えてくださらなかった〝鬼〟の名前についても、聞きはぐったままになってしまいました。

こうして、三年が過ぎてきたのです。

そして、お義母さまはお亡くなりになりました。波乱の多かった生涯ですが、最期にはごく静かに満足して眠られたことを、嫁としてだけでなく、同じような身の上に生まれた女のひとりとして、わたしは喜ばしく、また羨《うらや》ましく思わずにはおられません。

ただ、ひとつだけ、心残りはあるのです。わたしには、とうとう〝鬼〟が感じられないままだった――ということでございます。

お義母さま亡き後、〝鬼〟はどうなるのだろうかということも、気がかりでした。だけれどわたしには、どうすることもできません。姿を見ることも、気配を察することもできないのですから。

お義母さまが亡くなったことを、然《しか》るべきところには知らせねばならず、葬儀の手配もあり、笹屋のなかはにわかにあわただしく動き始めました。番頭さんが目を真っ赤にしながら、手代や女中たちに指図を始めます。わたしも、やらねばならないことは頭に浮かぶのですが、心がついてゆかないようで、ぼうっとしてしまいました。

とりあえずこの泣き顔を洗おうと、水瓶《みずがめ》の据えてある土間の方へと向かいました。夕立はまだ盛んに降っています。履き物をはいて降りると、開け放ったままの勝手口から雨が吹き込んでいることに気がついて、閉めようと近づきました。

そのとき、そこに人影が落ちていることに気がついたのでございます。

目をあげると、降りしきる強い雨のなかに、痩《や》せこけた若い男が立っていました。ぼろを身にまとい、薄汚れたなりをしていますが、両目だけは明るく澄んで、ひたとわたしを見つめているのでした。

ああ、〝鬼〟だ——と、思いました。

間違いなく、若いときのお義母さまが、桑野の安達家で初めて出会ったときの姿のままの〝鬼〟でした。

わたしは、まるで子供が虹《にじ》を見あげるように、しげしげと憧《あこが》れを込めてその顔を見つめました。〝鬼〟もわたしを見つめ返しました。そして、ほろりと口元を笑わせました。

わたしは思ったのです――〝鬼〟の微笑は、わたしの知っているお義母さまのあの微笑みに、なんとよく似ていることだろうかと。そのまなざしの温かさも、お義母さまがわたしを御覧になるときの瞳《め》の色と、そっくりではないかと。

「あなたは――」

わたしが声をかけると、〝鬼〟はつと身を引いて、消えてしまいました。後には、ざあざあと耳をつく雨の音。

「あなた！」と、わたしは思わず声を張りあげました。「あなた、お義母さまと一緒に逝くのですか？」

応《こた》えるのは雨音ばかりです。

――これからだよ。

お義母さまのお声が、わたしの耳の底に、まるで、ずっとずっとこの時を待っていたかのように鮮やかに蘇《よみがえ》りました。

――人として生きてみて、初めて〝鬼〟が見えるようになるのだよ。

雨に打たれながら、しばらくのあいだ、わたしはただ呆《ほう》けたように突っ立っておりました。そのうちに、家のなかで富太郎がしきりとわたしを呼ぶ声が聞こえて参りました。案じているような、助けを求めているような、ごくごく身近なものに呼びかける、何の構えもない声でした。

富太郎がわたしを呼んでいる。

一緒にお義母さまを見送り、お義母さまを失う悲しみを分かち合い、富太郎がわたしを呼んでいる。

わたしは返事をして、勝手口から土間の方へと引き返しました。わたしの家のなかへと戻りました。

つと目をやると、ほんの今さっき〝鬼〟がいたところに、白い霧のようなものが漂っていましたが、すぐに雨足にまぎれて消えてしまいました。人の影も気配も、今はもうどこにも見あたらないのでございました。

解説

細谷正充

時代小説には、幾つものサブ・ジャンルがある。そのひとつが〝ホラー〟だ。幽霊・怨霊・妖怪などこの世ならざる存在が現れ、人々の恐怖を掻《か》き立てる物語は、さまざまな形で昔から創られ、語られてきた。それが歳月を経て、ホラー（怪談・怪奇小説）というひとつのジャンルとして定着。時代小説の世界でも、ホラー作品が連綿と書き継がれるようになったのである。本書は、その時代ホラーのアンソロジーだ。

「お柄杓」木内昇

作家には長篇タイプと短篇タイプ、そしてどちらも得意とするオールラウンダー・タイプがいる。長篇中心であるため、そのような印象は薄いかもしれないが、作者は明らかにオールラウンダー・タイプである。『茗荷谷の猫』『火影に咲く』や、本作の収録されている時代ホラー短篇集『化物蠟燭』を読んでもらえば納得してもらえるだろう。

両国橋の西詰、吉川町にある「豆源」は、創業から一貫して木綿豆腐を作り続けている豆腐屋だ。その「豆源」で、三年前から職人頭に据えられているのが〝お柄杓〟と呼ばれているお由だ。天気に左右される豆腐の出来を見極める名人であり、店のすべての人が信頼している。かつて板場で修業していた伊佐治は、お由に敵わないと思い、今は豆腐の棒手振りをしている。ただし彼女に対するこだわりはないようだ。

　不愛想な性格で、淡々と豆腐を作り続けるお由。そんな彼女に、孫六という老爺が付きまとうようになる。孫六から不可思議な話を聞かされたお由は、とても信じる気になれないのだが……。

　孫六の正体やお由との関係は、物語のミソになっているので、ここに書くことは控えよう。巧みな語り口で読者を、不可思議な世界に引きずり込む、作者の手腕を称揚《しょうよう》したい。また、豆腐を作るためだけに生きていたような孤独なお由の、明るい未来を予感させるラストもいい。ほんのり温かな時代ホラーなのである。

「肉ノ人」木下昌輝
　作者の二冊目の著書となった『人魚ノ肉』は、衝撃的な短篇集だった。人魚の肉を食べた坂本竜馬及び新選組の諸隊士を主人公にした、時代ホラーだったのだ。しかも各話の主人公を見舞う怪異が、あまりにも奇々怪々。デビュー作を含む第一著書『宇喜多の捨て嫁』も凄かったが、ぶっ飛んだ内容の本書を読んで、あらためてとんでもない作家が登場したものだと思ったものである。

本作は、その『人魚ノ肉』の一篇だ。主人公は、新選組一番組隊長の沖田総司。安藤早太郎という隊士の持ってきた人魚の肉を、他の隊士たちと共に食べてから、やたらと喉が渇くようになった総司。そして市中見廻りで不逞浪士を斬り、返り血を浴びてから、血を啜《すす》ることを渇望するようになるのだった。

人魚の肉というと、食べた者が不老不死になるという八尾比丘尼《やおびくに》伝説が有名だ。しかし『人魚ノ肉』の場合、各隊士に襲いかかる症状はバラバラ。そして総司は吸血である。つまり本作は吸血鬼譚であるのだ。大坂西町奉行所同心時代に大塩平八郎が摘発した事件も絡めて披露される、独自の吸血鬼の設定が興味深い。

さらに池田屋騒動の最中に総司が労咳で喀血したことは、よく知られている。そこに作者は、創意工夫を加えているのだ。また、新選組の副長（後に総長）でありながら、脱走して処刑された山南敬助の件にも、驚くべき真相を用意している。しかもそれが判明することにより、新選組の熱き肖像が浮かび上がってくるのだ。血塗れの吸血鬼譚と、新選組の史実を融合させるという離れ業を、やってのけているのである。

「鶴屋南北の死」杉本苑子

時代ホラーのアンソロジーを作るなら、いつか採《と》りたいと思っていたのが本作である。諸般の事情で、今まで作ったアンソロジーでは叶《かな》わなかったが、やっと収録することができた。満足である。

深川の妓楼「直江屋」の主《あるじ》の十兵衛の父親は、怪談狂言により狂言作者の地位をたしかなものにした四代目鶴屋南北である。穏やかな性格の十兵衛だが、目下の困りごとは下働きのおウメの盗癖だ。それでも穏便におウメを辞めさせるつもりの十兵衛だったが、彼女の父親がうなぎ掻《か》きだと知って南北が激怒。追い出すことになってしまった。実は南北、うなぎが大嫌いなのだ。追い出されたことに怒って妓楼に放火したおウメは遠島になるが、十兵衛たちを逆恨みしているようである。

しかしなぜ南北は、うなぎを嫌うのか。まだ狂言作者として芽が出ない頃、うなぎ屋で働いていた南北。ある日、見知らぬうなぎ掻きから巨大なうなぎを仕入れたはいいが、複数の死人が出る事態になったのである。以来、南北はうなぎを嫌っている。そして、おウメがいなくなって落ち着くかと思いきや、南北はうなぎの怪異に何度も遭遇することになる。

南北が過去に体験した、うなぎの怪異。おウメの逆恨み。十兵衛が（恨む筋合いでもない者に、祟《たた》る理不尽……）と思うように、そこに因果応報の理屈はない。だからこそ恐ろしい。なぜならこれを認めると、誰もが祟りの対象になる可能性があるからだ。南北が遭遇するうなぎの怪異は、ビジュアル・イメージの気持ち悪さだけでなく、この理不尽によって恐怖を読者の身近なものにし、背筋を寒くさせるのである。

また、物語の背景に『東海道四谷怪談』が横たわっている。おウメという名前が、『四谷怪談』と呼応していることに感心。続けて、南北が怪談狂言を好んで書いた理由に愕然《がくぜん》となった。うなぎを題材とした名作ホラーに、岡本綺堂の「魚妖」や、泉鏡花の「夜釣」があるが、それに匹敵する逸品なのである。

「暗闇坂心中」都筑道夫

ミステリー・時代小説・SFファンタジーなど、多彩な作品を執筆した作者は、一方で優れた評論を残してくれた。ミステリーに関する評論が多いが、ホラーに関するものもある。たとえば『死体を無事に消すまで　都筑道夫ミステリー論集』に収録されている「怪奇小説の三つの顔」だ。そこで作者はホラーを三つにカテゴライズして、現代(といっても当時の現代だが)のホラーの方向性を指し示している。興味のある方には一読をお薦めする。

そんなホラーというジャンルを深く考えている作者の作品だけに、物語の内容は一筋縄ではいかない。妖刀村正を手にした旗本家の次男が人を斬り殺し、その件を鬼板師と呼ばれる鬼瓦を専門に作る職人の多見次が追う。よくある刀怪談と思わせて、終盤でひと捻りを入れてくるのが曲者《くせもの》の作者らしい。

それ以上に注目したいのが、主人公の多見次だ。たまたま殺人の現場を目撃したことから犯人を捜そうとするが、正義感からのことではない。本当の鬼瓦を作ろうとしている彼は、犯人の顔に〝鬼〟を見たことで、強く惹《ひ》きつけられたのだ。多見次の役割は、いわゆるゴースト・ハンターなのだが、私欲で動いて危険な領域まで行ってしまうところに、独自の面白さがある。オーソドックスなようで、実にユニークな時代ホラーなのだ。

「かくれ鬼」中島要

吉原を舞台にした短篇「素見」で第二回小説宝石新人賞を受賞した作者は、好んで吉原や遊女の世界を題材にしてきた。本作は吉原の遊女ではないが、柳原の夜鷹が重要な存在として登場するので、それに連なる作品といっていいだろう。

蠟燭問屋の若旦那・伊之助は、男女の仲になっていた常磐津の師匠のおこうを、柳原の堤で絞め殺した。しかし死体が見つかったという話が、どこからも出てこない。もしかしておこうは生きているのか。疑心暗鬼に陥った伊之助は、おこうの死体を捜そうと、柳原の堤に向かうのだった。

おこうはどうなったのか。それが分かったとき、恐るべき光景が出現する。ああ、タイトルの意味はそういうことだったのかと、震えながら納得してしまった。ただし本作は、それで終わらない。終盤の夜鷹たちの、生死を超越したかのような、あっけらかんとした言動に、別の意味で恐怖を覚える。同時に、切なさも呼び起こされた。人間を見つめる作者の視線は、厳しくも優しい。

「小平次」皆川博子

斯界《しかい》の大ベテラン作家である皆川博子の作品を採れたことは、大きな喜びである。ジャンルに拘泥《こうでい》せず、自身の世界を追求し続けてきた作者は、第九十五回直木賞を受賞した『恋紅』を始め、時代小説の世界にも大きな足跡を残している。その中に、一群の時代ホラーもあるのだ。どれも素晴らしい作品なのでセレクトに迷ったが、江戸時代から読本や歌舞伎に使われた、小幡《こはだ》小平次《こへいじ》という役者の幽霊の話を、巧みにアレンジした本作に決めた。藤川友吉という郡山八琴座の若太夫が、四代目鶴屋南北の『解脱衣楓累』で評判を取るが、知らず知らずのうちに小平次たちの世界に接近していく。

短い話なので、これ以上粗筋は書かないが、明らかになる小平次たちの世界が、妖しく、薄気味悪い。また、本作を収録した短篇集『秘め絵燈籠』の「あとがき」で作者は、「『小平次』は、芝居好きなかたなら、おわかりのように、鈴木泉三郎作の傑作『生きている小平次』をふまえています。南北の『解脱衣楓累』と結びつけたのはわたしの恣意《しい》によるものです」といっている。作者の発想の一端に触れられるという意味でも、興味の尽きない作品なのだ。

「安達家の鬼」宮部みゆき

タイトルを見て、安達ヶ原の鬼婆の伝説を想起した人は多いはずだ。奥州の安達ヶ原に住む鬼婆が、人を喰らっていたという伝説だ。ただし、この伝説の鬼婆は、単純な恐怖の対象というより、恐怖と悲しみの二面性を持つ存在といっていい。おそらく作者は、この点を踏まえて本作を創り上げたのだろう。

紙問屋で子守奉公と病人の世話をしていた〝わたし〟は、筆と墨を扱う「笹屋」の二代目の富太郎に嫁いだ。わたしは店のことには関係せず、寝たり起きたりしている義母の世話をする。気難しい病人といわれていた義母だが、はっきりした性格で、わたしは付き合いやすい。しかし義母の周囲では不思議なことが何度も起こる。そして、この部屋に〝鬼〟がいるという義母は、やがて昔語りを始めるのだった。

わたしと同じように、義母の前半生も恵まれたものではなかった。そんな義母が、訳あって奥州に行き、〝鬼〟と出会う。この鬼の誕生の経緯に、人間のおぞましさと悲しさが込められている。また、義母の物語を内包する形で綴《つづ》られた、わたしの人生が物悲しい。だが、しだいに露わになっていく、わたしの乾いた心を、作者は鬼を使って潤《うるお》していくのである。純然たるホラーでありながら、いい話を読んだという、満ち足りた気持ちになれる。これは、そういう作品なのである。

以上七篇、選りすぐりの作品を集めたつもりだ。バラエティに富んだ怪異を堪能してほしい。なにしろ恐怖を娯楽として楽しめるのは、人間だけの特権なのだから。

（ほそや・まさみつ／文芸評論家）

底本一覧

木内昇　「お柄杓」（『化物蠟燭』　朝日文庫　二〇二二年）

木下昌輝　「肉ノ人」（『人魚ノ肉』　文春文庫　二〇一八年）

杉本苑子　「鶴屋南北の死」（『鶴屋南北の死』　文春文庫　一九九〇年）

都筑道夫　「暗闇坂心中」（『梅暦なめくじ念仏』　桃源社　一九八〇年）

中島要　「かくれ鬼」（『異形コレクション　江戸迷宮』井上雅彦監修　光文社文庫　二〇一一年）

皆川博子　「小平次」（『秘め絵燈籠』　読売新聞社　一九八九年）

宮部みゆき　「安達家の鬼」（『あやし』　角川文庫　二〇〇三年）

本書は、ちくま文庫オリジナル編集です。

本書収録の作品には、今日の人権意識に照らして不当・不適切と思われる語句や表現が含まれるものがありますが、作品の執筆当時の時代的背景及び文学的価値とにかんがみ、そのままといたしました。

とっておき名短篇　北村薫／宮部みゆき編

「しかし、よく書いたよね、こんなものを……」北村薫を唸らせた、とっておきの名短篇。愛の暴走族／運命の恋人／絢爛の椅子／悪魔／異形ほか。

名短篇ほりだしもの　北村薫／宮部みゆき編

「過呼吸になりそうなほど怖かった！」宮部みゆきを震わせた、ほりだしものの名短篇。だめに向かって／三人のウルトラマダム／少年／穴の底ほか。

読まずにいられぬ名短篇　北村薫／宮部みゆき編

松本清張のミステリを倉本聰が時代劇に⁉　あの作家の知られざる逸品からオチの読めない怪作まで厳選の18作。北村・宮部の解説対談付き。

教えたくなる名短篇　北村薫／宮部みゆき編

宮部みゆきを驚嘆させた、時代に埋もれた名作家・長谷川修の世界とは？　人生の悲喜こもごもが詰まった珠玉の13作。北村・宮部の解説対談付き。

名短篇、ここにあり　北村薫／宮部みゆき編

読み巧者の二人の議論沸騰し、選びぬかれたお薦め小説12篇。となりの宇宙人／冷たい仕事／隠し芸の男／少女架刑／あしたの夕刊／網／誤訳ほか。

名短篇、さらにあり　北村薫／宮部みゆき編

小説って、やっぱり面白い。人間の愚かさ、不気味さ、人情が詰まった奇妙な12篇。華燭／骨／雲の小径／押入の中の鏡花先生／不動図／鬼火／家霊ほか。

お江戸暮らし　杉浦日向子

江戸にすんなり遊べる幸せ。漫画、エッセイ、語りと江戸の魅力を多角的に語り続けた杉浦日向子の作品群から、精選して贈る、最良の江戸の入口。

江戸へようこそ　杉浦日向子

江戸人と遊ぼう！　北斎も、源内もみ～んな江戸のワタシラだ。江戸人に共鳴する現代の浮世絵師が、イキイキ語る江戸の楽しみ方。（泉麻人）

うつくしく、やさしく、おろかなり　杉浦日向子

生きることを楽しもうとしていた江戸人たち。彼らの紡ぎ出した文化にとことん惚れ込んだ著者がその思いの丈を綴った最後のラブレター。（松田哲夫）

杉浦日向子ベスト・エッセイ　杉浦日向子

初期の単行本未収録作品から、若き晩年、自らの生と死を見つめた名篇までを、多彩な活躍をした人生の軌跡を辿るように集めた、最良のコレクション。

落語百選(春夏秋冬)(全4巻)　麻生芳伸編

春は花見、夏の舟遊び……落語百作品を四季に分け、詳しい解説とともに読みながら楽しむ落語入門の代表的ロングセラー・シリーズ。

江戸百夢　田中優子

世界の都市を含みこむ「るつぼ」江戸の百の図像(手拭いから彫刻まで)を縦横無尽に読み解く。平成12年度芸術選奨文部科学大臣賞、サントリー学芸賞受賞。

張形と江戸女　田中優子

江戸時代、張形は女たち自身が選び、楽しむものだった。江戸の大らかな性を春画から読み解く。図版追加。カラー口絵4頁。　(白倉敬彦)

江戸の大道芸人　中尾健次

江戸の身分社会のなかで、芸人たちはどのような扱いを受け、どんな芸をみせていたのだろうか？　被差別民と芸能のつながりを探る。　(村上紀夫)

天文学者たちの江戸時代 増補新版　嘉数次人

ヨーロッパや中国からの知識と格闘し、暦と宇宙の研究に情熱を燃やした江戸時代の天文学者たち。その研究史、宇宙観、人生をたどる。　(渡部潤一)

紙の罠　都筑道夫　日下三蔵編

都筑作品でも人気の〝近藤・土方シリーズ〟が遂に復活。贋札作りをめぐり巻き起こる奇想天外アクション小説。二転三転する物語の結末は予測不能。

悪意銀行　都筑道夫　日下三蔵編

洒落た会話と何重にも仕掛けられる罠、激烈な銃撃戦(死者多数)とちょっぴりお色気、そして結末は完全予測不能。近藤・土方シリーズ第二弾。

吸血鬼飼育法 完全版　都筑道夫　日下三蔵編

事件屋稼業、片岡直次郎がどんな無茶苦茶な依頼も解決する予測不能の活劇連作。入手困難の原型作品やスピンオフも収録し〈完全版〉として復活。

妖精悪女解剖図 増補版　都筑道夫　日下三蔵編

鬼才・都筑道夫の隠れた名作を増補し文庫化。〈女性〉をメインに据えた予測不能のサスペンス小説集。日下三蔵による詳細な解説も収録した決定版。

哀愁新宿円舞曲 増補版　都筑道夫　日下三蔵編

1950年代の新宿・青線地帯での男女の交わりを描いた人情話他、洗練された構成で読ませる探偵物など、幻の短編集に増補作品を加え待望の文庫化。

文豪怪談傑作選
三島由紀夫集
三島由紀夫　東雅夫 編
川端康成を師と仰ぎ澁澤龍彦や中井英夫の「兄貴分」であった三島の、怪奇幻想作品集成。「英霊の聲」ほか怪談入門に必読の批評エッセイも収録。

文豪怪談傑作選
幸田露伴集
幸田露伴　東雅夫 編
鏡花と双璧をなす幻想文学の大家露伴。神仙思想に通じ男性的な筆致で描かれる奇想天外な物語は圧巻。澁澤、種村の心酔した世界を一冊に纏める。

文豪怪談傑作選
折口信夫集
折口信夫　東雅夫 編
神と死者の声をひたすら聞き続けた折口信夫の怪談アンソロジー。物怪たちが跋扈活躍する「稲生物怪録」を皮切りに日本の根の國からの声が集結。

文豪怪談傑作選・特別篇
文藝怪談実話
東雅夫 編
日本文学史を彩る古今の文豪、彼らと親しく交流した芸術家や学究たちが書き残した慄然たる超常現象記録を集大成。岡本綺堂から水木しげるまで。

ラピスラズリ
山尾悠子
言葉の海が紡ぎだす、〈冬眠者〉と人形と、春の目覚めの物語。不世出の幻想小説家が20年の沈黙を破り発表した連作長篇。補筆改訂版。（千野帽子）

増補
夢の遠近法
山尾悠子
「誰かが私に言ったのだ／世界は言葉でできていると」。誰も夢見たことのない世界が、ここではじめて言葉になった。新たに二篇を加えた増補決定版。

歪み真珠
山尾悠子
「歪み真珠」すなわちバロックの名に似つかわしい絢爛で緻密、洗練を極めた作品の数々。読んだらきっと虜になる美しい物語の世界へようこそ。（諏訪哲史）

初夏ものがたり
山尾悠子　酒井駒子 絵
初期のファンタジー『オットーと魔術師』収録の表題作品を酒井駒子の挿絵と。みずみずしさとまばゆさを含んだ、鮮やかで不思議な印象を残す4作品。

須永朝彦小説選
須永朝彦　山尾悠子 編
美しき吸血鬼、チェンバロの綺羅綺羅しい響き、暗い水に潜む蛇……独自の美意識と博識で幻想文学ファンを魅了した小説作品から山尾悠子が25篇を選ぶ。

クラウド・コレクター〈手帖版〉
クラフト・エヴィング商會
得体の知れない機械、奇妙な譜面や小箱、酒の空壜……。不思議な国アゾットへの驚くべき旅行記。単行本版に加筆、イラスト満載の〈手帖版〉。

マリアさま　いしいしんじ

幻想と現実のあわいに仕舞われた、すこし変てこで愛しいできごと。一つひとつのおはなしが静かな奇蹟をよぶ、光にみちた小説集。書き下ろし短篇も！（堀江敏幸）

沈黙博物館　小川洋子

「形見じゃ」老婆は言った。死の完結を阻止するために形見が盗まれる。死者が残した断片をめぐるやさしくスリリングな物語。（堀江敏幸）

こちらあみ子　今村夏子

あみ子の純粋な行動が周囲の人々を否応なく変えていく。第26回太宰治賞、第24回三島由紀夫賞受賞作。書き下ろし「チズさん」収録。（町田康／穂村弘）

まともな家の子供はいない　津村記久子

セキコには居場所がなかった。うちには父親がいる。うざい母親、テキトーな妹。まともな家なんてどこにもない！　中3女子、怒りの物語。（岩宮恵子）

ベルリンは晴れているか　深緑野分

終戦直後のベルリンで恩人の不審死を知ったアウグステは彼の甥に訃報を届けに陽気な泥棒と旅立つ。歴史ミステリの傑作が遂に文庫化！（酒寄進一）

世間のドクダミ　群ようこ

老後は友達と長屋生活をしようか。しかし世間はそう甘くはない、腹立つことやあきれることが押し寄せる。怒りと諦観の可笑しなエッセイ。

星間商事株式会社社史編纂室　三浦しをん

二九歳「腐女子」川田幸代、社史編纂室所属。恋の行方も友情の行方も五里霧中。仲間と共に「同人誌」を武器に社の秘められた過去に挑む!?（金田淳子）

変《か》半《わり》身《み》　村田沙耶香

孤島の奇祭「モドリ」の生贄となった同級生を救った陸と花蓮は祭の驚愕の真相を知る。悪夢が極限まで疾走する村田ワールドの真骨頂！（小澤英実）

空芯手帳　八木詠美

女性差別的な職場にキレて「妊娠してます」と口走った柴田が辿る奇妙な妊婦ライフ。英語版も話題の第36回太宰治賞受賞作が文庫化！（松田青子）

ポラリスが降り注ぐ夜　李琴峰

多様な性的アイデンティティを持つ女たちが集う二丁目のバー「ポラリス」。国も歴史も超えて思い合う気持ちが繋がる7つの恋の物語。（桜庭一樹）

太宰治全集（全10巻）　太宰治

第一創作集『晩年』から太宰文学の総結算ともいえる『人間失格』、さらに『もの思う葦』ほか随想集も含め、清新な装幀でおくる待望の文庫版全集。

宮沢賢治全集（全10巻）　宮沢賢治

『春と修羅』、『注文の多い料理店』はじめ、賢治の全作品及び異稿を、綿密な校訂と定評ある本文によって贈る話題の文庫版全集。書簡など2巻増巻。

夏目漱石全集（全10巻）　夏目漱石

時間を超えて読みつがれる最大の国民文学を、10冊に集成して贈る画期的な文庫版全集。全小説及び小品、評論に詳細な注・解説を付す。

芥川龍之介全集（全8巻）　芥川龍之介

確かな不安を漠然とした希望の中に生きた芥川の全貌。名手の名をほしいままにした短篇から、日記、随筆、紀行文までを収める。

梶井基次郎全集（全1巻）　梶井基次郎

「檸檬」「泥濘」「桜の樹の下には」「交尾」をはじめ、習作・遺稿を全て収録し、梶井文学の全貌を伝える。一巻に収めた初の文庫版全集。（高橋英夫）

中島敦全集（全3巻）　中島敦

昭和十七年、一筋の光のように登場し、二冊の作品集を残してまたたく間に逝った中島敦——その代表作から書簡までを収め、詳細小口注を付す。

樋口一葉　小説集　樋口一葉　菅聡子編

一葉と歩く明治。作品を味わうと共に詳細な脚注・参考図版によって一葉の生きた明治を知ることのできる画期的な文庫版小説集。

ちくま日本文学（全40巻）　ちくま日本文学

小さな文庫の中にひとりひとりの作家の宇宙がつまっている。一人一巻、全四十巻。何度読んでも古びない作品と出逢う、手のひらサイズの文学全集。

三島由紀夫レター教室　三島由紀夫

五人の登場人物が巻き起こす様々な出来事を手紙で綴る。恋の告白・借金の申し込み・見舞状等、一風変ったユニークな文例集。（群ようこ）

命売ります　三島由紀夫

自殺に失敗し、「命売ります。お好きな目的にお使い下さい」という突飛な広告を出した男のもとに、現われたのは？（種村季弘）

不思議の国のアリス　ルイス・キャロル　柳瀬尚紀訳

おなじみキャロルの傑作。子どもむけにおもねらず、ことば遊びを含んだ、透明感のある物語を原作の香気そのままに日本語に翻訳。（楠田枝里子）

グリム童話（上）　池内紀訳

「狼と七ひきの子やぎ」「ヘンゼルとグレーテル」「灰かぶり姫」「赤ずきん」「ブレーメンの音楽隊」、新訳「コルベス氏」等32篇。新鮮な名訳が魅力だ。

グリム童話（下）　池内紀訳

「いばら姫」「白雪姫」「水のみ百姓」「きつねと猫」などに「すすまみれ悪魔の弟」など新訳6篇を加え34篇を歯切れのよい名訳で贈る。

ケルトの神話　井村君江

古代ヨーロッパの先住民族ケルト人が伝え残した幻想的な神話の数々。目に見えない世界を信じ、妖精たちと交流するふしぎな民族の源をたどる。

ケルトの薄明　W・B・イエイツ　井村君江訳

無限なものへの憧れ。ケルトの哀しみ。イエイツ自身が実際に見たり聞いたりした、妖しくも美しい話ばかり40篇。（訳し下ろし）

ケルト妖精物語　W・B・イエイツ編　井村君江編訳

群れなす妖精もいれば一人暮らしの妖精もいる。不思議な世界の住人達がいきいきと甦る。イエイツが贈るアイルランドの妖精譚の数々。

猫語の教科書　ポール・ギャリコ　灰島かり訳

ある日、編集者の許に不思議な原稿が届けられた。それはなんと、猫が書いた猫のための「人間のしつけ方」の教科書だった……!?（大島弓子）

アメリカの奇妙な話1　巨人ポール・バニヤン　ベン・C・クロウ編　西崎憲監訳

男のなかの男「巨人ポール・バニヤン」の伝説など、アメリカの人々が愛し語りついできた説話・怪談・ほら話を集めた一冊。文庫オリジナル。

クマのプーさん　エチケット・ブック　A・A・ミルン　高橋早苗訳

『クマのプーさん』の名場面とともに、プーが教えるマナーとは？　思わず吹き出してしまいそうな可愛らしい教えたっぷりの本。（浅生ハルミン）

別世界物語（全3巻・分売不可）　C・S・ルイス　中村妙子他訳

香気あふれる神学的SFファンタジー。マラカンドラ（沈黙の惑星を離れて）、ペレランドラ（金星への旅）、サルカンドラ（かの忌わしき砦）。

美食倶楽部 谷崎潤一郎大正作品集 種村季弘編

表題作をはじめ耽美と猟奇、幻想と狂気……官能的な文体によるミステリアスなストーリーの数々。大正期谷崎文学の初の文庫化。種村季弘編で贈る。

秀吉はいつ知ったか 山田風太郎

中国大返しに潜む秀吉の情報網と権謀を推理する「秀吉はいつ知ったか」他「歴史」をテーマにした文章を中心に選んだ奇想の裏側が窺えるエッセイ集。

昭和前期の青春 山田風太郎

名著『戦中派不戦日記』の著者が、その生い立ちと青春を時代背景と共につづる。「太平洋戦争私観」「私と昭和」等、著者の原点がわかるエッセイ集。

わが推理小説零年 山田風太郎

稀代の作家誕生のきっかけは推理小説だった。江戸川乱歩、横溝正史、高木彬光らとの交流、執筆裏話等から浮かび上がる「物語の魔術師」の素顔。

人間万事嘘ばっかり 山田風太郎

時は移れど人間の本質は変わらない。世相からマージャン・酒・煙草、風山房での日記までを1冊に収める。単行本生前未収録エッセイの文庫化第4弾。

風山房風呂焚き唄 山田風太郎

明治文学者の貧乏ぶり、死刑執行方法、ひとり酒ほか、長篇エッセイ（表題作）をはじめ、旅、食べ物、読書をテーマとしたファン垂涎のエッセイ群。

半身棺桶 山田風太郎

「最大の滑稽事は自分の死」——人間の死に方に思いを馳せ、世相を眺め、麻雀を楽しみ、チーズの肉トロに舌鼓を打つ。絶品エッセイ集。（荒山徹）

死言状 山田風太郎

麻雀に人生を学び、数十年ぶりの寝小便に狼狽し、男の渡り鳥的欲望について考察する。くだらないようで、どこか深遠なような随筆が飄々とならぶ。

同日同刻 山田風太郎

太平洋戦争中、人々は何を考えどう行動していたのか。敵味方の指導者、軍人、兵士、民衆の姿を膨大な資料を基に再現。（高井有一）

山田風太郎明治小説全集（全14巻） 山田風太郎

これは事実なのか？ フィクションか？ 歴史上の人物と虚構の人物が明治の東京を舞台に繰り広げる奇想天外な物語。かつ新時代の裏面史。

ちくま文庫

大江《おおえ》戸《ど》綺《き》譚《たん》　時代《じだい》小説《しょうせつ》傑作選《けっさくせん》

二〇二四年十月十日　第一刷発行

編　者　細谷正充（ほそや・まさみつ）
発行者　増田健史
発行所　株式会社　筑摩書房
東京都台東区蔵前二―五―三　〒一一一―八七五五
電話番号　〇三―五六八七―二六〇一（代表）
装幀者　安野光雅
印刷所　中央精版印刷株式会社
製本所　中央精版印刷株式会社

ISBN978-4-480-43980-2　C0193